KB262031

결국엔
모두가
사랑, 한 단어

고즈윈은 좋은책을 읽는 독자를 섬깁니다.
당신을 닮은 좋은책—고즈윈

결국엔 모두가 사랑, 한 단어
김나미 지음

1판 1쇄 발행 | 2007. 8. 3.

저작권자 ⓒ 2007 김나미
이 책의 저작권자는 위와 같습니다. 저작권자의 동의 없이
내용의 일부를 인용하거나 발췌하는 것을 금합니다.
Copyrights ⓒ 2007 Kim Na Mi
All rights reserved including the rights of reproduction
in whole or in part in any form. Printed in KOREA.

발행처 | 고즈윈
발행인 | 고세규
신고번호 | 제313-2004-00095호
신고일자 | 2004. 4. 21.
(121-819) 서울특별시 마포구 동교동 200-19번지 501호
전화 02)325-5676 팩시밀리 02)333-5980

값은 표지에 있습니다.
ISBN 978-89-91319-95-0

고즈윈은 항상 책을 읽는 독자의 기쁨을 생각합니다.
고즈윈은 좋은책이 독자에게 행복을 전한다고 믿습니다.

진리니 道니 깨달음이니 하는 것

결국엔 모두가 사랑, 한 단어

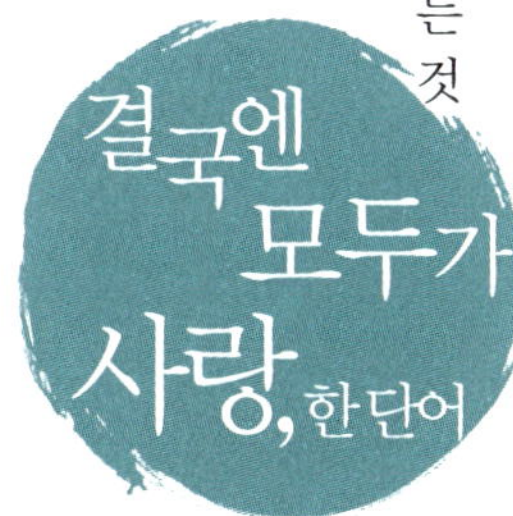

김나미 지음

고즈윈
God'sWin

1.
세상의 모든 기쁨을 누리라

─────

목자牧者 도인 임락경 목사

2.

화는
아름다운 장미의
가시입니다

부처 도인 데이빗

3.
내가 아닌 나를 구하는 일을 멈추는 것, 그것이 눈뜸의 시작입니다

자궁 도인 비원肥源 김기태

4.

마음이 외적인
대상으로 인해
이리저리 방황하면
다시 내면으로
끌어들이라

무아無我도인 락시미 나라얀

5.
사람 곁에 살면서
혼자 있지 말아야
마음 공부가 됩니다

천부天符 도인 홍기문 수행자

도인 찾기, 왜 찾아 나섰는가

전생에 수도자로 살았었다는 말이 나를 이 길로 강하게 이끌었는지도 모른다. 확실히 아는 것이라곤 신이 채워 주지 못한 허전함을 채운다는 미명하에 찾기에 나섰다는 것뿐, 뭔가 잃어버린 것을 찾듯 찾아 헤매며 그 일에 '도인 찾기'라는 거창한 이름까지 붙여 놓았다. 찾음에는 무엇보다도 삶의 진정한 의미는 어디에 있는지, 진리가 있다면 그것의 정체가 무엇인지, 참 도는 어떤 것인지, 과연 구원이 있다면 어디에 있는지 등등, 이 모든 것들에 답을 줄 수 있는 스승을 만나길 간절히 고대하는 마음이 항상 함께했었다.

도道는 길이고, 도인이 길을 가는 사람이라면 길에는 나의 길, 남의 길, 신의 길이 있을 것 같다. 내 길을 내 멋대로 갈 것인가. 아니면 남의 잣대에 나를 맞추어 남의 길로 갈 것인가. 아니면 운명에 맡겨 신의 뜻대로 하소서 할 것인가. 나는 나의 길을 가기 전 남의 길을 보고 또 신의 길엔 어떤 안내자가 있을까 하여 여러 종교를 기웃거리기도 했다. 종교적인 체험을 위해 잠시 세속을 피해 신에게 갔다가 신으로부터 도피, 다시 세속으로 돌아왔다. 신과 만날 수 있는 곳을 도피처로 삼았지만 내가 속해야 할 곳은 이 세상이라는 확신이 들었기 때문이다. 그 후 난 '성聖과 속俗에 양다리 걸치고 산다.'는 표현을 자주 쓰고 있다. 나의 인생은 속俗에서 성聖으로 가는 것으로 일관되어 왔지만 신의 길에서 서성이다 눈에 보이지 않는 것은 접어 두기로 했고 결국 참 도인 스승을 만나 그간 찾으며 더욱 깊어진 의문과 갈증을 풀어 보고자 했다. 아무리 말로써 글로써 도를 논한다 해도 혼란만 가중된 채 가물가물하기만 한 도의 세계에서 '하나의 이치로 모든 일을 꿰뚫는', '일이관지一以貫之'로 삼을 눈앞에 있는 스승 한 사람 만나는 일이 더욱 간절해졌다. 거창한 깨달음이나 도통, 성도, 성불까지는 아니었어도 나를 어찌해 보려 '구도자'라는 거창한 단어로 나를 묶어 스승을 구하고 찾았다.

만나고 싶은 스승을 '도인'이라 하고 찾아 온 그간의 '도인 찾기'는 그럭저럭 강산이 두 번 변하는 시간을 겪으며 지금에 이르렀다. 첫 강산이 변하는 동안 행운은 따르지 않았지만 도중에 만났던 몇몇 성직자들로부터 받은 충고는 있었다. 구할 것 없다, 밖에서 찾지 마라, 나도 없고 내 것이라는 것도 없으니 구하고 찾아서 될 것이 아니다. 그러나

도가 코앞에, 눈썹 위에 있다고 해도 머리와 현실은 그게 아니었기에 찾아야만 했던 그 마음을 어찌 다 설명할 수 있을까. 찾지 말라고 할수록 찾기에는 가속도가 붙어 갔다.

전국으로, 해외로 인연이 닿는 대로 움직이며 사찰, 암자, 토굴, 수도원, 기도원, 명상센터, 공동체 등등의 수행과 종교 단체의 현장을 다녔고 구도자, 수도자, 성직자, 성자, 은자, 환속인, 종교인, 수행자, 명상가들을 만났다. 잠시 스쳐 가는 인연이었든 필연이었든, 성聖과 속俗을 막론하고 무척 깊이 있는 지고의 행복감을 누리고 사는 몇 분이 있었다. 이런 분들에겐 한결같이 도인의 향기 같은 것이 있어 나 역시 도향道香 풍기는 도인이 되고 싶다는 욕심이 커져 갔다.

결국 구도만으로는 안 되겠다는 판단에 직접 체험을 하고자 구도에서 수도로 넘어갔다. 주변에서 무엇 하러 가느냐 물으면 '도 닦으러 간다.'고 대답했던 대로 나는 닦고 닦았다. 도인 스승을 알아보려면 나 자신이 도인이 되지 않고는 안 되었기에 무엇이든 기회만 있으면 공부하고 체험했다. 스스로 '도인되기'에 목표로 삼았던 것이 있다면 몇몇 도인들에게서 보았던 지고의 행복감, 그 진한 맛을 보는 것이었다. 어렴풋이 그에 같이하는 것들이라면 마음의 평화로움과 안착, 살아 있음의 충만, 살아갈 나날의 축복, 변화의 기쁨, 나의 발견, 세상의 열림,

우주와의 소통 등이 있었다. 기초 단계에서 대비약의 발판으로 삼은 '마음 편안하게, 욕심 부리지 않고, 사랑 나누며'에 부합하는 것들에 훈련도 쌓았다.

그 과정에서 몇 번인가 몇몇 수도자와 비교한 내 삶은 의미가 없어 보이기도 하고 참으로 잘못 살고 있다는 점을 확인하게 되기도 했다. 의미 있게 살자, 어떻게 사는 것이 가장 잘 사는 것인가에 맞추면 나는 어쩌면 구제 불능일지도 모른다는 절망도 있었다. 도에 왕도王道가 있는 것은 아닐 테니 우선 해 보자며 마음을 다잡았으나 아무리 애를 써도 안 될 때에는 도 닦는 수도修道를 거쳐서 도인이 되기보다 선천적으로 타고난 기질이 있어야만 되는 것이 아닌가 하는 의구심마저 일었다.

그러나 세월이 사람을 만들어 갔는지 이 모든 것들이 결코 헛된 구함이나 닦음은 아니었다. 구도求道에서 한 가닥씩 자리를 잡고 직접해 보자는 수도修道로 넘어간 단계 중반에 이상야릇한 영혼 분열이 일어나기도 했었다. 전국 횡단이 거듭될수록 그 시간과 체험에 비례해 눈에 보이지 않는 것, 들을 수 없는 것, 만져지지 않는 것들의 세상에 공감과 감동이 커 가기도 했다. 간간이 기웃거리고 서성대기도 했으나 한바탕 다니고 돌아오면 또 다른 나의 '진화'를 관찰할 수 있어 흥미진

진했다.

　그런데 찾음을 잠시 멈추고 구도나 수도로 치장된 모든 것을 놓아
버리자 찾는 것이 조금씩 눈에 들어오기 시작했다. 수도나 수련 장소
가 아닌 일상 속에서, 살아가는 그 자체로 도를 닦는 몇몇 분의 도인을
만났고 나는 그들을 알아볼 수 있었다. 사람에겐 분명 의식주만으로는
해결 안 되는 그 무엇이 있어 빵만으론 살 수 없다는 말도 작은 진리로
되살아났다. 몇몇 생활 도인 스승과의 만남은 자신의 길은 결국 자기
발로 걸어야 한다는 확실한 초보 준비 단계의 마음가짐을 확인시켰고,
항상 붙들고 있던 '사람이 참으로 잘 사는 비법은 무엇일까.' 하는 의
문에도 가느다란 실마리를 주었다.

　'도인 찾기'는 나에게 준 것이 많다. 찾는 과정에서 내 영혼의 허기
와 갈증을 달래 주는 맑디맑은 영혼과의 만남이 몇 번인가 있었다. 지
난 세월을 담은 사진 몇 장 꺼내 보면 가장 충만했던 순간은 몇몇 참 도
인 스승들과 마주 앉아 도담道談을 나누던 시간이었다. 공자는 아침에
도를 들으면 저녁에 죽어도 좋다 했지만 나는 참 도인 스승과 마주 앉
으면 그 자리, 그 시간에 죽어도 좋을 만큼 더 이상 바랄 것도 없이 심
신에 약한 전율이 일다 지극히 편안한 상태로 몰입이 된다. 스승에게
서 잔잔한 도의 향기를 맡으면 내 안에서 나도 모르게 튀어나오는 게

많았다. 옆에 있지 않아도 그 향기가 오래도록 남아 한동안 스스로 도인이 된 것 같은 착각도 일어났다. 그만큼 도향道香의 체취는 농도가 진했다. 또한 집을 떠나 전국으로, 세계 각지로 다녔던 '도인 찾기'는 여행이 무엇인지 알게 해 주었고 어릴 적 소풍 가는 날의 감정까지 고스란히 되살려 주었다. 국내외로 도시든 산속이든 물가든, 전국 지구촌 어디든 찾아다니는 것이 나의 직업으로 확실히 자리 잡았다.

도인이란 어떤 사람인가

이렇게 확실한 자리 잡음이 있기까지 어떤 사람을 도인으로 봐야 하는가에 대한 고민이 깊었다. 주변 사람들에게 "도인을 찾고 있다."고 말하면 흔히 산속에서 수련하는 사람을 떠올린다. 간혹 "혹시 축지법 쓰는 사람 봤어요?" "공중부양 하는 사람 봤어요?" 하는 질문도 들어온다. 사람들의 반응은 대부분 수련이나 수행과 연결되고 도를 닦는다고 하면 반드시 입산수도나 출가가 거론된다. 찾기의 결과로 보니 도인은 도시에 더 많았지만 도인과 수도修道에 대한 기준을 정해 정의도 내려야 했고 약간의 수정도 필요했다.

"이 사람이 도인이다." 할 때 내가 나름대로 정한 기준을 적용해야 하는가, 아니면 세상에서 말하는 도사 같은 도인이어야 하는가, 『도덕경』 노자의 도를 기준으로 해야 하는가, 장자의 진인眞人이어야 하는가, 아니면 임제의 무위無爲 도인이어야 하는가, 공자의 성인군자여야 하는가, 아니면 고수高手여야 하는가, 철인哲人이어야 하는가, 기인奇人이어야 하는가, 달인達人이어야 하는가, 아니면 방외지사房外之士여야 하는가.

도道판은 대부분 산속이라는 공통점이 있는데 홀로 길을 다니다 주변에서 도인이라 추천 받은 사람이 있어 가 보면 대개 도사 아니면 도피인이었다. 지리산, 계룡산 등 웬만한 산속에는 세상 사람들과 섞여 살기 힘들어 산으로 들어온 사람, 대인공포증으로 홀로 은둔하고 사는 사람, 사람에게 상처 받아 마치 우리 사는 세상이 귀신들만 사는 곳인 양 세상 사람과 담쌓고 지내는 사람들도 꽤 있었다. 수련이나 수도를 목적으로 하는 사람이라도 도 닦음의 정도正道를 벗어난 경우도 있었다. 육신을 괴롭히는 고행자, 아니면 기행과 괴행을 일삼는 사람들도 있었다. 스스로 선택해 들어와 홀로 있기에 최적의 상태인데도 뭐가 불만스러운지 투덜대기만 하는 사람도 있었다. 대체로 산으로 오게 된 계기를 꿈에서의 계시라 말하는 공통점도 있었다. 산에서 도 닦음의 허虛와 실實을 다 보았기에 나름대로 도인의 기준도 세울 수 있었지만 그 기준에 맞는 사람은 몇 분을 제외하곤 산속에 없었다. 이런 까닭에 나는 산속을 접고 대도시로 눈을 돌릴 수밖에 없었다.

장소가 어디이든, 20년 전 달마 찾기로 시작한 그때보다 더 구체화된 '도인 찾기'의 첫째 조건은 옛날부터 그랬듯 '그가 지극히 행복한 사람이냐'가 우선이었다. 시간도 공간도 초월한 듯한 지고의 행복한 기운을 접하면 과연 '저 행복감의 정체가 무엇일까?' 하고 자꾸 뜯어보게 된다. 굳이 여덟 가지의 팔복八福을 거론하지 않아도 이런 분들에게는 한결같은 공통점이 있는데 그것은 삶에 대만족하는 기운이 넘쳐 아무것도 더 이상 원하지 않는, 아무런 바람 없는 자족自足임을 족히 보아 왔다.

관찰로 읽어 낸 자족하는 참 도인의 모습과 생활에는 안팎으로 깊은 충만과 낮은 겸손이 같이 녹아 있었다. 가진 것 없어도 품위가 있고, 설사 집이 움막이라 할지라도 그것을 소왕국으로 만들어 왕처럼 천하를 부리는 풍요로움에 겸손도 같이한다. 장소 불문, 소유 여부에 상관없이 도인은 일상생활 중 먹는 것, 입는 것, 쓰는 것에 있어 보잘것없는 것들이라도 아끼며 살아가는 검약의 기술이 있다. 하루를 사는 데 있어 우리와 같은 일상생활 중에도 오롯하게 삶을 즐기는 재주도 있다. 또 쉼 없이 몸을 움직여 일하고 소비보다 생산에 몰두하며 할 수 있는 양만큼 주변과 나누며 산다. 거기엔 사람과 세상에 대한 깊은 연민이 있다. 자족에서부터 파생되는 에너지의 발산 반경이 넓으니 자족이야말로 행복 보장의 첫째 조건임을 그대로 보여 준다.

그간 도시에서 만난, 일상의 삶을 사는 도인들을 보면 '저것이 평상심지도平常心之道로구나.' 하는 생각이 들었다. 사람 사는 일이야 다 비슷하겠지만 평상심, 일상에서 나타나는 도는 몸과 마음에서 잔잔하게나마 분명히 드러난다. 평상심의 도는 평범한 삶의 매 순간에 있는 자리를 떠나지 않았다. 일상생활 중 밥 먹고 일하고 잠자고 이런 사소한 것들에서도 드러나는 도의 향기는 마치 매 순간을 인생 최고의 절정기처럼 살게 한다. 이것이 바로 평범함 속의 비범함이었다. 있는 자리에서 순간마다 잘 사는 비범함은 한 번 걸러 낸 평상의 마음에서 나오는 것으로 보였다. 표현하자면 산은 산이고 물은 물이었는데 한 번 산은 산이 아니고 물은 물이 아닌 경지에 갔다가 다시 산이 되고 물이 된 경지에 온 것이 아닐까 했다. 도인이란 산이 산 아닌 경지를 적어도 한 번은 거친 거듭난 사람들이라 하고 싶다. 다시 돌아온 그때부터는 배고프면 먹고 졸리면 자는 그것, 그냥 있음, 몸 움직임, 말, 침묵, 이 모두가 도의 경지에 들어간 것처럼 보인다. 이 상태에서는 사람 자체가 사랑 덩어리로 변하는지 사람과 세상에 대한 연민이 깊어 '나'를 위함 없이 무조건 주는 것에 무척 자연스럽다.

도인이라 해서 우리와 달리 특이하고 대단하고 하늘에서 뚝 떨어진 사람들은 아니었다. 누군가가 말하길 한 스승의 제자로 들어간 날, 스승이 뒷간에서 나오는 것을 보고 저분도 나와 같은 것을 하는구나 생각했다고 하듯 도인은 우리와 같은 일상을 사는 지극히 평범한 '인간적인' 사람들이었다. 생각과 사고의 구조는 같으나 아마도 '나' 하나를 넘어선 다른 뜻을 품고 있다는 점이 다르다면 다른 점일 게다. 색다른 점은 분명 있으나 주변 사람들과 조화롭다. 구체적으로 내가 만난 도인들에게 어떤 공통점이 있었는지 몇 가지 예를 들어야겠다.

- 도인은 섬김을 받기보다 사람을 섬기는 일에 열중한다. 사람과 세상에 대한 연민이 깊으나 자기의 뜻이 아닌 하늘의 뜻을 따르는 사람이다.
- 도인은 어떤 환경, 어떤 상황에서도 흔들림 없이 편안하고 평안하고 평화로운 사람이다. 마주 앉으면 앞사람에게까지 평안, 평화, 편안을 느끼게 해 주는 사람이다.
- 도인은 냇물 같은 사람이다. 밑으로 흘러 높이 있지 않으며 자연에 순응하고 순리를 거스르지 않는 사람이다. 냇물이었다가 강물이 되고

또 바다가 되기도 하는 사람이다.

- 도인은 겸손하다. 익은 벼가 고개를 숙이듯 자기를 낮추는 겸손에 하늘이 도인을 높여 주는지 하늘 가까이 있다.

- 도인은 천연스럽고 자연스런 사람이다. 가면도 없고 체면도 없고 순수하다. 도향과 같은 향기에서 뿜어 나오는 에너지가 참으로 맑고 청아하다.

- 도인은 '나'라는 게 없고 이웃이나 타인에게도 '너'라는 감각이 없다. '나', '너'가 없고 '내 것'도 없다. 에고도 이기심도 없이 사람과 한 몸, 한 마음이 되어 있는 일심동체를 느끼게 한다.

- 도인은 완벽한 성자도 성인도 아니어서 약점, 단점은 있다. 그런데 또 약점, 단점을 모두 장점으로 전환하는 재주가 있다. 단점을 보강하는 데 꾸준히 남다른 노력을 기울여 소인小人에서 대인大人으로 가는 것에 남보다 앞서 있다.

- 도인의 코드와 주파수는 우리와 다르다. 도인들과 같이 있을 때 가끔 바깥세상의 기준이 통하지 않는 것이 신선했지만 대신 도인들은 자신의 말을 사람들이 알아듣지 못해 답답해하기도 한다.

- 도인은 어느 정도 비워져 있다. 사람이 욕심을 완전히 떨쳐 내긴 어려우나 도인은 욕심을 절제할 줄 아는 사람이다. 이득을 따지지 않고 남

과의 관계에서 조금은 손해 보고 산다.

• 도인은 넘치지도 모자라지도 않는 중용의 도가 무엇인지 보여 준다. 희로애락 오욕칠정이 조금은 꺼져 버렸는지 좋은 일이 있어도 크게 기뻐하지 않고 나쁜 일이 있어도 크게 슬퍼하지 않는다. 공자의 칠십이종심소욕불유구七十而從心所欲不踰矩를 놓고 보자면, 나이 칠십이 되지 않았으나 마음에 따라 해도 법도를 넘지 않는다.

• 도인은 항상 몸을 움직여 일하는 사람이다. 소비보다 생산을 하며 무엇을 하든 주어진 일에 매진하고 땀 흘리며 산다. 단 놀고먹는 사람은 싫어한다.

• 도인은 왜 사느냐에 대해 확실한 대답을 갖고 있는 사람이다. 그런 까닭에 사는 데 두루 통달해 있다. 내가 누구인가에 대해서도 확실한 자신감이 있으나 자기를 드러내지는 않는다.

• 도인의 몸과 마음엔 싱싱한 건강미가 있다. 도인들은 내가 아는 그 누구보다도 몸과 마음이 건강했다. 지금까지 도인 가운데 몸 아프거나 비만이거나 먹는 것에 연연하는 사람을 보지 못했다.

• 도인은 남 사는 것에 이러쿵저러쿵 참견이나 간섭을 하지 않는다. 남들이, 하늘이 자신을 알아주거나 말거나 무척 한가하고 덤덤하고 천하태평하다. 주어진 삶에 말없이 묵묵히 또 충실하게 사는 모습과 생

활에는 지고의 행복감과 충만한 기쁨이 있다.

하늘을 우러러 부끄러움 없는 이런 도인들은 하늘이 내린 분이라는 생각이 든다. 열거한 공통점에 각기 강약의 차이는 있지만, 이 책을 통해 세상에 나오는 도인들 한 분 한 분은 모두 우리 시대의 스승이 되기에 모자람이 없는 것 같다.

목자牧者 도인 임락경 목사님은 목사 같지 않은 목사님으로 나도 남도 없는 시골 목자 도인이다. 스스로를 촌놈이라 부르는 목사님은 지금 예수가 살아 있다면 등을 어루만져 줄 것 같은 분이다. 다 같이 더불어 사는 임 목사님을 뵈면 우리나라에서 이런 목사님을 자주 만날 수 있었으면 싶다.

미국인 부처 도인 데이빗은 55세의 나이에 그간 살면서 단 한 번도 화를 낸 적이 없다는 말을 하여 나를 경악하게 한 도인이다. 승려로서 자신은 무소유에 가까운 삶을 살지만 미얀마를 오가며 나누는 부처 같은 마음을 가진 도인이다. 주는 기쁨이 저런 것이구나를 새삼 상기시키는 도인의 지고한 행복감이 무척 부러웠다.

자궁 도인 김기태 선생님은 별명에 맞게 사람을 자기 안에 품어 새롭게 잉태시키는 분이다. 사람 아픈 곳을 쓰다듬어 주는 이분은 어디든, 언제나 달려가는 119 구급대원과도 같다. 내가 그동안 찾고 있던 것들에 확실한 답을 준 김기태 선생님은 15년간 구도의 결과물로 얻은 깨침의 소리를 전하는 '나 알기 전도사'이다. 정확히 자기 자신이 되어 '참 나'로 사는 이분은 질그릇으로 쓰임을 받고 있다.

인도에서 만난 무아 도인 락시미 나라얀은 자기 자취 없음으로 '나'가 없는 무아無我가 무엇인지 일깨워 주는 도인이었다. 이 도인을 보고 '무아는 바로 이것이다.' 하는 점이 확실히 눈에 보이게 되었다. 지난 36년간 공동체에서 봉사하는 구도자로 살아온 이야기가 사람으로 하여금 과연 잘 먹고 잘 사는 것이 무엇인지 되짚어 보게 한다.

간만에 산속에서 만난 도 닦는 도인 홍기문 수도자는 하늘이 내린 천부 도인이다. 가진 자로 살지 못하는 것이 불편한 사람들에게 내공과 외공 수련, 또 공덕 쌓기에 관한 확실한 메시지를 주고 있다. 우리가 일상에서 쌓을 수 있는 선업공덕 이야기는 사람으로 태어나 해야할 몫의 숙제를 주고 있다. 험난한 인생의 경로를 걸어온 천부 도인은 파도가 멈춘 잔잔한 호수 같은 눈으로 사물을 사람의 눈이 아닌 우주의 틀 안에서 보는 특별함이 있다. 모든 수도자의 표본이 될 만한 천부 도인은 사람과 세상에 하고 싶은 말이 많지만 곧 세상의 십자가를 지는 수도의 마지막 단계로 들어가려 하고 있다.

어디까지나 한 개인에게 준 가르침이었지만 혼자 듣기 아까운 깨침의 외침이 많아 글로 옮기는 일을 감행해야 했다. 다섯 도인이 말과 몸으로 주는 행복과 자족과 충만의 한결같음에는 사람의 몸을 입고 한 인간으로 지구에 왔으니 살아서 더불어 사는 기쁨을 누리다 가자는 메시지가 있다. 다섯 도인은 오래전 세상에 다녀간 성인들의 말씀을 다 꿰뚫고 그 참 의미를 행동으로 옮기는 사람들이었다. 문자로 경전에 적혀 있는 말씀들이 도인의 목소리를 통해 되살아났다고 해야겠다.

우리 각자에게 사는 목적이 없다면 목표를 서게 하고 이미 목적이 있다면 그것을 재점검하게도 한다. 각기 지고 사는 십자가의 짐이 있다면 "잠시 짐을 벗고 쉬었다 가시지요."라고 행간에서 속삭여 주리라 믿는다. 욕망의 기운이 지구를 덮는 지금, 그래도 이 세상이 살 만한 것은 이런 도인들이 곳곳에 있기 때문 아닐까.

단순히 "왜 사느냐?"를 넘어 "어떻게 살 것인가?" 또는 "의미 있게 사는 삶이란 무엇인가?" 같은 물음에 하나같이 동시에 떠올리는 것이 아마도 '잘 사는 것'일 게다. 잘 산다는 것의 기준이 뭐냐 했을 때 사는 것을 '잘' 하려면 도인들의 삶이 작은 지표가 되어 줄 수도 있겠다 싶다. 사람의 인생에는 세 가지 큰일이 있다 한다. 첫째 잘 태어나는 일, 둘째 잘 사는 일, 셋째 잘 죽는 일이다. 잘 태어나는 일이야 자력으로 어찌해 볼 수 없다지만 잘 살다 잘 죽는 것은 우리의 선택에 달려 있지 않을까. 다섯 분의 도인은 적어도 잘 살다 잘 죽는 일에 있어 최상의 길을 가는 사람들임이 분명하다.

이해인 수녀님이 시에서 '도를 닦는 마음으로 말을 하게 하소서.'라고 했던 것처럼 도 닦는 마음으로 이 글을 써 내려갔다. 혼자 듣기 아깝다고 문자로 옮기던 중 간간이 외롭고 쓸쓸하고 답답하고 가슴이 터질 것 같을 때 곳곳의 말씀이 나를 달래 주기도 했다. '도인 찾기'에 태평양과 인도양을 건너다니는 동안 가만히 앉아서 글 쓰는 사람들이 무척 부러웠지만 왠지 세상에 진 빚을 갚는다는 홀가분한 기분도 있었다.

도인의 기준에 관한 한 어디까지나 나의 기준에 맞춘 개인의 의견이며 나 자신은 단지 메시지의 전달자로 남을 뿐이다. 아직 내 소리로 내 노래를 부르지 못하기에 도인 스승의 노래를 받아 적을 수밖에 없었다. 언젠가 내 목소리가 나오는 그날에 나는 꾀꼬리 같은 목소리로 내 노래를 부를 것이다. 그날까지 나는 전달자 역할에 충실할 뿐이다. 비록 글로써 도인들을 만나지만 이 글을 보고 독자의 삶에 작은 변화라도 온다면 말을 문자화한 전달자의 역할을 다한 것으로 그 이상 바랄 게 없겠다.

그간 뱃속에 잉태되어 품었던 '도'라는 아기가 나의 분신으로 이제 세상에 나가려 한다. 몇 번인지 셀 수도 없이 쓰다듬었는데 이젠 분만할 시간이 왔나 보다. 아이도 낳아 보지 않은 내가 알 리가 있을까마는 출산의 진통을 조금은 알 것 같다. 낳아 놓고 보면 별로 예쁜 아기가 아닐 것도 같지만 아마도 종이 한 장 한 장 사이에 나의 혼이 같이 숨 쉬고 있을 것이다.

도를 구하는 이에게, 진리를 찾는 이에게, 삶의 의미를 찾고 있는 사람들에게, 행여 개인적으로 알게 모르게 말로 상처 주었던 사람들에게 이 책을 바치고 싶다.

죽는 날까지 우리 모두 도 닦는 마음으로 살게 하옵소서…….

김나미 합장

1

세상의 모든 기쁨을 누리라

목자 牧者 도인 임락경 목사

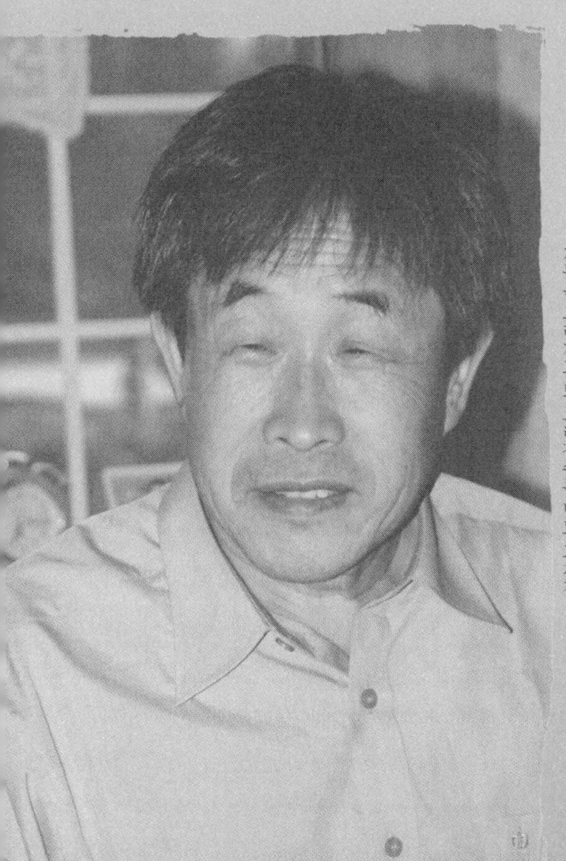

"나와 내 가족만 아는 사람에게 작은 즐거움은 있겠지!
그러나 그런 즐거움은 오래가지도 않고 오래갈수록 병이 생겨!
대신 가족 범위를 넘어 모두를 끌어안는 사람에겐 큰 기쁨이 있지!
기쁨은 오래가고 또 오래갈수록 병도 고쳐져."

임락경 목사

1945년 전북 순창에서 출생, 유등 국민학교를 졸업하고 농부로 살았다.

1961년, 나이 16세에 이현필 선생님의 제자가 되고자 무등산 동광원에 들어가 이현필 선생, 최흥종 목사, 오북환 장로, 김준호 선생, 백춘성 장로 등과 살며 다석 유영모 선생의 가르침도 받았다. 15년을 보내고 동광원을 나와 환속한 후, 농사를 지으며 농민운동, 민중운동을 하다 1979년 아카데미 사건으로 남산에 끌려가 고문도 당했다. 사람이 몸 움직여 하루 두 시간 일하면 혼자는 살 수 있다고 생각하는 농민이자, 30여 명의 정신적·신체적 장애를 지니고 있는 아이들의 아빠로 20여 년 이상을 살았으니 가족 혈연에서 해방된 자유인이며, 면허증 받은 지 하루밖에 안 되는 운전사에게 몸을 맡기고도 잠을 잘 수 있는 태평인이다. 틈틈이 글도 쓰고 강연도 하고 수맥 찾고 집터 봐 주고 아픈 사람 돌봐 주고 약이 되는 음식을 알리고 있다. 벌을 쳐서 꿀 따고 가축도 기르고 '시골된장'이라는 상표를 가진 된장도 만들어 팔고 있다. 예부터 지금까지 농사에서 손을 놓지 않는 유기농 농사꾼이다.

현재 정농회正農會 회장, 북한강유기농업운동연합 초대의장, NGO녹색대학 발기인, 화천군친환경농업인연합회 초대회장, 상지대학 초빙교수로 있다.

"요즘에 이런 목사님이 계시다니."

강원도 화천 땅, 이름이 '시골교회'인 곳으로 임락경 목사님을 만나러 가는 도중 중얼거린 말이다. 검문소에서 내려 옆으로 운악산을 끼고 있는 광덕리 길을 오르려니 새 지저귀는 소리, 닭 우는 소리, 경운기 소리, 집 마당에서 들리는 타작소리가 정겹다. 그 소리를 따라 시골교회 앞에 다다르니 흙냄새, 나무 냄새, 된장 냄새, 닭장에 돼지우리 냄새까지 폴폴 풍겨 시골은 맞는데 교회는 교회가 아니다. 십자가도 예배 시간 안내판도 보이지 않는 평범한 농가 한 채가 있을 뿐이다.

안으로 들어가 목사님을 만나니 목사는 목사인데 아무리 봐도 목사 같지 않다. 누군가 목사님을 앞에 두고 "목사님 어디 계세요." 하고 찾았다는데 그럴 만도 하겠다. 군밤, 군고구마 냄새 풍기는 목사님의 생김새는 영락없는 구멍가게 아저씨이고, 차림새는 허름하고 털털하고 말씨는 소박하다 못해 소탈하고 투박하다. 생김새, 차림새, 말씨, 그 어디에도 목사 냄새가 없다. 생전 찡그려 본 적 없을 것 같은 얼굴을 한 목사님, 환갑 넘은 연세에 고된 세상을 산 분인데 어떻게 이런 얼굴이 되었을까. 노총각 목사님은 아직도 약간 수줍은 듯한 소년티도 나고 활기찬 청년의 기운도 보인다. 시집 장가 안 가거나 못 간 사람은 평생 아이 같다는 말이 아마 사실인가 보다.

돌과 흙, 나무로 지은 시골교회는 신체와 정신이 약한 오갈 데 없는 아이들과 의지할 곳 없어 한 식구가 된 노인들이 모여 사는 가정집이다. 9살 어린아이에서 90대 고령의 어르신까지 30여 명 되는 대식구의 가장이 목사님이다. 목자 같은 시골 예수 임락경 목사님은 광덕리 마을 일까지 챙기는 동네 아저씨이자 종교계, 농업계, 환경계, 각계각층으로 오지랖 넓은 마당발이고 잘못된 것 보고 침묵 못하는 잔소리꾼이기도 하다. 스스로를 '잔소리꾼, 촌놈, 무식쟁이 농사꾼'이라 부르는 목사님은 자신이 하는 말을 돌파리 잔소리라 한다. 돌파리는 '이치를 돌연 깨부순다'는 뜻의 돌파리突破理인데 이치나 상식이 부서진 파격이 이채롭다. 국민학교 졸업이 전부인 목사님에겐 학교로부터 교육이란 이름으로 주입된 고정관념이 없어 상식은 깨지고, 발상에는 전환이 일어나는가 보다. 목사님은 "난 무식한 놈이오." 하면서도 할 말은 하는데 설교 안 하는 대신 강의를 한다. 건강, 음식, 농민운동, 생태학교, 대안학교 등등의 특강을 하는 목사님의 강의엔 '줏대 있는 잔소리 한마당'이란 제목이 붙는다. 강의는 우리의 막힌 곳을 뚫어 주는 파격의 신선이 넘친다. 목사님과 얼굴을 마주하면 기분은 상쾌하고 풍부한 유머에 유쾌하고 할 말은 하니까 통쾌하다.

목사님의 전직, 전력은 기본으로 20개가 넘는다. 목사님 자신도 한 사람 일생의 세 곱절을 살았다고 자신 있게 말하는 경력이다.

업으로 보자면 십대 때 동광원에 들어간 초기, 심부름도 하며 결핵 환자들 수발하고 살았으니 머슴이자 간병인이기도 했다. 옛날 진달네 교회에서는 젖양 키우는 목동이었고, 우유 짜 내다 팔았으니 우유 배달부도 되었으며, 닭 2천 마리를 키우는 양계사이기도 했다. 한때 노사분규로 해고된 실직 여공과 버스 안내양들에게 직업 소개해 주는 일도 했으니 직업 알선 소개인이기도 했다. 돈 버는 대로 집 장만하도록 재정설계사 역할도 해 주었다. 노동운동 하다 수배 중인 사람들을 뒤에서 보살피는 후원자였고, 직접 농민교육 운동도 했으니 운동가였고, 구로동 야학에서 가르침을 주는 선생이기도 했다. 오라고 부르는 데에 강의도 나갔으니 강사이지만 교육자가 더 어울린다. 화천 광덕교회를 세운 교회 개척자였고, 손수 교회와 집 20채를 지었으니 건축사도 되고 목수도 된다. 아카데미 사건으로 남산 중앙정보부에 끌려 가 고문을당한 역사의 피해자이기도 하다. 전력 중에는 야학 선생처럼 며칠 한 것에서부터 몇 년을 한 것도 있고, 지금까지 쉬지 않고 해 오는 것도 있다.

　현재까지 손으로, 머리로, 힘으로 꾸준히 해 오는 일은 십여 가지 정도이다. 한 지붕 한 가족 아이들, 노인들이 목사님 슬하에 있으니 기본적으론 언제 어디서나 대가족의 가장이자 '시골집' 된장공장의 대표이다. 또 5천 평 농사짓는 농부이자 사슴, 토종닭, 돼지, 오리 등을 키우는 목축업자이고, 벌 쳐서 꿀 파는 경력 40년의 양봉 전문가이기도 하다. 또 단순한 주입식 강의가 아니라 발상 전환, 의식 개혁을 이끄는 농민교육자이기도 하다. 강의 중 넘치는 유머로 사람을 잘 웃게 하니 엔터테이너도 된다.

　음식으로 말하자면 먹거리 상담사이다. 병을 예방하고 치료하는 데 신토불이 음식을 동원하는 토종 먹거리 연구가이고, 민간요법을 적용

하는 민간의학자이자, 스승에게 배운 물길 찾는 법으로 수맥 보고 집터 봐 주니 풍수전문가이기도 하다. 마음 아픈 사람 인생 상담까지 하니 심리상담사도 되고 설교는 안 해도 기도해 달라는 사람 기도해 주니 목사도 된다. 글도 잘 쓰는 목사님은 잡지에 글 보내고 책도 쓰는 자유기고가이자 저술가이다. 목사님이 직접 쓴 책『돌파리 잔소리』는 병 주고 약 주는 음식 이야기이고, 『그때 그 시절』은 해방 이후부터 민중들이 즐겨 부르던 노래 중 우리 기억에서 사라지는 것만 모은 옛 노래 수집책이다.

목사님은 또한 종합 컨설턴트이다. 무엇을 할 줄 아느냐가 아니라 무엇을 못하느냐고 물어야 답이 빨리 나올 것 같다. 무엇을 해 봤느냐가 아니라 무엇을 못해 봤느냐고 묻는 게 더 쉽겠다. 뭐든 손으로 잘 만들어 내기도 한다. 잊어버리고 있다가 누가 뭐 좀 해 주소 하면 내가 그것도 할 줄 알지 하니까 말이다.

해 본 것이 많아 하면 뭐든 잘하지만 최근 가장 충실하게 하는 일은 농약 안 치고 5천 평 농사지으며 유기농 친환경 농사를 장려하는 일이다. 친환경 농업으로 생태환경을 살리고자 애쓰는 마을의 유지인 목사님은 20여 년 전부터 이 일에 신경 써 온 마을의 선봉장이다. 덕분에 이곳은 환경 우수 마을이 되었다. 대외적으론 생태농업 환경가로 변신했고 유기농 농산물을 공급하는 정농회의 회장이다. 목사님은 우리가 얼마만큼 건강하게 사느냐 하는 것은 얼마나 자연을 접하고 사느냐에 비례한다고 본다. 누이 좋고 매부 좋도록 자연도 살고 사람도 사는 길로 가자는 것이다. 목사님은 자연에 신앙을 갖고 있다. 흔히 신에게 나아가 신을 만나는 길에 종교, 과학, 철학, 예술이 있다고 하는데 목사님은 농사꾼답게 자연을 통해 신을 만난다 한다. 생태환경농업 운동가로 활발히 활동하는 이유는 이 때문이다.

하는 일도 다양하고 따르는 감투도 많지만 기본적으로는 시골집 사는 평범한 농부인 목사님은 마을에 들어온 떠돌이 장애인이나 오갈 데 없는 병자들을 거두어 재우고 먹이고 했다. 여기에 소문 듣고 찾아오는 사람까지 생겨 식구가 하나 둘씩 늘어나 30여 명이 되었다. 이 식구들 돌보고, 제철에 손수 농사짓고, 강의 나가고, 수맥 집터 봐 주고, 아픈 사람 음식으로 고치고 하는 일은 거의 매일 하고 있고 평생 손에서 놓지 않을 일들이다.

목사님 주위엔 자문을 구하는 환자들과 가족들이 많은데 한약이든 양약이든 약 쓰지 않고 우리의 전통 음식과 유기농 먹거리로 병에 대처하도록 해 준다. 지난 45년간 동광원 시절부터 환자들 곁에 살아 병에 관한 한 전문가가 되었고 먹거리 자급하며 쉼 없이 연구해 온 음식과 건강에 관한 지식과 지혜는 책에서 배운 것이 아닌 경험에서 온 것들이다. 국민학교 졸업 후 농사만 지으며 남 안 하는 짓을 많이 하면서 무엇이든 노력하면 안 되는 것 없다는 점을 터득했다. 죽어라 노력하며 얻은 산 체험이 쌓여 사물에 문리文理가 트였다. 손이 가야 하면 손 길이, 힘을 써야 하면 천하장사 같은 힘이, 머리를 써야 하면 지혜가 자연스럽게 나온다. 돌 쌓는 일, 집 짓는 일, 수맥 찾는 일, 음식으로 병 고치는 일, 이 모두가 후천적 노력으로 이루어진 것들이라 한다. 이러니 목사님이 할 줄 아는 모든 것이 수도修道에서 온 것이 아니고 무엇

시골교회 된장공장에서 바라본 전경.

돌파리 잔소리꾼 임락경 목사님의 강의는 언제나 웃음만발이다.

이랴.

뭘 그리도 많이 알고 무슨 일을 그렇게 많이 하느냐는 내 말에 목사님은 당연한 걸 뭘 묻느냐는 듯 대답도 꺼린다.

"그거 다 목사가 당연히 시대의 흐름에 따라 해야 할 일이지. 일제강점기 어른들이 독립운동 한 것처럼, 할 시기가 왔으니 민중운동, 농민운동 했고, 요즘은 생태가 망가지니 환경운동 하고, 현대병 환자가 많은 세상이니 먹거리 운동 하고……."

이렇게 일이 많은데 잠은 언제 자느냐고 물었더니 거기엔 비결이 있었다. 목사님은 잠 보충 방법이 있다. 얼마나 몸을 많이 움직이며 사는지 조금만 시간이 비어도 아무 데서나 때와 장소에 맞춰 적당히 졸거나 쿨쿨 자기에 하루 3분의 1을 앗아가는 잠자는 시간만큼은 활용할 수 있다고 한다. 잠은 길게 잘 필요가 없고 피곤할 때 짧게 자는 것이 최고란다. 이렇게 시간을 아껴 쓴다.

목사님이 분, 초를 나눠 사는 것에는 어릴 적 사연이 있었다. 목사님은 열 살 때의 어느 날, 그동안 살아온 날, 또 앞으로 살아갈 날을 셈해 보았다. 60살까지 살 것을 계산하니 남은 날은 18,250일이었다. 시간 단위로 따져 보니 3만 8천 시간이 나왔는데 남은 날 동안 앞으로 할 일을 분명히 정했다고 한다.

1. 꼭 필요한 직업은 농업, 나는 농부로 살겠다.
2. 사람들은 명예를 얻고자 다툰다. 나는 학교에선 반장도 안 하고 교회에선 집사도 안 하겠다.
3. 산기슭에 세 칸 집 짓고 먹고살 만한 전답만 있으면 된다.

목사님 일생의 희망사항에 농사가 있다. 군대에 있던 3년을 빼놓고는 늘 농사를 지었다. 논밭 일궈 곡식 거두고 양과 닭 키우며 우유 팔아 살았다. 나무하고, 허드렛일 하면서 남의 논까지 지어 쌀 70가마, 고구마 수십 가마를 수확하기도 했다. 악착같이 일하며 그것이 무엇이든 생산에 관계없는 일은 한 적이 없고 앞으로도 그럴 것이다. 죽으면 썩을 몸 뭐 하러 아끼느냐는 말이 있지만 목사님은 진정 죽는 날까지 몸을 아끼지 않을 사람이다.

목사님 스스로 그렇게 불리기를 좋아하고, 또 가장 잘 어울리는 직함을 두 개만 들자면 '친환경 농사꾼'과 '돌파리 잔소리꾼'이다. 목사님의 저서인 『돌파리 잔소리』를 보면 절친한 친구인 이현주 목사의 설명이 있다. 돌파리突破理 잔소리꾼이란 '진짜 사람 사는 일을 걱정하며 나무 심고 땅 거두고 짐승 돌보는 일에서 우주의 큰 이치를 찾던 선비' 라 한다.

임 목사님은 길선비의 정신을 강조한다. 나라 망친 짓은 양반들이 했고 선비는 백성에게 도움을 주었는데 선비에는 집선비와 길선비가 있다고 한다. 집선비는 집에 살고 이득을 따지며 마을의 대소사를 처리하는 선비인 반면 길선비는 한곳에 안주하지 않고 의리에 살고 의리에 죽으며 양반의 부조리를 말하는 사람이다. 앉아서 6미터 정도는 뜨고, 축지법을 쓰고, 태권도 정도는 하고, 길에서 혼자 살기에 처자가 없어야 하는데 그 이유는 처자가 본인 대신 불이익을 당할 수도 있기 때문이라 한다.

낮은 곳에 임하는 '섬김'

원래 목사는 양반이 아니라 선비 자격인데 요즘에는 목사가 양반처럼 행세하고 선비 노릇은 못하고 있다며, 목사라면 선비로서 사람을 섬기는 머슴이어야 한다는 점을 역설한다. 목사님 자신이 농사도 사람도 섬김으로 일관해 왔다지만 목사님을 보면 사람이 열심히, 충실히 섬긴다는 게 저런 것이구나 깨닫게 된다. 길선비로 말하자면 예수야말로 길선비의 표본이었고 목사님 역시 길 한복판에 계신 길선비이다. 찾아온 손님들은 집에서 섬기고, 논밭에 나가면 농작물을 섬기고, 집 밖에서는 집터 · 수맥 봐 주러 찾아가 섬기고, 음식 건강 강의 들으러 오는 사람 모두 섬기고, 속해 있는 관련 단체 다 섬긴다.

"요즘도 양반 안 없어졌어. 목사들이 있거든. 그때와 비교하면 목사는 옷만 바꿔 입은 양반들이야. 주일마다 대접 받고, 높은 자리 앉고, 아랫목 차지하는 목사도 있지. 목사가 길선비가 되어야 나라도 살고 기독교도 살아."

내가 만나는 사람 대부분이 종교인, 성직자들이다. 섬겨야 할 성직자가 오히려 신자들로부터 섬김을 받고 있는 모습을 흔하게 보았다. 성직자로서 신과 신도에게 돌아갈 몫의 섬김은 없고 오히려 신에게 선택 받은 자처럼 권위적인 모습으로 군림한다. 사람은 어리석은 중생, 길 잃은 어린 양이라 내가 인도하고 구원해 주어야 할 존재라고 여긴다. 종교현장을 누비고 다니다 보면 과연 종교에 성직자가 필요한지 끝없이 의문이 제기된다.

몇 년 전 한 일간지에 종교 칼럼을 연재할 즈음 취재차 만난 목사가 있었다. "어느 교회 나가요?"라는 첫 질문에 "교회 안 다니는데요." 한 것이 화근이었다. 일요일마다 집 앞에 자동차 보내고 사람 보내 교회 나오라고 강요하는 통에 한동안 숨이 막힌 일이 있었다. 왜 교회에 안 나간다면 무조건 배타적이 되거나, 아니면 구원해야 할 불쌍한 대상으로 보는가. 간혹 교인들 중에는 단군상 목을 베고, 절에 불 지르고, 앙코르와트 같은 불교문화 사진을 보며 "이런 건 다 때려 부숴야 해." 하는 사람들이 있는데 이들을 이렇게 만든 책임은 목사들에게 있는 게 아닐까.

가끔 유명하다는 목사의 설교도 들었지만 잠깐 흥미를 끌다가 곧 지루해지고 예배 시간이 끝나면 다 잊어버리고 만다. 감동이 없어서일 게다. 목사가 얼마나 자기 체험이 없는지 매번 여기저기서 인용하고 남이 한 말을 전하기만 한다. 매번 단어만 바뀌어 늘 그 말이 그 말이다. 대다수 설교엔 "몇 장 몇 절 성경 구절에서 이랬다, 이렇게 쓰여 있다." 아니면 "누가 이랬다, 누구는 저랬다." 아니면 "뭐 뭐 했다더라." 가 대부분이다. 체험 없는 목사는 밑천도 없는 목사가 아닌가. 이에 대해 임 목사님도 동감을 나타낸다.

"목사들 설교할 때 누군 이랬다, 누군 저랬다 하지 말고 나는 이랬다 하고 해야 해. 성경에서 한 말 또다시 반복해 봤자 뭐해. 그 말씀이 살아나려면 '나는 이랬다.' 하는 직접 체험이 있어야지."

설교는 안 해도 체험 많은 임 목사님을 보면 항상 이야깃거리가 무궁무진하게 술술 나온다. 무슨 주제든 내용이 다양해 흥미로운데다가 스토리 전개에 추임새처럼 들어가는 목사님의 유머가 듣는 이를 더욱 신바람 나게 한다. 전국을 도 단위로 나눠 목사님 같은 분이 각 도에 100분만 계셔도 우리 교회가 살고, 예수도 살리고, 신자도 살리게 되지 않을까. 높고 거룩한 양반 목사보다 지위 없는 길선비인 임 목사님 같은 분을 몇 분이나 더 만나 볼 수 있을까.

"살림이 가난해야 정신이 살아. 교회가 부자되면 예수 들어올 자리가 없고 가난하면 빈자리가 많아 예수가 들어오는 거야. 이 세상 교회가 다 없어져야 세상이 좋아질 거야. 일요일 예배 보러 교회 오는 사람들은 세 부류로 볼 수 있지. 예수 믿는 사람, 교회 믿는 사람, 목사 믿는 사람. 가만 보면 교회가 지옥일 수도 있겠어. 모두 교회에 와서 문제 보따리를 풀어 놓으니까. 사람 사는 모습, 인간 세상의 고통을 보려면 교회에 가 봐. 거기 다 있으니까."

교회가 없어도 된다는 말은 "각자 네 자신 예수가 되라."는 말로 들리고 교회가 가난해야 예수를 만난다는 말은 우리에게 교회라는 장소가 반드시 필요할까를 생각하게 한다. 얼마 전 작고하신 동화작가 고 권정생 선생은 "교회나 절이 없다고 세상이 더 나빠질까." 하는 의문에 과거형으로 "교회나 절이 없었더라도 세상은 더 나빠지지 않았을 것 같다."고 했다. 동감이다. 이런 점에서 나는 무교회주의자이다. 왜 교회가 반드시 있어야 하느냐, 왜 목사가 필요한가에 대해 여전히 의문을 떨치지 못하고 있다. 교회만이 아니다. 종교에 귀의, 위로받으려다 상처받은 사람도 많다. 나는 적어도 교회나 절과 같은 종교시설이 권력 대신 가난의 상징이 되었다면 사람이 종교라는 이름으로부터 받는 정신적, 물질적 피해는 없었을 것이라고 확신한다. 역사적으로 '종교'를 빌려 자행된 전쟁만 봐도 그렇다. 현재 개신교계 내의 자성의 목소리도 있다지만 과연 교회의 필요성이 어디까지인지 되짚어 보고 갈 시기도 되지 않았나 한다.

가난해 예수님 들어올 자리를 만들려는 것일까. 낮은 곳에 임하는 시골교회 목사님에겐 빈자리가 많아 빚도 지고 있다. "다른 농부들 다 빚지고 사는데 나만 빚 없어 되느냐."며 당연한 듯 말하는 이분은 목사님이 아닌 농부이고 농부로서 맡은 교회는 교회가 아닌 가정이니 조촐하게 가족 예배 올릴 수 있는 자리엔 예수님도 부담 없이 함께하실 것 같다.

목사님이 굳이 목사가 되고 교회를 세운 데에는 다 이유가 있었다. 복지시설은 법인이 아니면 할 수가 없고 불법 시설이 되면 5년 이하의 징역에 5천만 원 벌금형이 있었다고 한다. 아이들과 같이 살려 법인 등록을 한다 해도 농민운동, 민중운동 한 전력으로 당시 5공 정권이 좋게 봐줄 리 없다는 판단에 할 수 없이 선택한 것이 교회 등록이었다. 성경은 봐도 신학 공부는 하기 싫었지만 다른 방법이 없었다. 국졸 학력으로 목사가 되려 정부 인가가 없는 신학교를 갔고 목사 안수 후 유사한 신학연구 학술원 졸업장도 받았다. 교회 세울 생각도 없었고 또 목사가 되고 싶지도 않았던 목사님에게 이런 연유와 교회 탄생 배경이 있었다.

"기도는 자기 욕심이다."

다석 유영모 선생이 생전에 목사님에게 이런 말을 주셨다 한다. "기도는 자기가 할 수 없는 것만 하라." 목사님은 입시 때나 환자 회복을 위한 기도를 부탁 받는 경우를 제외하고 기도를 안 한다. 기도를 안 하는 이유가 두 가지 있다 한다.

"기도는 이렇게 저렇게 해 달라는 게 거의 전부 아니겠어."

사실이 그렇다. 기도에 "뭐 뭐 해 주세요. 뭐 뭐 되게 해 주세요."가 많다 보니 이런 우

스갯소리도 들린다. 해 달라는 기도 듣다 화가 난 하느님이 "그러면 넌 뭐 할래." 했다는 것이다. 해 달라는 기도를 하기 싫어하는 목사님이 기도 안 하는 또 한 가지 이유는 하느님이 이미 결정한 것을 기도로 틀어 버리는 일이 될 것 같아서라 한다.

목사님이 1979년 농민운동 하다 아카데미 사건으로 중앙정보부에 끌려갔을 때도 이런 생각이 들었다 한다.

"죽고 사는 거 다 하느님이 주관하는 일인데 내가 기도한다고 어쩔 것인가."

입시나 건강을 위한 기도 부탁이 있어 남을 위한 기도는 해도 자신에게 뭐 해 달라는 기도는 하지 않는 목사님도 예외적으로 딱 한 번 기도를 해 본 적이 있다. 농사짓던 논밭 땅 주인으로부터 땅 없는 설움을 겪고 나니 간절한 기도가 저절로 나왔다.

"나에게 땅 3천 평만 주십시오. 자갈 한 개 없이 잘 가꾸렵니다."

그런데 아침에 기도하고 낮에 생각해 보니 '마음이 온유한 자는 땅을 차지하리라.'는 성경 구절이 떠올라 괜한 기도했다고 후회를 했다. '마음이 온유하면 되겠구나.' 그래서 이미 했던 기도를 취소하는 기도를 다시 했다. 이미 한 기도를 무효화한 기도 덕분인지 그 후에 땅 9천 평이 생겼다. 이렇게 목사님은 마음이 온유한 사람임이 증명되었고 기도하면 바로 응답이 이루어지니 무서워서도 기도를 못 한다며 웃는다. 하지만 이런 목사님도 기도하고 싶을 때가 있다. "기도는 자기가 할 수 없는 것만 하라."는 스승의 말씀대로 도저히 목사님 힘으로는 할 수 없는 일이 생겼을 때이다. 더 이상 손쓸 수 없는 죽어 가는 환자나 병자를 볼 때 그렇다. 목사님이 환자와 병자에 각별한 까닭은 동광원 시절부터 결핵환자를 돌보던 그 마음이 지금도 그대로이기 때문인가 보다. 목사님에게 '나'와 '너'가 없는 것은 그때 이미 '섬김'의 깊은 체득이 있어서일 게다.

기도도 설교도 안 하는 목사님이지만 그래도 목사님에게 신앙의 나침반은 성경이다. 시대가 달라지니 성경이 속속들이 새로 이해되는 것이 많고 다시 읽히는 구절이 있다 한다.

"지금은 세상이 변했잖아. 이 현장에 옛 동광원의 이현필 선생이 살아 계시다면 아마 맨발로 안 다니고 구두 신었을 거야. 예수도 급하면 비행기도 탔을걸. 시대에 맞춰 살아야지. 2천 년 전, 백 년 전 붙들어 봤자 소용없겠지. 요즘 성경에서 '원수를 사랑하라'는 말이 다시 보여. 당시 시대상으로 보면 그건 유대인 보고 주변의 이웃 외국인을 사랑하라는 말이 아니었을까 싶어. 원수는 사적 감정이 개입된 적敵이 아니라 당시 주변 상황으로 보면 지금 원수의 개념과는 달라."

거듭난 사람이 뭐든 새롭게 보는 것처럼 목사님 자신도 안으로 새로워져 스스로 파破한 것들이 있다. 예부터 목사님 스스로 혼자 정해 놓고 지켜야 하는 계명이 30가지가 넘었다. 아침에 일어나기 전 꼭 책 보기, 옷은 얻어 입거나 주워 입기, 이발소, 양복점, 구둣방 안 가기 등 크고 작은 원칙이 있었다. 그러나 새롭게 보고 보이는 것들로 인해 몇몇 가지의 계명에서는 벗어난 한편 여전히 지키는 것도 있다. 돈 주고 옷 안 사 입고 자신을 위해 돈 쓰지 않는 것만큼은 아직도 지키고 있다. "그때 남 안 하는 짓 30가지 다 지키려면 무척 힘들었을 텐데." 하고 털털한 웃음이 나온다.

'마음이 가난한 자 복이 있나니…….'

훌륭한 스승에게 배운 것일까. 아니면 천성일까. 애초부터 원래부터, 워낙 가진 것 없이 살았기에 없는 게 더 편하단다. 돈 주고 옷 사 입은 적이 없어 양복 한 벌 없다. 의복은 몸 가리고 추위 덜 타게 하면 그만이라는 생각으로 초지일관하는 목사님이 행사에 참석하러 가면 주위에서 목사 품위 떨어뜨린다고 말도 많다. 몇 년 전 대외적인 시선 때문에 생전 처음으로 돈 주고 사 입은 옷이 생활한복 한 벌뿐으로 두고 두고 사진 찍을 일 있을 때 입는 단골 외출복이다. 옷차림새 때문에 당하는 사건사고도 꽤 있었다.

"내가 행색이 초라해 잘난 목사 망신 많이 시켰어. 초청을 받아 크리스천 아카데미 모임에 간 적이 있는데 내 행색이 남루했는지 수위가 문을 안 열어 주는 거야. 호텔에서 하는 로터리 클럽 모임에 강사로 초청을 받아 갔을 때에도 호텔 정문에서 출입을 막았어. 되돌아보니 이런 일이 자주 있었어. 비싼 양복 입어 봤자 어울리지도 않는데 말이야. 주위에서도 마찬가지야. 자동차 한 대 사려 했더니 사지 말라고 나를 말리는 거야. 운전수로는 몰라도 차 주인으로는 보이지 않으니 사람들이 차 훔쳐 타는 줄 알 거라고 하더군."

목사님을 마주 대하면 '마음이 가난한 자 복이 있나니' 하는 성경 구절이 자주 잡히며 낮은 곳에 임하는 모습이 바로 내 눈앞에 있음을 본다. 목사님 말씀을 들으러 남양주 YWCA 건강 강의에 간 적이 있었다. 그때 보니 목사님 양말에 구멍이 나 있었다. '세상에, 이런 양말 신은 목사님이 다 있네.' 신선한 충격이었다. 갖고 있던 디지털카메라로 몰래 발을 찍는 데 이를 알아챈 목사님이 슬그머니 발을 감춘다. 구멍 난 양말 신는 목사님, 요즘 이런 목사를 어디서 뵐 수 있을까. 스스로 가난하고 못 배웠음을 인정하기에 누가 뭐래도 기분 나쁜 줄 모르고 멸시당해도 상관 안 한다. 오히려 내세울 게 없어 다행이고 배운 게 없다며 겸손해 한다. '체' 하거나 '척' 하는 가식이 없다. 그런데 요상한(?) 자신만만함이 있다.

"나는 지식인이란 사람들이 대단한 줄 알았는데 소위 유명한 교수라는 사람들 발표하는 것 보면 별거 없어. 나는 무식하고 교수는 유식한 줄 알았지. 알고 보니 지식인들 가운데 무식한 사람들이 더 많던데.

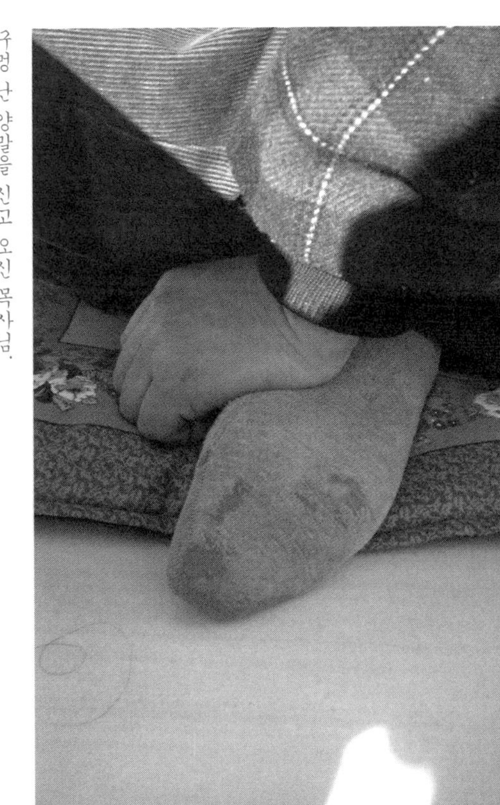

1970년대 농민운동, 민주화운동에 지식인들이 끼기 시작했는데 그 사람들 끼어 회의를 하면 아무것도 남는 게 없더라고. 나는 못 배웠는데 지난 몇 십 년간 내 말 듣겠다고 부르니 떠들고 다니기는 하지. 강의 끝난 다음 분위기를 보면 모두 내 말을 좋아하기는 하나 봐. 교수들 강의와 비교하면 너무 대조적이라 신선하다는가 봐."

우리의 지난날에서 못 배우고 가난했던 시절이 이런 사람들을 키워 내기도 했나 보다. 책으로 머리로 배운 사람과, 체험으로 가슴으로 배운 사람의 차이가 여기에 있다. 목사님은 교수들도 많이 만나고 또 현재 상지대 초빙교수이기도 하다. 목사님의 출강은 모두 할 말을 하기 위함이다. 농사, 먹거리, 건강, 환경 생태, 복지, 대안학교 등의 사회 문제에 현장 체험과 사실에 발판을 둔 사례를 중심으로 의식 개혁과 발상을 전환하는 아이디어를 풀어 놓는다. 주입교육을 받지 않아 나올 수 있는 것들을 보면 누구나 다 대학 다닐 필요는 없지 않나 싶다. 예수님이 언제 학교 공부 다 했으며 예수님 제자들도 언제 정규교육을 제대로 받았는가. 목사님이 국민학교 졸업 후 서당 가서 배운 것이라곤 천자문과 추구집의 천고일월명 지후초목생 天高日月明 地厚草木生, 하늘은 높고 해와 달은 밝으며 땅은 두텁고 풀과 나무는 자란다, 이것뿐이다. 어른이 되어 선별해 읽은 책은 80~100권 정도, 이 가운데 성경, 불경, 사서삼경, 『노자』, 『장자』는 독파했다. 경서 본 것이 전부이나 이것 보고 나니 다른 책은 볼 게 별로 없었고 더 이상 책으로는 배우지 않았다.

목사님은 삶 그 자체에서 배우고, 현장에서 체득한 것이 더 많다. 소위 '쫑'이란 것이 없어도 직접, 직통으로 쌓은 막강한 힘이 있다. 살아 있는 경험과 체험이 전부이나 거기서 터득한 것이 비법이 되고 지혜로 쌓였으며 문리가 트여 왔다. 쉼 없이 몸으로 때운 결과물이다. 바둑, 장기 한 번 못 두고 탁구공 한 번 못 받아 쳤고 재수나 요행, 횡재, 행운은 꿈도 꾸지 않았다. 쉼 없이 몸을 움직이는 가운데 목사님은 고상한 생각도 못해 보았단다. 뭇 사람들에게 몸 움직여 하찮은 것, 자잘한 한 가지라도 하라며 생산 참여 없이 소모만 하는 사람들을 향해서도 한마디 주신다.

"누군가 그랬어. 고상한 생각 할 시간 있으면 진흙땅에 돌멩이 하나라도 놓아 남들 건너가기 편하게 하라고. 말과 글이라는 게 사람 하나 발목 삔 것 고쳐 준 것만도 못하다는 거야. 흔히 하는 말이지만 뜬구름 잡는 소리 그만하고 텃밭이라도 가꾸라는 말이야. 사지 멀쩡하고 건강한 사람이 일하지 않고 먹는 건 무슨 양심인지 모르겠어."

목사님은 소위 '고상한 생각 하는 사람들'에게 생각은 그만하고 행동하라고 말한다. 학문한다는 지식인들 따라 나도 한때 고상한 생각만 하고 사는 무리에 끼어 있던 적이 있다. 오랫동안 고상해 보이는 철학을 하며 탁상공론을 하고 매일 고상한 생각을 해 보았자 결론은 안 났고 결과는 초라했다. 답답함이 극에 달해 그렇게 책상 위에서 도를 읽고 말하는 것보다 직접 나가 도인 한 사람 만나는 게 낫겠다 싶어 행동으로 옮겼고 그것이 최고였음을 지금 실감하고 있다. 나는 목사님에게 성직자 가운데 무임승차, 무위도식하는 사람들 이야기를 꺼냈다. 스스로 땀 흘려 일하지 않아도 배고픈 적 없고 생전 자기 손으로 씨 뿌린 것 없으면서도 거두기만 하는 사람들, 나는 이런 사람을 노예라 본다. 일하지 않고 먹는 자에게 먹은 것 다 뱉어 내라고 말은 못해도, 공짜로 먹은 것은 반드시 체하거나 소화불량 걸리고 만다는 사실에 우리는 한목소리를 내었다.

목사님 집 근처에 한글 글꼴을 연구하는 김명식 씨 가족이 살고 있다. 그는 '일'이라는 글자를 이렇게 푼다.

"일은 이와 ㄹ이 합쳐진 거라고 합니다. 일의 ㄹ은 ㄱ과 ㅡ와 ㄴ이 합쳐진 건데 ㄱ은 하늘이고 ㄴ은 땅입니다. 가운데 ㅡ는 이것과 바른 관계를 이루는 것입니다."

이렇게 풀면 일을 한다는 것은 하늘과 땅과 내가 바른 관계를 유지한다는 의미도 된다.

성 프란체스코를 닮은 스승, 이현필 선생

광주 동광원은 목사님 인생에서 빼놓을 수 없다. 동광원은 우리나라 개신교의 첫 수도원이다. 목사님이 동광원에서 나온 다음 환속했다고 하는 것은 동광원이 독신자 수도원이기 때문이다. 그렇다고 목사님이 장가를 간 것은 아니지만 동광원의 이미지를 위해 환속이라는 표현을 쓴다고 한다. 목사님에겐 스승이 세 분 계셨다. 다석 유영모 선생님, 이현필 선생님, 그리고 후대의 강원룡 목사님이시다. 청년 시절 당대의 두 성인 밑에서 가르침을 받은 것은 순전히 목사님의 복이다.

누군가 목사님의 첫 스승이셨던 이현필 선생을 두고 이렇게 썼다. "겨울에도 맨발을 벗고 다니던 하느님의 사람, 지리산 눈보라 속에서 십자가의 노래를 부르며 통곡하던 맨발의 성자 이현필 선생은 목사도 아니요 장로도 집사도 아니었다. 교리에 관한 교육도 받지 못했던 분이며 성자로 서품 받은 일도 없고 한국 기독교 사회에 이름이 알려지지도 않았다. 인간 이현필은 비겁할 때도 실패할 때도 있었으나 올바른 길을 위하여 걸음, 걸음 피 흘리며 그리스도의 자취만을 따르는 데 생사를 걸었던 사람이었다."

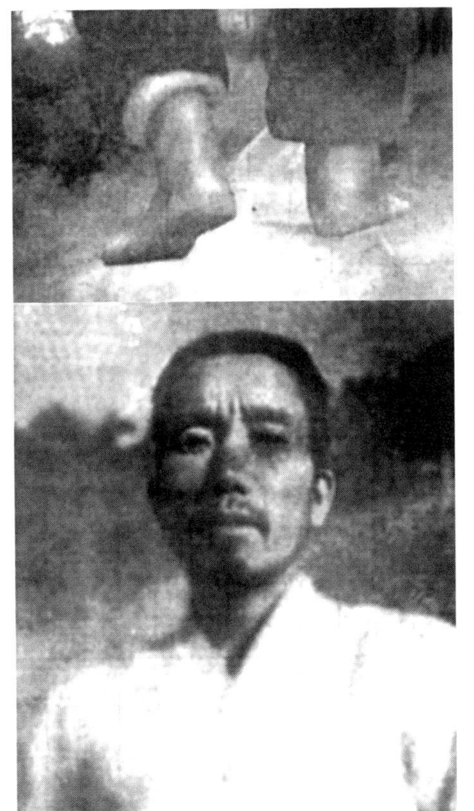

　　1964년 52세로 생을 마감한 이현필 선생님은 1913년 전남 화순에서 태어났다. 한국의 '성 프란체스코'로 불리기도 하며 겨울에도 맨발로 다녀 '맨발의 성자'로 알려진 분이다. 선생이 남긴 기도문에 있는 구절이다.

　　주여! 저로 하여금 항상 죄인됨을 기억케 하옵소서. 죄인된 것을 깨닫는 시간이 제게 행복된 것은 구주가 제게 가까워지는 까닭이로소이다.

　　주여! 저의 약함을 깨닫게 하옵소서. 저의 약함을 깨닫는 시간이 제게 복된 것은 크신 권능이 물밀듯이 찾아 주시는 까닭이로소이다.

　　성령의 역사로 이 사람들이 다 주님 권능만 믿고 바라게 하옵소서.

　　주님의 이름으로 들으소서—

　　13세 때 복음을 접하고 말씀에 따라 예수처럼 사는 이현필 선생에게 제자들이 모여들었다. 초기 남원 갈보리 동산에서 제자들을 훈련시키던 것이 첫 개신교 수도 공동체를 일구게 하였고 이것이 후에 동광원의 모체가 되었다. 훈련 시에는 기도, 청빈, 검소, 순결, 노동, 성경 공부, 경건 생활, 탁발을 중심으로 엄격하기 그지없었으나 이현필 선생이 하루 중 주는 말씀과 대화가 그대로 설교였다 한다. 스스로도 철저한 청빈과 검소한 생활로 일관, 예수의 삶을 본받고자 몸소 모범을 보이며 자연히 성 프란체스코의 모습을 닮아 갔다.

　　나이 30세 전후 홀로 화순 화학산, 지리산에 은거하며 몇 년간 금식과 기도 생활을 마치고 호남 지역을 무대로 전도 활동을 펼쳤는데 무등산에서 폐결핵 환자까지 거두고 같이 살았다. 전남 지역 교회에서는 그를 '산중파'라 비난하고 순결을 지키며 독신으로 사는 이들을 '금욕주의자'라 이단시하였다. 그러나 성자는 성자를 알아보는지 유영모 선생은 "한국에 인물이 없는 줄 알았더니 광주에 반쪽이 있었구나." 했었다 한다. 또한 평소 이현필 선생을 무척 아끼며 동광원에 자주 들러 친분을 나누었다 한다.

선생의 제자들이 모여 사는 동광원은 현재 귀일원이라는 이름으로 개명하였으나 종교계에서는 여전히 동광원으로 부른다. 귀일원은 정신질환자와 지체인과 이들을 돌보는 자원봉사자들이 한 가족인 복지시설 성격의 공동체이다. 광주 동광원 이외에 전국 분원이 있어 남원, 진도, 함평, 도암, 전주, 능곡, 벽제, 갈원에서 제자들이 수도하고 있다.

목사님이 동광원에 있을 때 「사색」 잡지를 읽고 박영호 선생과 같이 유영모 선생을 찾아갔던 인연이 계속되어 정기적으로 선생을 찾아 가르침을 받았었다. 두 분 다 돌아가신 후 목사님은 크리스천 아카데미 시절부터 아는 강원룡 목사님을 스승으로 모셨는데 타계하신 강 목사님의 장례식을 마치고 방송을 타기도 했다. 스승이 모두 타계하신 현재는 목사님 자신이 우리에게 스승이 되어 계시다.

그렇게도 목사님은 자신이 단점, 약점이 많은 사람이라며 못을 박는다. 사람이 사람으로서 사는데 행여 그것이 성인상으로 비칠까 두려운 것이다.

"사람에겐 장단점이 있는데 장점보단 단점이 더 많고 약점도 있지. 사람은 마귀도 천사도 아닌 중간이야. 누구나 양쪽 둘을 다 가졌는데 내가 천사 쪽으로 기울어 남들에게 장점만 보였을 때에는 일부러 실수도 하고 단점도 보여 줘. 나도 인간이라는 걸 보여 주지. 나는 천사도 싫고 마귀도 싫어. 그 중간에 있을래. 나 너무 뜨면 위험하거든. 내 약점, 단점을 못 봐서 그러는데 나 띄우지 말아 줘."

하지만 목사님은 이미 뜬 사람이다. 목사님은 본인도 모르는 사이에 유명해졌다. 농업 관련기관 단체뿐 아니라 기독교 감리교, 각종 사회 단체, 대학 등에서 수시로 강의 요청이 들어온다. 30여 년 전 같이 민중운동을 하던 한 여대생의 소개로 이화여대 강당에 서게 된 이후 출강만 몇 천 번은 했다. 목사님은 처음 강사가 되어 강단에 섰을 때 자기소개를 할 것이 없어 시작을 이렇게 했다고 한다.

"난 12살 때 처음 버스 타 봤고 19살에 처음 기차 타 봤고, 22살에 처음 서울 구경하고, 27살에 바다 처음 보고, 30살에 공중목욕탕에 처음 가 보았습니다. 중 · 고등학교를 못 다녀 사람들이 어울려 주질 않으니 대학 다니는 사람들과 토론이라도 하는 게 소망이었어요. 그런데 대학교에서 토론 아닌 강의를 하게 되었으니 오늘은 소망이 이루어진 날입니다."

화려한 학력과 경력 없는 이런 신선한 강사 소개가 또 있을까 싶다. 여하튼 이날을 계기로 목사님에게 각 단체, 교회, 대학에서 강의 요청이 쇄도하기 시작했다. 몇 십 년이 지난 지금도 유명 대학교수보다 더 자주 강의를 다닌다. 이렇게 바쁜 목사님 만나려면 집으로 가기보다 강의 일정에 따라 움직이는 편이 더 좋았다. 남양주 YWCA 교회를 찾은 것도 '제철 음식'을 주제로 한 목사님의 건강교실이 열렸기 때문이었다. 강의실이 된 교회 안에는 아기를 업거나 유모차에 태워 온 젊은 주부들이 대부분이다.

"사람들이 나를 돌목사, 물목사, 집목사로 부릅니다. 나는 돌을 잘 쌓고, 물 있는 수맥을 잘 찾고, 집도 짓고 집터를 잘 봅니다. 봄에는 잎채소, 여름에는 열매채소, 겨울에는 뿌리채소를 먹으세요. 뿌리는 도라지, 무, 생강, 마늘 등등인데 이것이 모두 독감 치료제입니다. 지금은 겨울이니까 제철에 따라 뿌리채소를 적절히 먹어 둬야 합니다."

강사 소개에 강당 내 긴장이 풀리자 일사천리로 이어가는 말에 모든 귀와 눈이 집중되고 간간이 청중석에서 크고 작은 웃음소리가 들린다. 베들레헴은 배 둘레가 햄처럼 두꺼운 사람이고 지방 유지는 지방기가 많은 사람이라며 전해 주는 먹거리 정보에 한눈팔 겨를이 없다. 가만 보니 목사님은 마이크 체질인가 보다. 강의는 재미를 넘어 신선함 그 자체였다. 이러니 한 번이라도 목사님 강의를 들은 사람이라면 그 자리에서 팬이 되는 것이 당연하다.

전국으로 출강 다니는 목사님은 수맥과 집터 보러 출장도 자주 간다. 전국이 무대인 목사님은 살았던 곳도 전국적이다. 순창에서 태어나 자랐고 동광원이 있는 광주 무등산에서 살았고 진달네 교회 있는 전주에도 살았고 한창 농민운동 할 땐 경기도를 중심으로 살았고 1969년 화천 이기자 부대에서 군복무를 했던 인연으로 강원도에 터전을 잡았다. 옮겨 다니며 본 산천의 기운을 알고 또 최고의 수맥 전문가 스승을 만나 쌓은 수맥 찾기 능력과 집터 보는 눈은 자타가 공인하고 있다. 수맥에 관한 한 타의 추종을 불허하는 특전문가라 할 수 있는데 직업으로 우물 파는 사람이 같이 수맥 찾자고 목사님을 찾으니 하는 말이다.

목사님이 40년 전 유영모 선생에게 한문 이름을 대며 "내 이름이 임락경입니다. 수풀 임, 물 낙, 서울 경인데 수풀, 물 다 좋은데 서울은 싫어요." 했단다. 그랬더니 유영모 선생이 주신 말씀이 "서울에 수풀과 물을 공급하시오."였다. 수맥 찾기는 그때의 분부대로 물 공급하는 일도 된다고 말하는 목사님에겐 타고난 감각도 있었겠지만 물 스승님이 한 분 계셨다.

안태호 선생은 목사님에게 수맥을 가르쳐 준 분인데 수맥 찾기 전수에 세 가지 약속이 있었고 목사님은 아직도 그것을 지키고 있다. 첫째, 돈 받고 하지 마라. 둘째, 남의 물 뺏지 마라. 셋째, 아무리 바빠도 오라면 가라. 하느님이 주신 특별한 기술을 돈 버는 데 쓰지 말라 했기에 지방을 나가도 왕복 기름 값만 받는데 수맥 찾아 주고 후회한 적이 많았다 한다. 특히 온천이나 골프장 건축에 수맥을 찾아 주면 바로 전 지역이 개발되는데 자연히 자연 훼손과 수질오염이 따르고 또 조용하던 주변 마을마저 시끄러워진다고 한다. 대부분 농사짓던 마을 남자들은

주차장 요원으로 호루라기 불고, 여자들은 식당일 아니면 목욕탕 때밀이로 나간다는 것이다. 요즘은 마을 공동 우물을 찾아 주거나 병원 같은 시설이 요청할 때만 응하려 하지만 행여 스승의 셋째 가르침, '아무리 바빠도 오라면 가라'를 거스를까 갈등이 심하다고 한다.

수맥 찾기가 미신으로 치부되는 한국 기독교계에서는 목사님을 두고 눈살을 찌푸린다. 원래 수맥 찾기는 아브라함 시대까지 거슬러 올라간다. 사막에서 양을 치던 유목민인 유대인들에겐 지하수 잘 찾는 사람이 최고였다. 지하수 찾는 데는 길고 두툼한 마른 막대기가 최적인데 종교 지도자들이 대부분 지팡이를 들고 다닌 이유가 여기 있었다 한다.

"아브라함 시대, 옛날 옛적부터, 이스라엘이든 어디든 물 찾는 이치는 같아. 물 찾는 데는 지팡이가 있어야 해. 특히 중동 같은 사막에서는 물 찾는 게 제일 중요한 일이었지. 종교 지도자들이 지팡이를 짚고 다닌 건 걷기 힘들어서가 아니고 수맥 찾는 데 쓰려는 거였어. 물이 있어야 사니 물 잘 찾는 사람이 최고여서 지도자가 되는 건 당연한 일이었지."

수맥 찾기는 기독교의 선조 할아버지인 아브라함 때부터 해 온 것인데 유독 한국 기독교에서는 이를 미신이라며 배척한다. 천주교 신부님도 하는 일인데 처음으로 개신교 목사님이 한다 하니 관련 기관에서 제명한다는 반발도 있었다. 할 말은 반드시 하는 목사님이 이런 일에 전혀 개의치 않아도 되는 것은 목사님이 기득권 내에 있지 않기 때문이다. 방송에 출연하거나 신문 잡지에 글을 쓸 때, 많은 사람들 앞에서 강의를 할 때 목사님은 교단을 '예수 팔아 장사회'라고 거리낌 없이, 또 거침없이 말한다. 정부 인가 없는 신학교를 나왔기에 지역 내 목회 자연합에서는 목사님을 끼워 주지 않지만 버젓이 기독교 방송에 나가 잔소리하는 목사님을 아무도 이단이라 말 못한다.

스승의 가르침을 따라 몇 십 년간 수맥을 찾다가 집터까지 눈에 들어와 그 또한 터득이 되어 갔다. 수맥과 집터는 같이 가는 것인데 한 이치가 또 하나를 꿰뚫게 되어 저절로 감이 트였다 한다. 목사님과 마주 앉은 자리에서 울리는 전화는 수맥 봐 달라는 부탁이 아니면 집터에 관계된 문의였다.

시골교회가 교회는 교회인데 십자가도 간판도 없는 이유가 있다. 한 마을에 교회가 두 개 있어서는 안 된다는 지론 때문이다. 광덕리 마을 입구에 있는 광덕교회는 목사님이 손수 짓고 개척한 교회이다. 그러나 더 깊은 곳으로 들어오고 싶어 다른 목사에게 넘기고 지금 사는 곳으로 들어와 시골교회를 세운 것이다. 먼저 만든 교회에 우선권을 주려 시골교회에는 십자가도 걸지 않았다.

"마을 사람들이 여기 찾아오면 저 교회로 가라고 해. 원래 한 동네에 교회가 둘 있으면 안 되거든. 여기는 교회라기보다 그냥 우리 식구들 사는 곳이지. 대신 동네에 일이 있거나 도움 청하러 오는 사람 있으면 열심히 봐주긴 해."

목사님 교회에 모여든 몇몇 의지할 곳 없는 아이나 노인들에게 설교하는 일을 꺼리게 된 것도 이유가 되었다 한다.

"명절 때 '가족끼리 화목해라, 부모 공경해라' 해야 하는데, 아예 가족이 없거나 버림받은 우리 식구들에겐 해당 안 되는 얘기거든."

목사님은 노인, 장애인 가족들과 함께 산 밑으로 들어갔다. 처음 교회 이름은 시골교회가 아닌 '망할교회'로 지었다. 장애인 없는 사회가 되어야 한다는 뜻으로 신체, 정신 장애인들이 사는 이런 교회는 속히 망해야 한다며 망할교회로 지었으나 노회에서 등록을 받아 주지 않아 하는 수 없이 시골교회라 이름 지었다.

내가 찾아간 주일날, 목사님, 애리 원장님, 다운증후군과 지체장애

로 몸이 불편한 아이들과 심신이 건강한 아이들, 30여 명 대식구가 방 안에 둥그렇게 모여 앉아 가족 예배를 보고 있었다. 예배는 누구나 하는 만인제사장 형식으로 식구 중 한 사람씩 당번을 맡아 돌아가며 이끌어 가는데 두세 달에 한 번 정도 목사님 차례도 온다. 설교나 기도는 당번이 임의로 인도할 수 있는데 기도 찬송이 없어도 되고 하자 하면

모두 건강한 아이들 논밭에서 나오는 것만 먹는다.

다 같이한다. 예배는 지난 일주일간의 이야기를 나누는 것이 대부분인데 단 한 가지 조건이 있다. 말은 하되 그것에 다툼이나 불화를 일으킬 소지가 있어서는 안 된다. 이런 가족 예배가 목사님의 대가족 목회 방식이다.

몸과 정신이 성한 아이는 학교 보내며 키웠다. 성년이 된 첫째딸 윤선이를 시집보내 지난 봄 할아버지가 되었다. 목사님에게는 모두 우리 딸이고 우리 아들인데 이젠 아이들이 하나둘 시집 장가갈 나이가 차고 있다. 대학에 입학해 서울서 자취하는 둘째딸 달래는 아버지를 닮아서 사회봉사에 적극적이다. 셋째딸 민들레는 무척 밝고 싱그럽고 고운 처녀다. 딸들 모두 짝 찾아 시집가면 목사님이 외로워질까 염려가 된다. 출신이 다르고 장애의 정도가 달라도 여자들은 한결같이 곱고, 남자들은 하나같이 건장하다. 시골교회에 사는 사람들의 공통점은 서로 간에 우애 좋고, 밝고, 부지런하고, 건강하다는 것이다. 아파서 약 먹는 아이 없고, 안경 쓴 아이 없고, 노는 아이 없다. 목사 아버지 밑에서 주워 들은 것들이 아이들의 심신을 건강하게 하는 비결이다.

"5년 전 근처 군대에서 아스피린을 주었는데 아이들이 먹은 적이 없어. 언젠가 집에 왔던 손님이 한 알 먹은 걸 제외하곤 그대로 있지."

목사님은 철저하게 먹거리로 몸을 다스리는데 아이들이 먹는 건 모두 신토불이고 손수 지은 유기농산물이다. 아프거나 병원에서 포기한 이들이 이곳에 와서 건강이 좋아지는 이유는 완전한 유기농 자연식 덕이라는 것이 목사님 생각이다. 쌀, 잡곡 모두 밥 되고, 밭에서 나온 것은 반찬과 양념, 간식이 된다. 마당에 키우는 사슴, 돼지, 닭은 적절한

아이들이 뛰어오르는 돌계단 위로
보이는 것이 된장공장이다.

때 잡아먹는다.

5천 평 밭에 채소도 43종으로 다양하지만 목사님 집은 콩 세상이고 식탁은 콩 천지이다. 아침마다 콩죽 먹고, 콩나물 키워 먹고, 두부 만들어 먹고, 간식은 볶은 콩이다. 토종 콩으로 메주 쑤고 된장, 간장도 만든다. 된장은 전통식품 공장 허가를 받아 정식으로 '시골집'이라는 상표로 생산 판매하고 있다. 목사님은 오랫동안 연구해 온 우리의 민간 발효식품 가운데 된장의 건강 증진 효과와 가치에 확신을 갖고 있다. 된장 만드는 콩은 모두 유기농으로 키워 직접 수확하고 양이 모자랄 땐 이웃에서 구매한다. 된장에서는 이윤이 남지 않지만 가격을 올리면 서민이 맛을 못 본다고 가격 동결을 해 두었다.

시골교회는 아이들이 잘 먹기도 하지만 사흘이면 쌀 한 가마니가 동이 나는 대가족이다. 가끔 들어오는 약간의 후원금에는 나병 환자촌에서 보내오는 돈도 있다. 목사님 말이 식구 머리 숫자로 보면 어떤 시설보다 돈이 적게 드는 것이라 하는데 웬만한 것은 다 논밭에서 나오고 병원 가는 일이 없기 때문이다. 하지만 아이들 교육비가 많이 들어간다. 쑥쑥 크는 아이들 학교도 보내야 하고 그 다음 시집 장가도 보내야 한다. 목사님 큰 아들격인 광일이는 나이 32살 노총각이다. 성실해 듬직하고 말없이 일만 하는 묵묵한 시골집 농부에게 시집올 여자가 없어, 목사님은 동남아 신부감이라도 좋다며 여러 구상 중이다. 며느리를 물색 중인 목사님은 광일이 대신 공개구혼을 하고 있다.

20년 전 몸이 아파 들어왔다 목사님과 같이 아이들을 거두어 원장격이 된 이애리 원장님은 "아이들 가운데 복덩이가 있어요. 그냥 그렇게 살아지데요."라며 웃는다. '그냥 살아지는 것'은 이 가정에 예수님이 함께하시기 때문이 아닐까. 시골교회는 굳이 '교회'라는 이름을 붙이지 않아도 되는 참 교회이다.

시골교회에서는 누구나 각자의 능력이 되는 대로 할 수 있는 만큼 일한다. 몸이 부실한 아이나 노인은 몸 못 움직이는 아이 대소변을 봐 주는 등 아이들을 챙기고, 정신이 불편한 아이는 청소나 허드렛일을 하고, 체력이 되는 사람은 논밭으로 나간다. 이애리 원장님은 이곳에 와 건강도 찾고 된장공장 살림을 도맡아 하는 숨은 일꾼이다. 돼지 잡았다고 나 찾고 닭 잡았다고 날 부르는데 다녀올 때마다 이것저것 신토불이 먹거리 챙겨 주는 친정엄마 같은 친구이다. 같이 밭에 나가 일하고 싸울 일 없어 집안은 태평하고 아이들은 잘 자란 농작물을 먹으며 잘도 크고 있다. 웃음소리 자주 나고 따스한 기운이 감도는 이 집 아이들이 건강한 것은 정말 당연하다.

목사님 역시 특이한 건강 체질이다. 아무리 큰일이 생겨도 먹고 자는 것과는 상관이 없다. 어디서나 잘 자고 어디서나 잘 먹는다. 배고플 땐 입으로 들어가 소화만 되는 것이라면 다 먹는다. 5공 때 남산에 불려 가서도 수사관 앞으로 나온 참까지 먹었다. 아무 음식이나 잘 먹고 옆에서 떠들어도 잘 잔다. 먹고 자는 것은 어디서나 언제나 가능하다. 몸에 독이 들어오면 땀과 오줌으로 빠져 버린다는 목사님 말을 들으니 이런 사람 몸에는 독이 들어왔다가도 못 견디고 도망갈 것 같다. 지난 몇 십 년간 병원에는 문병 가는 것 외에 가 본 일이 없고, 식구들이 아픈 때는 체하고 발목 삐었을 때 정도이다. 목사님은 체한 것, 발 삔 것,

이 두 가지를 특전문으로 잘 고치는데 아이들은 오죽하면 목사 아빠가 의사인 줄 알았단다.

목사님이 특히 관심을 두는 병은 시기에 따라 달랐다. 같이 살았던 환자나 병자들에게 나타나는 병도 현대화되면서 변해 갔기 때문이다.

"1960년대에는 동광원서 결핵 환자들이랑 살았고 1970년대에는 실직 노동자들이랑 살았어. 1980년대에는 몸 아파 취직 못해 시대에 제일 뒤처질 수밖에 없는 실업자들과 모여 살았지. 지금은 여기서 20년 넘게 정신지체아, 무의탁자들과 살고 있어. 그런데 1980년대부터 신종 병이 생기더군. 산업병인 뇌성마비, 정신박약, 관절염이 그래. 이제는 암과 아토피의 시대야. 시대에 따라 병에 대한 내 관심사도 변해서 병이 달라지는 만큼 거기에 맞는 대처방법을 강구하지."

목사님 통계에 의하면 결핵 환자는 1970년대 들어 거의 사라졌고 1980년대를 거치면서 뇌성마비, 관절염, 정신박약이 많아졌고 1990년대부터는 암이 정상을 차지했으며 지금은 단연 아토피가 최고로 많아졌다. 목사님의 건강교실 강의에 갔을 때 이를 증명하는 현실을 목격했다. 강의 중 목사님이 "집안에 아토피 앓는 분 있으면 손들어 보세요." 했더니 손 안 드는 사람이 없었다.

목사님은 현대인의 병을 먹거리로 고치는 것에 확신이 있고 실제로 그렇게 했을 때 몸이 나으니 주변의 몸 아픈 사람이 병원 다니다 목사님을 찾는 건 당연하다. 사람들이 전화를 통해서나 직접 찾아와 문의하는 병을 보면 작은 병에서부터 암, 아토피, 당뇨, 관절염에 이르기까지 다양한데, 암 환자가 특히 많다. 암이란 병 없으면 밥 굶을 사람도 많지만 암은 먹는 것부터 고쳐야 한다는 게 목사님 지론이다. 모든 병의 원인을 밥상에 있다고 보는 목사님은 한자 암癌을 이렇게 푼다. "산山같이 먹고口 또 먹고口 또 먹으면口 병病 난다." 먹을 때 적게 먹고, 옛 어른들 잡수신 대로 먹도록 해야 하며, 모든 식단을 완전 유기농으로 바꾸고 축산물, 가공식품, 불량식품, 첨가식품, 공해식품을 피해야 한다는 것이 목사님 처방이다.

요가에 '먹거리가 당신을 만든다 You are what you eat.' 라는 말이 있다. 우리가 몸 안에 무엇을 넣어 주고 있는지 되돌아보게 하는 말이다. 먹거리 밥상을 걱정하는 목사님의 진짜 설교를 들어 보자. 처음 우리나라에 기독교가 들어와 교회를 개척할 당시만 해도 구역 예배에는 호박죽, 식혜, 수정과, 고구마, 감자, 옥수수 같은 것들이 나왔다. 그런데 선교사들이 들여와 교회 식단에 가장 먼저 올라온 것이 커피와 통조림 등의 가공식품이었다 한다. 이런 것들이 우리의 밥상에 같이 오르며 마침내 갖가지 질병이 생겨나고 사람의 체질만이 아닌 심성까지 바꾸었다고 목사님은 믿는다.

아프다는 사람들에게 목사님이 주는 조언은 의식주에 있어 식食, 먹는 것만이 아니다. 입는 옷을 보자면 화학섬유는 피부가 숨을 못 쉬게 하니 면이나 실크, 목화, 명주, 삼, 털로 된 옷을 입으라 하고 몸에 꼭 끼는 옷도 피부 숨통을 조이니 헐겁게 입으라 한다. 주거 환경도 마찬가지이다. 집에 산소 공급이 부족한 것은 비닐 장판, 실크 벽지 같은 자재 때문이니 환자에게 좋은 건축 자재이자 사람이 먹어도 이상이 없고 사람과 함께 숨을 쉬는 나무, 황토, 돌, 숯, 너와 등을 쓰라고 한다.

그 다음으로 할 것이 신경성 문제 해결이다. 조금 손해 보고 살더라도 나에게 큰 피해가 없는 한 그냥 넘기고, 걱정을 만들어 하지 말라 한다. 마음에 큰 근심 두지 말고, 속상할 때 풀고, 기쁠 때 적당히 기뻐하는 등 희로애락애오욕喜怒哀樂愛惡欲을 절제하라 한다. 몸만이 아닌 마음을 다스릴 줄 아는 사람은 암에 걸리지 않는다는 것은 그간의 관찰과 경험에서 나온 목사님만의 원인 규명이다.

기쁘게 사는 것, 그게 내 신앙이야

목사님은 지금 당장 몸 아파 누워 있는 사람들을 병고에서 헤어나게 하는 일이 그 무엇을 한 것보다 훨씬 보람 있다 한다. 남 아픈 것은 그냥 못 보는 목사님은 좀 낫게 해 달라, 병 고쳐 달라는 사람에게 대처 방법을 알려 주고 직접 손길을 건넨다. 목사님에게는 한 가지 철학이 있기 때문이다. 그것은 바로 '즐거움과 기쁨의 차이'다. 목사님은 사람 사는 데 있어 즐거움과 기쁨의 차이를 명확하게 구분한다.

"나와 내 가족만 아는 사람에게 작은 즐거움은 있겠지. 그러나 그런 즐거움은 오래가지도 않고 오래갈수록 병이 생겨. 대신 가족 범위를 넘어 모두를 끌어안는 사람에겐 큰 기쁨이 있지. 기쁨은 오래가고 또 오래갈수록 병도 고쳐져."

여기서 말하는 병은 몸과 마음의 두 가지 병이니 심신을 건강하게 하는 첫째 조건에 기쁨이 들어간다. 자신과 가족만을 위해 살면 즐거우나 남을 위해 살면 기쁘고, 즐거움은 오래가지 않는 반면 기쁨은 오래간단다. 신부님도 스님도 아닌 목사님이 독신을 고수한 것은 바로 이런 이유 때문이다. 처자식 챙기다가 남을 챙겨 주지 못할까 봐 혼자 몸으로 지내 왔다. 즐거움과 기쁨의 질적인 차이가 나의 특별한 관심사이기도 한 것은 흔히 나를 포함해서 여자는 내 자식, 내 남편, 내 친정, 이 범위 이상을 넘어서지 못함을 자주 봐 왔기 때문이다.

목사님은 즐거움도 누리지만 참으로 오래가는 기쁨 속에 산다. 목사님 자신에게는 이것이 신앙이 된 지 오래되었다.

"기쁘게 사는 것, 그게 내 신앙이야."

이렇게 기쁘게 사는 목사님을 만나 감화를 받아 삶을 완전히 바꾼 몇몇 주위 분도 있지만 목사님에게 사는 기쁨을 가르쳐 준 사람도 있다. 시골교회에 자원봉사자로 와 살았던 할머니가 한 분 계셨다. 아흔이 가까우신 성남 주민교회 한냉순 권사님은 잠시 교회에 다니러 왔다가 6년간 농사일, 집안일, 아이들 뒤치다꺼리까지 도맡아 하신 큰 일손이었다.

하루는 할머니가 아들을 불러 종합검진 받으러 병원 가자고 했다. 결과를 본 의사가 노인분치고 건강하다 하니 할머니 본심이 나왔다.

"그럼 내 장기 기증 받으시오."

의사가 노인은 안 된다고 하니 할머니는 "시골교회서 자연식만 먹어 누구보다 장기가 깨끗하고 건강하다. 그러니 내 것 받아 달라."고 하셨다. 할머니 고집에 의사가 할 수 없이 기증서를 받았지만 할머니는 그 자리에 있던 아들까지 기증 서약을 하게 했다. 할머니는 그때부터 내 몸은 기증할 몸이니 함부로 할 수 없다며 몸 아껴 쓰시고, 먹는 것도 조심해 드시며 기쁨이 두 배나 되어 기쁨 자체로 사셨다. 목사님은 옆에서 할머니를 뵈며 사람이 몸을 산 제물로 바친다는 것, 또 자신과 가족보다도 남을 우선하며 사는 기쁨의 전형을 보았다 한다.

초기 대승 불교의 큰 인물이었던 샨티데바의 말이 생각난다.

"세상의 모든 기쁨은 남의 행복을 위하는 마음에서 오고, 세상의 모든 고통은 자신의 행복만을 갈망하는 이기심에서 온다."

나는 목사님을 참 멋있는 신사라 부르고 싶다. 단순해서 멋있다. 털털해서 멋있다. 사람들이 찾아와 목사님을 앞에 두고도 "목사님 어디 계세요." 하고 물을 수 있어 멋있다. 구멍 난 양말 신고 다니는 목사님이라 멋있다. 자신을 위해 옷 한 벌 안 사 입는 목사님이라 멋있다. 목사님 생김새를 놓고 손만은 잘생겼다는 소리도 듣지만 못생겨서 멋있다. 어디에서든 언제든 할 말은 해서 멋있다. 설교도 기도도 안 하는 목사님이지만 예수님을 닮아 있어 더더욱 멋있다. 한 사람의 인간으로서 멋지고 목사로서도, 사내대장부로서도 멋있다. 목사는 목사인데 땀 흘려 일하는 목사라 좋다. 우리를 성경 안에 가두지 않아 좋다. 권위 없어 좋다. 아주 가까이 접근할 수 있어서 좋다. 가까이 가면 웃을 일 많아 좋다.

목사님은 진정한 기쁨을 아는 분이다. 즐거운 것보다 기쁜 게 좋으니 살면서 사는 기쁨 같이 누리자는 목소리도 들린다. 이런 마음으로 사니 생활엔 활기가 넘친다. 목사님을 만나고부터 내 속에서 끓어오르는 한마디가 있다.

"내가 남을 위해 한 게 없어 부끄럽다. 그런데 부러워 죽겠다."

난 시골교회를 다녀올 때마다 섬기며 더불어 산다는 것의 기쁨을 가슴속에 생생히 각인시킨다. 가난해 빈자리가 많아 예수님이 함께하는 시골교회, 구멍 난 양말 신은 목사님, 건강하게 크는 아이들, 이 모습 안에 천국이 있다. 그동안 목사님이 살아온 모습이 도 닦는 수도라 한다면 목사님은 설교 대신 생활 도를 설파하는 도인 중의 도인이다. 자기 단점을 들추며 스스로 아직도 '노력하는 중'이라는 딱지를 붙인 시골교회 목사님이야말로 진정 도 닦는 목사님이다.

"난 아직까지 한 번도 화를 낸 일이 없어요. 사람이 화를 낼 땐 분명 이유가 있어요. 그런데 그 이유를 캐 보면 별것 아니거든요. 상대가 화를 내면 가라앉을 때까지 말하지 말고 죽은 셈치고 가만히 기다리세요. 상대가 화를 삭이도록 하는 거죠. 내 쪽에서 화가 날 때는 '나도 그럴 수 있지!' 하면 되고 스스로에게 화가 날 때는 '별것 아닌데!' 하고 그냥 넘기세요."

도인은 1952년, 미국 샌프란시스코에서 무녀독남 외아들로 태어나 미술 대학에서 설치 미술을 전공했다. 도인의 아버지는 네덜란드에서 태어난 유대인으로 미국으로 이민을 왔다. 도인은 대학에 다니던 1972년, 19살 때 볼리나스 초등학교 교생으로 시작, 정식 교사로 미술과 공예를 가르쳐 왔다. 볼리나스 초등학교는 현재 학생 수 부족으로 정교사를 쓰지 않아 도인은 파트타임으로 일하고 있다.

1980년 단순한 관광객으로 미얀마를 찾았던 때부터 20여 년이 지난 지금까지 도인은 매년 미국과 미얀마를 오가며 산다. 1995년, 본격적으로 도인을 주축으로 한 서클펀드가 조성되면서 일 년의 반을 미얀마에 살며 프로젝트를 추진 중이다. 미국으로 돌아와 서클펀드 기금이 쌓이면 그것을 들고 미얀마로 건너가고, 미국으로 돌아오면 또 기금을 모금해 또다시 미얀마로 돌아갈 날만을 기다리며 산다.

왼쪽으로 태평양을 끼고 캘리포니아 해안선 1번을 따라 샌프란시스코에서 북으로 뻗은 50마일, 바다와 파도와 바위가 어우러져 장관을 연출하는 이 길은 '천상의 길'이라 부를 만큼 빼어나다. 가끔 떼 지어 나타나 일광욕과 낮잠을 즐기는 바다표범들의 모습은 또 하나의 놓치기 아까운 진풍경이다.

이 아름다운 길을 한 시간가량 달려가면 바닷가의 작은 마을 볼리나스에 이른다. 계절 따라 아침엔 옷이 축축할 정도로 안개가 자욱하게 끼는 이곳은 인구가 천 명도 안 되는 작은 마을이다. 150년 전만 해도 작은 목장만 몇 곳 있던 정글이었는데 황금을 찾아 서부로의 대이동이 일면서 항구와 철로를 만드는 데 쓸 나무를 벌목하기 위해 벌목 노동자들이 이곳 볼리나스로 모여들었다. 1852년 노동자들을 위한 첫 선술집이 생기고 1900년에 들어서 마을 모습이 형성되었다고 한다. 1906년 샌프란시스코 대지진 때 한 차례 큰 고비를 겪고 난 다음 1960년대 건축 붐을 타고 소규모 주택이 하나 둘씩 들어서자 버클리와 샌프란시스코의 히피들이 이곳으로 모여들어 정착해 오늘의 모습을 갖추었다고 한다.

2006년 이 작은 마을에서 부처 도인 데이빗 반 루원을 만났다. 자신이 용띠라고 띠 자랑하는 55세의 독신남 데이빗 도인은 바닷가 작은 오두막에서 혼자 살고 있다. 마을의 지인과 친구들에게는 부처님 반 토막 내지는 성자로 통한다. 악수도 없는 첫 인사를 나누고 마주한 도인은 무척 느긋하고 편안하고 만족스러워 보였고 참 도인을 만날 때마다 공통적으로 느끼게 되는 묘한 행복감이 풍겨 나왔는데, 내가 '자족형 충만 바이러스성 기운'이라 이름 붙인 그것이었다. 행복감이 마주 앉은 나에게까지 전달되면 온몸의 긴장했던 세포가 다 녹아내리는 것 같다.

내가 데이빗을 부처 도인이라 이름한 것은 부처님의 제자로서 손색 없는 그의 자비심 때문이다. 부처 도인은 일 년을 반으로 나누어 미국과 미얀마를 오가며 산다. 미국에 있을 땐 초등학교 파트타임 미술 교사이고, 미얀마에 있을 땐 승려이자 자선사업가이다. 그런데 반소매 티셔츠에 반바지 차림인 도인에게서 승복 입은 모습이 잘 그려지지 않는다. 도인이 출가 승려임을 알려 주는 것이라면 머리가 삭발이고 무소유에 가깝다는 것뿐이다. 탁발에 의존하지는 않더라도 가진 것이 전무全無에 가까운 그의 삶을 보며 일일일손一日一損, 하루에 한 가지씩

바닷가 옆 오두막은 작업실이다.

덜어 내라는 구절을 되뇌게 된다. 도인은 얼굴에서부터 욕심이라고는 털끝만치도 없는 비어 있음이 드러난다. 그러나 없는 가운데 무척 풍요롭고 풍족한 에너지가 감돈다.

그 넓은 미국 땅에서, 자동차가 신발과 같은 곳에 살면서 도인은 평생 자동차를 가져 본 적이 없다. 될 수 있는 대로 소유하지 말자는 원칙 때문이다. 마을을 다닐 때에는 다리와 자전거가 유일한 교통수단이고 도시에 나갈 땐 길에 나가 손을 들고 히치하이크를 한다. 1972년 샌프란시스코에서 이사 와 지금까지 35년간을 살아온 바닷가 옆 작은 오두막도 본인 소유가 아니다. 처음 이사 왔을 때 30달러이던 월세가 지금은 500달러가 되었다는 게 변화라면 변화이다.

무소유에 가깝게 사는 것에 어떤 비법이라도 있을 것 같아 이것저것 캐묻는 나에게 도인이 정곡을 찌르듯 던지는 말이 내 의문을 풀고 다음 질문마저 가로막는다.

"아마도 내가 사회의 잣대를 따라 그것에 맞춰 살려 했으면 무척 힘들어 했을 거예요. 자신의 인생에서 무엇이 가장 중요한지만 알면 자기 방식대로 살되 남에게 피해 안 주면 되지 않을까요."

독신으로 사는 것에 대해서도 답변이 되는 설명이다.

우리 인생은 카르마의
연속이지요

"이 인생은 정말 보너스예요."라며 환하게 웃는 도인은 미얀마 이야기부터 꺼낸다. 인생을 보너스라고 할 만큼 미얀마는 그에게 삶의 큰 기쁨을 누리게 하나 보다. 어떤 인연이 도인을 그리로 이끌었을까. 사람의 인 연이란 것이 어디까지일까. 도인과 미얀마의 인연은 미얀마 국명이 버 마였던 45년 전으로 거슬러 올라간다. 도인은 어릴 적 샌프란시스코 어린이 합창단 단원이었다. 그때 우탄트 유엔 사무총장이 샌프란시스 코를 방문했고 국빈의 환영식에서 합창단이 축가를 부르게 되었다. 합 창을 마치자 무대에 올라온 우탄트 총장이 고마움의 표시로 어린이 한 사람 한 사람에게 악수를 청했다. 뒷줄에 서 있던 도인 차례가 왔을 때 우탄트 총장은 도인의 눈을 깊이 들여다보며 악수한 손을 어루만져 주 었다. 도인은 평생 이 순간을 잊지 못했고 이것이 훗날 도인을 미얀마 로 이끈 계기가 되었다.

도인은 이를 사람이 비켜 갈 수 없는 카르마로 푼다.

"인생에서 전혀 기대 못했던 일이 일어나는 것, 이것이 카르마 아닐 까요. 개개인 한 사람, 또 사람과 사람 사이, 우주의 그 어느 것도 카르 마를 비켜 가지 못하는가 봐요. 우리 인생은 카르마의 연속 같아요."

카르마에 대한 구체적인 설명으로 인과응보까지 깊이 파고들던 도 인은 거대한 카르마의 영향권 안에서 당장 이 순간, 오늘 한 일이 내일 의 순간에 그대로 반영되는 사례까지 들어 준다. 1980년, 도인은 아시 아를 처음 방문했다. 한때 아버지가 살았던 인도네시아 발리 섬과 네팔 을 돌아보았는데 우탄트 유엔 사무총장의 조국이었던 옛 버마를 빼놓 을 수 없었다. 단순한 관광객으로 미얀마를 찾았던 그때부터 20여 년 이 지난 지금까지 도인은 매년 미국과 미얀마를 오가며 산다. 1995년,

본격적으로 도인을 주축으로 한 서클펀드가 조성된 후 일 년의 반을 미얀마에 살며 프로젝트를 추진 중이다. 미국으로 돌아와 서클펀드 기금이 쌓이면 그것을 들고 미얀마로 건너가고, 미국으로 돌아오면 또 기금을 모금해 또다시 미얀마로 돌아갈 날만을 기다리며 산다.

도인은 동남아에서도 정통 소승불교 국가인 미얀마에서 출가까지 했다. 출가에 대해 심각하게 고민할 즈음 은사 스님이 된 밍갈라 사원 주지 스님의 강력한 권유도 있었다. 출가는 자의 반 타의 반이었지만 '적어도 계율만은 반드시 지키며 살리라.'는 마음으로 임했다. 삭발을 하고 수계식受戒式을 거치며 도인은 인생에서 가장 기쁘고 의미 있는 추억 하나를 경험하게 되었고, 일생일대의 전환기를 맞이하게 되

었다.

"수계식 날 모든 절차가 팔리어로 되어 있어 다 이해하진 못했어요. 하지만 나는 내 마음을 부처님께 바쳤습니다. 사원 근처 동네로 첫 탁발을 나갔는데 무척 부끄러웠어요. 그러나 오로지 탁발하는 이 순간에만 집중하자고 조용히 염불 독경을 했지요. 친지들이 길에 서서 탁발하는 나를 보고 모두 손을 흔들며 격려해 주었는데 그때 일어난 환희심은 평생 기쁨의 씨앗이 되어 수시로 나를 기쁨의 원천으로 되돌아가게 합니다."

도인의 눈시울에까지 흥분이 번져 간다. 도인이 카르마를 믿으니 어쩌면 도인의 출가야말로 확실히 전생에서부터의 인연 때문인지도 모르겠다. 도인을 보니 나의 미얀마 추억도 한꺼번에 쏟아져 나온다. 1998년 양곤 위파사나 센터인 판디타라마에서 장기 수행을 한 적이 있다. 한 달은 도시에서, 한 달은 숲 속 오두막에서 수행을 했고, 다시 한 달 동안 미얀마를 횡단하는 여행을 했었다. 그때의 미얀마가 인생의 기폭제로 남은 것은 그 석 달이 나에게 작은 돌파구를 주었기 때문이다. 여행을 마칠 즈음 탁발하는 동자승에서부터 길 가는 한 사람 한 사람이 성자로 보일 정도로 나는 미얀마 사람에게 완전히 매료되어 있었다.

우리는 마치 미얀마를 배경으로 한 무대에 있는 것처럼 서로의 미얀마 추억만 꺼내 놓으며 하루 종일을 보내기도 했다. 불교에 대한 토론도 오갔다. 나 자신 신자되길 유보한 채 학문으로 했던 불교이지만 서당 개 풍월 읊는 내 입도 물 만난 고기처럼 쉬지 않았고 도인은 도인대로 부처님 가르침에 대해 찬탄을 멈추지 못했다.

"세상에서 가장 아름다운 곳에서, 그것도 가장 아름다운 사람들과 같이한다는 사실이 나를 행복하게 해요. 사람을 예술 작품으로 치자면 최고의 작품과 같이 있는 것이지요. 미얀마에 갈 때마다 추억이 쌓이고 미국으로 돌아오면 그 추억을 먹고 삽니다. 그러니 어찌 행복하고 기쁘지 않겠어요. 큰 인연 덕분에 내 인생은 특별해졌고 따스한 가슴으로 나누는 우정이 비타민 영양제 같아요. 나는 대체로 어디 있어도 행복하지만 미얀마에 있을 때 몇 배는 더 행복해요. 부처님의 체취가 남아 있는 불교 국가이기 때문이에요."

도인이 앞으로 불교를 정식으로 공부할 계획이 있는지 궁금했다. 미얀마는 팔리어로 읽어야만 제 맛이 나는 불경 원전을 배울 수 있는 좋은 조건에 있기 때문이다.

"불교 사원, 스님, 불교 신자, 불상, 불교에 관계된 것이라면 뭐든 다 좋아하니 대승, 소승을 나누지 않아요. 초기 원시 경전을 다 섭렵하고 싶지만 우선 미얀마 문화를 통해 불교를 배워 가고 있지요. 직접적인 문화 접촉으로 경험과 견문에서 배웁니다. 미얀마에 있을 때마다 의사소통에 어려움이 있어 지금은 카세트테이프로 먼저 미얀마 언어를 배우고 있어요."

도인이 미얀마에 있는 반년이라는 기간 동안에는 주변 친지와 아이들이 영어 배운다고 영어로만 말을 거니 자연히 미얀마어 습득에 진전이 없고 도인 자신도 주변 사람들과 아이들이 원하는 영어를 배우게 하기 위해 현지 언어를 배울 기회를 놓치고 있다 한다. 그러나 잇달아

하는 말에서, 언어는 배우고 있지만 사람에게 언어가 반드시 필요한가에 대해 의문을 제기한다. 영혼과 영혼이 접하고 가슴과 가슴이 만나고 마음 통하는 이심전심에 굳이 말이 끼어야 하느냐며 언어의 한계를 긋는다. 그의 말이 맞는지도 모른다. 사람에겐 눈짓, 손짓, 발짓, 몸짓이 있고 서로 통하는 사람은 눈빛만 봐도 알 수 있다는 말도 있으니까.

불교로 시작한 말 꽃이 피어 다른 종교까지 대화에 등장한다. 도인은 스스로 승려이기 전에 불교 신자임을 분명히 하는 반면 유대인 후손으로서 유대인의 토라, 모세오경에 속한 구약만은 받아들이기 어려운 점도 피력한다.

"어렸을 적, 또 젊은 시절 아버지 덕에 히브리 성경 구약은 자주 읽었어요. 아무리 읽어도 믿어지지도 않지만 하지 말라는 요구가 많아 불편해요. 나에게 야훼 하느님은 장난꾸러기 같은 심판관이에요."

유대인으로 이런 말을 할 수 있는 것은 불교 신자이기에 가능할 것이다. 미국의 백인 불교 신자 가운데 유난히 유대인이 많아 유대인 불교 신자Jewish Buddhist의 약자로 '주부JuBu'라는 용어까지 생겼다. 도인은 유대인 피를 받았지만 선택은 자신이 한다며 스스로 부처님과 서로 통하는 사이기에 불교에 더 가깝다 한다. 도인이 믿는 것은 카르마, 인과응보, 무야, 무상, 일체개고一切皆苦 그리고 과학과 천문학이다.

사람 인연의 흐름은 우리가 예측 못하는 구석이 있다. 인연의 시작에서 '인연 흐름'이 냇물처럼 흐르는 동안 끊어지는 것도 있고, 끊어졌다 다시 시작되는 것도 있고, 더 깊어지는 인연의 지속도 있을 것이다. 사람의 인연 흐름이란 것이 이렇게 가기도 하는 것일까. 어릴 적 우탄트 유엔 사무총장과 악수를 나눴던 그 감동에서 출발, 관광객으로 갔던 그 나라에는 도인이 상상도 못했던 큰 청사진이 걸려 있었다.

몇 번인가 미얀마를 오갔던 도인에게 1995년, 짐을 풀었던 한 호텔에서 닿은 인연이 있다. 그 인연의 흐름이 도인을 부처님의 품 안으로 몰고 갔다. 호텔 근처 공원에서 탑을 구경하고 있는 도인에게 한 가족이 말을 걸어왔다. 공원을 관리하는 정원사 가족이었는데, 동네 사람 40명이 단체로 가는 불교 성지 순례에 동행하지 않겠느냐고 권유하는 것이었다. 장래 그 순례지에서 일어날 일을 짐작도 못한 채 도인은 초대에 기꺼이 응했다. 그렇게 따라간 순례지의 한 사원에서 영어로 말을 걸어오는 서너 명의 십대 소년들을 만났다. 영어를 한마디라도 써보고 싶어 "Hello!", "How are you?"만 연발하다 단어 몇 개를 나열하는 식의 대화를 시도하는 소년들이 도인을 줄곧 따라다녔다. 몇몇 단어에서 도인이 알아들은 것은 자기들이 일하는 사원에 놀러 오라는 초대의 말이었다. 아이들은 사원에 살며 심부름과 허드렛일을 하고 있었다. 그리고 한 인연이 다른 인연을 만들어 주는 고리가 되어 여기서부터 '큰일'이 하나씩 벌어지게 되었고 지난 13년간 자선사업가가 되어 미얀마에 몇 가지 대형 프로젝트를 펼치게 만들었다.

도인이 기억해 두었던 밍갈라 사원을 찾아가자 소년들은 영어 실습을 한다고 도인을 놓아 주지 않았고 사원의 주지 스님까지 합세했다. 천진난만한 아이들, 또 자상하고 온화한 주지 스님과의 우정이 싹트기 시작했고 3년이 지난 후 도인은 주지 스님을 은사 스님으로 정하고 정식 비구계를 받는 출가까지 하게 되었다. 출가 후 "여기가 내 집이다." 하는 마음으로 미얀마인이 되려 사원의 생활 방식과 불교를 익혀 나갔다. 무엇보다도 도인에겐 사원에서 먹고 자고 공부하는 200여 명 동승들의 열악한 위생 환경이 눈에 들어왔다. 무엇이 필요한지 살펴 갔지만 당장 수중에 가진 돈이라곤 공항 가는 차비뿐이라 도울 수 있는 길은 막막했다. 학교 개학을 맞아 미국으로 돌아온 도인은 방법을 강구하기 시작했다. 여러 재단의 지원금과 기부금을 받고, 또 마을 사람들까지 동원되어 정식으로 서클펀드가 만들어지기까지 미얀마를 오가며 돈을 날랐다. 도인은 우선 사원의 경제적인 독립을 위해 불상 모형 제작 기술을 가르치고 위생 시설부터 손을 대는 등 미얀마와의 동거를 시작했다. 단순한 'for the poor'가 아닌 'with the poor'를 택한 것이다.

작은 미국 돈이 미얀마에서는 큰돈이 되어 주어 한 가지씩 일 벌이는 재미가 있었다고 당시를 회상한다.

"그때만 해도 미국 돈 10달러가 미얀마에서는 중산층의 한 달 생활비였어요. 캘리포니아에서 식당 들어가 한 끼 먹을 돈이 거기선 몇 십 배의 가치가 되어 주니 더 신이 나더군요."

미국서 신청해 받아 들고 간 오픈 소사이어티 재단 지원금과 록펠러 지원금으로 부엌 건축 첫 삽을 뜬 다음 화장실 공사를 시작했다. 그리고 사원에 우물도 팠다. 물이 귀하기도 했지만 수질 문제로 아이들이 자주 피부병에 걸렸기 때문이다. 피부병이 돌면 약이라도 나눠 줄 보건소가 시급해 그 다음은 보건소를 짓고, 다음은 기숙사, 다음은 컴퓨터실, 다음은 영어학교, 이런 순서로 그때그때 필요에 따라 하나 둘씩 프로젝트를 해 나갔다. 보건소는 지역별로 두 개를 만들었는데 단순한 보건소 이상의 역할을 하는지 간판에는 '무궁화 다섯 개짜리 의원'이라 붙어 있다. 주지 스님들과 동승, 사원의 일하는 아이들까지도 모두 영어학교 건립에 가장 큰 반응을 보였다. 이미 공사를 마친 것도 있고 첫 삽을 뜬 프로젝트도 있지만 대형 공사인 영어학교 건립은 아직 진

불상 모형 제작 기술을 전수하고 있다.

행 중이다.

　시설이 하나씩 늘어날 때마다 도인의 부담도 커져만 갔다. 미얀마에 큰일을 벌인 도인은 무슨 일이 있어도 미국서 공사 경비를 조달해야 했다. 파트타임 선생으로 왕복 비행기 값 마련하기도 벅찼던 도인이 고민 끝에 생각해 낸 것이 지원금 신청이었고 도인은 몇몇 재단에 기금신청서를 보냈다. 자신이 설치미술 전공자로 모형 기술을 갖고 있다는 것에 착안, '불상 모형 제작 기술 전수'라는 제안서를 오픈 소사이어티 재단에 냈고 여기서 주는 지원금 5,000달러를 받았다. 오픈 소사이어티 재단은 IMF 때 국내에 알려진 금융계의 세계적인 거부 조지 소로스가 개인 수익금 사회 환원의 일환으로 만든 재단이다. 이어서 록펠러 재단의 지원금을 받았다.

　기부문화가 발달된 미국은 기금모금fundraising이란 것을 자주 한다. 기업과 개인의 수익금을 사회에 환원하기 위해 생긴 여러 기부 재단을 보면 부럽기까지 하다. 우리나라에서도 부자들이 기부 재단을 하나씩만 세워 주었으면 하고 바란 때가 한두 번이 아니다. 기부하는 기업인, 사업자가 신문에 대서특필되지 않아도 당연히 해야 할 도리로서 기부에 참여하는 그런 사회 분위기가 하루 빨리 만들어졌으면 한다.

한편 기부 재단 지원금에 의존해 온 도인이 더 이상 기금 신청을 하지 않아도 될 환경이 조성되고 있었다. 미국과 미얀마를 오가는 도인을 지켜보던 이웃들이 자체 기금을 만들자는 제안을 한 것이다. 도인의 활동상이 이웃 마을에까지 알려지면서 2년 후 플로우 펀드 Flow Fund라는 서클펀드가 자연스럽게 만들어졌고 그것은 오늘날까지 적립형 펀드로 이어지고 있다.

이 펀드가 조성된 데는 도인의 영상물이 큰 홍보 역할을 했다. 비디오카메라를 구입해 직접 미얀마에서의 활동상을 촬영하고 내레이션도 써 가며 손수 영상을 제작한 다음, 이를 복사해 몇몇 이웃에게 주어 돌려 보도록 했다. 그러자 물적, 심적으로 돕겠다는 지원자들이 바로 나왔다.

그때 앞장선 마을 유지이자 의사인 헬렌은 적극 후원자가 되어 미얀마의 각 사원 보건소에 약을 공급해 주고 스님들과 동승들의 건강 상태를 정기적으로 검진해 주고 있다. 도인이 교사로 있는 초등학교 아이들까지도 나서서 동참의 뜻을 밝혔다. 용돈을 쪼개고 미술 시간에 만든 공예품을 팔아 돈을 모았다. 적게는 아이들 호주머니에서 나온 1달러부터 많게는 1,000달러까지, 기부 동참자와 지원자가 늘어나자 정식 계좌를 열어 미얀마에 서클펀드가 만들어졌다.

"서클펀드 적립 기부금은 액수에 상관없이 받아요. 1달러도 좋습니다. 내가 가르치는 아이들은 콜라 병이나 깡통까지 팔아서 돈을 모읍니다. 참 대견하죠. 아이들도 미국 돈 1달러가 미얀마에서 얼마나 큰

돈인지 알게 된 거예요. 저는 매번 다녀올 때마다 십시일반으로 모은 서클펀드의 돈이 미얀마 사원에서 어떻게 쓰이는지를 비디오로 제작해 일일이 보고합니다."

이 서클펀드에는 한 가지 특징이 있는데, 미얀마 사원의 주지 스님들로 구성된 서클펀드 회원들은 자신의 사원에 돈을 쓸 수 없다. 회의를 통해 한 회원이 기금을 받으면 그 회원이 다른 회원이 필요로 하는 공사 경비를 지원하는 형태이다. 돈은 내가 받되 받은 돈은 자기 사원을 위해 쓸 수 없고 필요한 다른 사원에 쓰도록 하는 시스템이다. 그러니까 돈을 받은 수혜자가 가장 돈을 필요로 하는 사원을 골라 기금 지출을 집행하는 방식이다. 수혜자는 남에게 가는 돈이지만 이것의 지출을 일일이 문서 형태로 보고하고 있다. 도인이 제안한 이 같은 기금 운영 방식은 기금 남용을 막기도 하지만 상호 간의 신뢰와 우정을 돈독히 하는 데 한몫하고 있다.

매번 활동상이 비디오로 제작되고 또 서클펀드의 비용 출납장도 만들어 과제물 형식의 보고서도 작성한다. 2005년 도인은 그간의 비디오를 종합해 '부처님의 그늘 아래 공덕 나누기Sharing merits under the shade of the Buddha'라는 제목으로 장편 영상물을 손수 제작했다. 그간 완공된 공사, 현재 진행 중인 프로젝트 활동뿐 아니라 미얀마인들의 풍습까지 곁들인 기록을 남겼다.

십여 년에 걸쳐 대형 프로젝트가 하나씩 결실을 맺으면 다시 새 프로젝트를 기획했는데 2002년에는 그 규모가 커져 동승을 위한 대형 기숙사 공사를 시작했다. 도인은 매해 갈 때마다 한 층씩 올라가는 것을 보니 완공이 가까워졌다며 현재 또 다른 공사를 구상 중이다. 그간 전체 서클펀드의 지원을 받은 사원은 다섯 곳이다. 사원은 25~225명의 동승이 함께 거처하고 공부하는 곳으로, 500명의 동승이 펀드에서 나오는 장학금을 받았다.

서클펀드의 운영으로 기금 마련에 대한 걱정을 덜자 도인은 불상 모형 제작 기술 전수에 더욱 적극적이 되었다. 모형 제작에 들어가는 라텍스 고무는 캘리포니아의 리치몬드 고무 제조업체로부터 무상으로 공급받고 있다. 비바람에 견딜 수 있도록 단단하게 만들어야 하기에 불상 재료는 시멘트와 모래를 섞어 쓴다. 서클펀드 회원들의 사원을 돌면서 불상 모형 제작 전 과정을 단계를 거쳐 보여 준 다음, 직접 기술 시범을 보여 가르치고, 최종으로 모형 제작을 실습하도록 하고 있다. 불상이 완성되면 사원에 보시한 신도들에게 보답의 표시로 나눠 주기도 하고 또 내다 팔기도 한다. 지금껏 무척 고무적이고 성공적으로 이루어져 왔다며 만족하는 도인은 불상 모형 제작 기술을 미안마만이 아닌 주변 국가에까지 전파해 동남아 전역으로 펼쳐 나갈 계획이다. 우선 앙코르와트에 다녀와서 불상 모형의 디자인과 색을 좀 더 다양하게 하고 불교가 있는 동남아 국가라면 어디든 갈 야심 찬 포부를 갖고 있다.

"불교 국가로 제한하는 것 같아 아프리카까지 확대하고 싶어요. 모형 제작 기술이라면 뭐든 할 수 있고 아이들을 위해서 내가 도울 수 있는 일이라면 뭐든 할 거예요. 그것으로 인해 내 공덕도 쌓으니 누이 좋고 매부 좋은 일 아니겠어요?"

몇 번인가 도인의 집을 찾아가 만날 때마다 언뜻 떠오르는 사람이 『월든』의 작가 헨리 소로우였다. 동부의 '월든'에 비하면 서부의 도인의 삶은 더욱더 단출하다. 또 한 명 생각나는 사람이 있다. 근처 타말파이스 산 정상에서 몇 년째 혼자서 캠핑하고 사는 여자가 있다. 등산객 만나는 것도 꺼리는 그녀에 대해 마을에서 말도 많은데 그 누구도 이 여자가 어디서 왔는지, 누구인지, 이름이 뭔지 아는 사람이 없었다. 몇 달 전 학교에서 소문을 듣고 등산을 겸해 찾아간 그 여자의 캠핑 천막 안에는 취사도구와 의자, 담요 몇 장이 있었는데 그것에 비하면 도인의 살림은 훨씬 더 간소하다.

"35년 전 이 집에 이사 들어올 때부터 전기가 없었고 지금까지도 전기 없이 살아요."

그의 집엔 전기선도 텔레비전도 냉장고도 없다. 부엌도 없고 화장실도 따로 없다. 인도에서 만난 도인 락시미 나라얀에 비하면 부처 도인은 빈곤이라 할 만큼 아무것도 없다. 서너 평 되어 보이는 유일한 방 안에는 침대 하나와 깔개 씌운 스펀지 소파, 불단만 있고 불단 아래 커튼 뒤로 옷 몇 벌과 냄비 하나, 프라이팬 하나, 포크, 식칼, 접시 서너 개가 전부이다. 방과 붙은 옆 창고는 불상 모형을 제작하는 작업실로 시멘트, 모래, 고무가 쌓여 있다.

하는 일도 많은 그가 전기 없이 어떻게 미얀마 활동상 보고에 필요한 컴퓨터 작업을 할 수 있을까. 컴퓨터와 인터넷은 학교 것을 쓴단다.

밤에는 어떡하나 물으니 밤이 되어 어두워지면 잠자리에 들고 동터서 해 뜨면 일어난다는 대답을 준다. 냉장고가 없으니 저녁마다 다음 날 하루 먹을거리만 산다. 저녁에 떨이로 파는 채소 과일 값이 싸다는 것 도 이유가 된다. 자신을 위한 지출은 이것이 전부라 한다. 음식을 익힐 때 쓰는 버너는 등산용으로 극히 간단한 음식만 할 수 있단다. 캘리포 니아는 춥지 않아 겨울이 없으니 난방 걱정도 없고 겨울옷도 필요치 않아 그것만으로도 짐이 준 것이다.

도인에게 내가 사는 집 안을 묘사해 보여 주며 단출하고 간소하게 사는 법을 알려 달라고 자문을 구했다. 될 수 있는 대로 살림을 줄이려

도인의 방 안. 무소유에 가까운 소박한 삶을 엿볼 수 있다.

작은 집으로 옮겨 살아도 필요한 것은 계속 생기고, 샀는데 또 사야 할 것도 있고, 갖고 싶은 것도 늘어만 가니 어쩌면 좋으냐고. 있는 것은 아껴 쓰고, 관리 잘하고, 버리지 말고, 아무것도 사지 말라는 답을 주는데 나에게 별 도움은 안 될 듯하다. 적어도 필요한 것은 반드시 사야 하니까.

살림을 보고 나자 도인 집에 갈 때는 플라스틱 일회용 수저와 포크, 먹을 것을 챙겨 들고 가게 되었다. 주로 싸 간 것이 샌드위치와 피자인데 이것저것을 건네고 권해도 도인은 별로 반가워하지 않는다.

"먹는 건 나쁜 습관이에요. Eating is a bad habit."

먹는 것을 지켜보니 오렌지 한 개나 사과 한 개, 포도 한 송이, 아니면 요구르트, 잘 먹어야 채소 샐러드 정도가 한 끼이다. 육식은 절대로 안 하지만 가끔 생선국을 끓여 먹는데 단백질 보충용이란다. 무엇을 먹게 되든 별로 신경 쓰지 않는 이유는 아마도 사는 자체에 기쁨이 크기 때문일 것 같다. 스트레스 받으면 더 먹는다는 통계도 나와 있지만 먹는 것에 연연하지 않음은 먹는 것보다 더 좋은 일이 있어서임이 분명해 보인다.

도인에게 지구는 임시 천막이고 집은 비 가리개일 뿐인가 보다. 마당에는 작은 우물 하나가 있다. 도인이 마시고 세수하는 물이다. 매일 아침 바다에 나가 소금물 샤워를 하기에 목욕탕도 필요 없다고 한다. 도인은 바다에서 하는 아침 샤워를 '몸 세포 깨우는 일'이라 한다.

다음 날 아침 동틀 즈음 바다로 나갔다. 멀리 바다 한가운데 점 하나가 보이더니 그 점이 나에게 손을 흔들다 움직여 다가왔다.

온 바다가 자기 욕조라는 도인.
아침마다 바다에서 소금물 샤워를 한다.

"요즘엔 바닷물이 얼음처럼 차서 좋아요. 물이 찰수록 내 신경이 자극되는 게 참 기분 좋거든요. 아침 샤워 근사하지 않아요? 저 큰 바다가 내 욕조니까요."

도인은 사물을 긍정적으로만 보는 뇌세포 기능을 따로 가졌나 보다. 어렵지 않은 환경에서 성장한 그가 이렇게 사는 이유는 뭘까. 바로 주는 도인의 한마디가 걸작이다.

"돈은 나를 흥분시키지 않거든요. Money doesn't excite me."

도인은 돈에 흥미를 잃은 지 오래라 하는데 내가 그간 그를 보고 느낀 것들을 모두 종합하는 간단명료한 말이다. 그는 돈 뭉치를 돌덩어리로 보는 것일까. 듣고 보니 그가 가난한 것은 아니었다. 1995년 돌아가신 어머니가 거액의 유산을 남겼지만 살던 그대로가 편해 이렇게 살기로 했다 한다. 나는 아직 이 정도의 무소유를 전적으로 받아들이기 힘들다. 아직도 돈 보면 흥분하고 젊은 날 가진 것 없었을 때의 병적인 공포가 몰려와 두려웠다. 도인을 대신해 정당한 사유라도 찾아야 하는 것처럼 그날 밤 숙소로 돌아와 일기장에서 한 토막을 끄집어냈다.

한 젊은 영국인이 스승을 찾아 헤매고 있었다. 이름 있는 스승을 찾아 다녔지만 실망만 하다 가난한 랍비를 만나게 되었다. 랍비의 집은 아무것도 없이 책상 하나만 달랑 있는 초라한 살림이었다. 영국인이 물었다. "어떻게 이렇게 사십니까?" 랍비가 대답했다. "우리가 사는 건 잠깐 다녀가는 여행인데 당신은 여행할 때도 장롱을 들고 다닙니까?"

돈에 흥미를 못 느낀다는 도인은 젊은 시절 여자 친구도 사귀지 못했다는데 딱 한 번의 예외는 있었다고 고백한다. 이름 밝히길 꺼리던 연애담의 상대 여자는 수년 전 세계적인 베스트셀러를 낸 미국의 유명 작가라 한다. 한동안 만남을 이어갔으나 한 여자를 책임진다는 것이 부담스러웠다. 여자는 씀씀이가 커서 돈이 필요했는데 돈에 흥미를 못 느끼는 도인은 도저히 돈을 벌 자신이 없었던 것이다. 도인의 첫 데이트이자 마지막 연애는 이렇게 한 여자와의 일 년간의 만남으로 막을 내렸단다.

"여자를 책임질 자신이 없었어요. 아기가 생기면 입이 늘어날 텐데 돈 벌 생각을 하면 정신이 아찔한 거예요. 쉽게 돈으로 만족시킬 수 있는 평범한 여자도 아니었습니다. 그녀를 놓은 건 지금 생각해도 정말 잘한 일이었어요."

그 이후로 지금까지 살면서 여자를 만난 적이 없다. 행여 사랑에 빠지기라도 할까 봐 겁도 났기에 일찌감치 돈도 여자도 신경을 다 꺼 버렸다. 대신 학교에서 남의 아이를 내 자식이라 생각하고 아이들과 어울려 살았다. 그런데 "인생은 보너스예요."라고 했던 도인에게 정말 큰 보너스 선물이 왔다. 2002년 미얀마에 있는 두 소년의 양아버지가 된 것이다. 도인은 막 중학생이 된 두 아이를 입양해 학교에 보내고 경제적인 지원을 하고 있다. 도인의 침대 곁에는 도우멘과 앙조우라는 이름의 예쁜 소년들이 액자 속에서 웃고 있다. 앙조우는 도인이 미얀마 사원에서 처음 봤을 때 영양실조에 걸려 일어서지도 못하던 아이였다 한다. 두 아이 모두 미얀마 북쪽 시골에서 먹을 것을 찾아 수도인 양곤까지 나와 임시로 사원에서 숙식하며 심부름하던 아이들이었다. 도인은 미얀마 이야기만 나오면 그리움 가득한 얼굴로 액자 속 아이들을 어루만진다.

"석 달 후면 만날 텐데 너무 그립고 보고 싶어요. 나와 영혼이 하나 된 아이들이지요. 영양실조로 고생하던 앙조우가 이렇게 컸답니다."

도인은 아이들에게 산타 할아버지보다 좋은 아빠이다. 들어 보니 두 아이 다 정확히 말하면 버마 인종이 아니다. 북쪽 산간에 사는 '샨'이라는 소수민족인데 미얀마인과 언어와 풍습이 달라 도시에서 차별을 받는 게 안타까웠단다. 도인이 미국에 있는 동안에는 아이들과 일주일에 두 번 전화 통화를 하고 매일 편지를 써 보내는데 둘 다 도인에게 영어를 배워 커뮤니케이션에는 문제가 없다고 한다.

"아이들은 정말 언어 습득이 빠릅니다. 이젠 하고 싶은 말을 영어로 다 해요. 여기서 단돈 1달러라도 아꼈다가 그 돈을 아이들에게 쓰는 일이 나를 정말 기쁘게 해요. 사는 의미가 하나 더 늘었어요."

얼마나 보고 싶으면 그럴까. 액자 속 아이들 사진을 어루만지던 도인의 눈에 눈물이 고이더니 유리 위로 한두 방울 떨어진다.

"돈은 나를 흥분시키지 않아요."라고 해 나를 경악케 한 도인이 대화 중에 더 폭탄 같은 소리를 한다.

"난 아직까지 한 번도 화를 낸 일이 없어요."

정말이냐며 재차 삼차 사실 확인을 하려는 나에게 도인은 겨우 이런 말을 준다.

"나 혼자 짜증은 났어도 화를 내 본 기억은 전혀 없어요."

화를 내지 않았다는 것은 화날 일이 없었다는 것일까. 아니면 화가 날 만한 일도 잘 소화해 냈다는 말인가. 도무지 같은 사람으로서 이것만은 이해하기 힘들다. 아는 경북대 정신과 선생님에게 이 말을 전했더니 "그 사람 뇌 속 어딘가가 잘못되어 있을걸." 한다. 그렇지 않고서야 어찌 사람이 화를 안 내고 살 수 있느냐는 말이다. 인간에겐 삼독심三毒心이 있다. 탐진치貪瞋痴, 이 세 가지 독 가운데 그에겐 성냄〔瞋〕이라는 독이 없나 보다. 몇 년 전 틱낫한 스님의 책『화』가 베스트셀러가 될 만큼 '화'는 사람들이 어찌해 볼 수 없는 최대 관심사이기도 하지 않은가. 어떤 때는 자기도 모르게 나오고 어떤 때는 화를 참다못해 화병까지 나는 게 우리 아닌가.

그 비결을 알아내 한번 써먹으려 더욱 집요하게 꼬치꼬치 물었다. 그러나 도인의 반응은 단순하다 못해 시시하기까지 하다.

"사람이 화를 낼 땐 분명 이유가 있어요. 그런데 그 이유를 캐 보면 별것 아니거든요."

화를 억제하라는 건 아니고 화나는 이유부터 캐 보라는 것일까. 계속 물고 늘어지는 나에게 주는 답 또한 간단하다.

"상대가 화를 내면 가라앉을 때까지 말하지 말고 죽은 셈치고 가만히 기다리세요. 상대가 화를 삭이도록 하는 거죠. 내 쪽에서 화가 날 때는 '나도 그럴 수 있지.' 하면 되고 스스로에게 화가 날 때는 '별것 아닌데.' 하고 그냥 넘기세요."

화나면 저도 모르게 목소리부터 커지는데 어떻게 '나도 그럴 수 있지, 별것 아닌데' 할 수 있느냐, 심리적인 묘약이라도 있느냐 묻고 또 물어도 속 시원한 대답은 안 나왔다.

"화는 아름다운 장미의 가시라고 보면 돼요."

시한폭탄 같은 화를 장미의 가시 정도로 보기는 힘들다. 정화 스님의 말씀이 생각난다. 이 세상에서 가장 추잡한 것이 화내는 일인데 화난 사람에게서 나오는 독이 소 일곱 마리를 죽일 수 있을 만큼 강력하다고 한다.

아무래도 도인은 정신과 선생님 말대로 뇌 속 어디가 잘못되었는지도 모르지만 천성적으로 타고났는지도 모르겠다. 화 잘 내고, 화낸 것 후회하고, 화병 걸린 사람이라면 이 부처 도인을 연구해 봐도 괜찮을 듯싶다. 나부터 부처 도인 곁에서 화 절대 안 내고 사는 방법을 전수 받아야겠는데 그 방법이 묘연하기만 하다.

도인은 5년 전부터 길가에 임시 노점 좌판을 열어 불상 모형 조각을 팔고 있다. 6년 전 서클펀드를 도왔던 한 학부모의 제안으로 시작한 부업이다. 미국 내에서도 불교를 많이 믿고 또 타 종교에 별 반감이 없는 캘리포니아 중산층은 불상으로 정원 장식하는 것을 즐긴다. 사람이 많이 다니는 주말이면 집 불상을 모두 옮겨 길에 나가 파는 도인을 보고 판

매 보조원이 되겠다고 따라나섰다. 주말 임시 판매원이 된 나는 다양한 색상의 불상을 고루 골라 작고 큰 불상 40여 개를 바퀴 달린 판자에 싣고 나와 진열을 한 다음 두꺼운 종이에 임시 간판도 만들어 나무와 나무 사이에 걸었다. 공교롭게도 첫날은 바람이 무척 거세게 불어 간판이 자꾸 떨어져 내렸다. 아침 9시부터 좌판을 벌였는데 지나가다 자동차 세우는 사람은 길을 잃어 길 물어보는 사람이 대부분이다. 우리는 지난번에 이은 미얀마 이야기로 말 꽃을 피웠다. 지나가던 객처럼 보이는 자동차 한 대가 좌판 앞에 멈춰 섰다. 구경하듯 한참을 둘러보더니 이 세상에 단 한 개뿐인 창조적인 물건이 아니지 않느냐며 사지 않겠다고 한다. 이에 도인이 바로 응수한다.

"아름다운 부처님 얼굴을 재생산해 여러 사람이 두고 볼 수 있는 것에 더 가치가 있지 않을까요. 불상이라고 해서 반드시 이 세상에 하나밖에 없는 것이어야 할 필요는 없지요. 재생산이라 값이 싸기 때문에 누구라도 갖고 싶은 사람은 살 수 있으니 부담 없어 좋고요."

도인에게는 세일즈맨 기질이 있다. 도인에게 설득당한 손님이 나에게 불상 두 개를 포장하라 한다. 작은 것은 20달러, 큰 것은 50달러 받는다. 그가 다녀간 후로 좌판이 바빠졌다. 한곳에서 35년 살아온 터줏대감답게 동네에서 도인을 모르는 사람이 없다. 주말이라 그런지 동네 사람들도 점심 후에나 움직인다. 손 흔들며 지나가기도 하고 많이 팔라고 빵빵 경적을 울리는 차도 있다. 또 차를 세우고 다가와 잘 팔리느냐, 오늘은 얼마나 팔았느냐 묻는 사람도 있다. 또 친구를 데려와 자기도 집에 있으니 너도 하나 사라고 권하는 사람도 있다. 첫날 수입은

주말이면 길가에 좌판을 벌여
불상을 판다.

150달러 정도, 바람 부는 날씨치곤 수입이 좋은 편이라 한다.

다음 날, 일요일 날씨는 화창하고 더웠다. 바다에 해수욕을 즐기러 온 야영객이 많았다. 11월 말의 서울은 겨울 김장이 한창일 텐데 여기서는 연중 해수욕을 할 수 있다. 날씨 덕에 관광객이 몰리고 그 덕분에 한 번에 세 개씩 포장하는 행운도 여러 번 있었다. 이번 주말엔 모두 500달러의 수입을 올렸다. 도인은 이 돈을 한 푼도 안 쓰고 전부 서클 펀드의 적립기금으로 넣는다. 판매에 일조한 내 마음도 도인의 사는 기쁨을 나눠 가졌는지 뿌듯하다. 이 돈이 모이면 미얀마 불교 사원에 큰 프로젝트가 또 하나 생길 것이다.

전쟁만은 반드시 막아야 합니다

한 사람의 일생 이야기에서 빼놓을 수 없는 것이 가족이다. 도인이 동양을 사랑하고, 또 지금과 같이 살 수 있었던 배경에는 아버지의 영향이 있었다. 유대인인 아버지는 나치를 피해 정박 중이던 정체 모를 배에 올랐는데 그 배는 고무를 실으려 아시아로 향하는 선박이었고 아버지는 2차 대전이 끝날 때까지 인도네시아 자바 섬에 살며 주변 국가를 자주 여행했다 한다. 미국으로 이민 와 샌프란시스코에 정착한 아버지는 어린 도인에게 옛날이야기 들려주듯 그때 그 시절 동남아의 벼농사와 생활풍습에 대해 빼놓지 않고 아주 상세하게 자주 이야기해 주었다 한다. 어느덧 소년, 청년, 장년이 된 도인에게 동양, 특히 동남아는 동경의 대상이 되어 있었다.

"독일의 철학자 하이데거도 그랬어요. 모든 지혜는 다 동방에 있으니 지혜는 동방에서 찾으라고. 동양은 비우라 하지만 서양은 채우라 하거든요. 내적인 자기 수양이 잘된 사람은 모두 동양에 있더군요. 내가 동양을 사랑하는 이유 중 하나예요."

도인이 한창 고등학교를 다닐 무렵 월남전이 터졌다. 월남전 파병을 반대하는 사람들의 시위 물결이 샌프란시스코에서부터 일었다. 광고업을 하다 은퇴를 한 후 택시 운전을 했던 아버지는 월남전에 미국이 개입되는 것을 반대했지만 결국 전쟁 발발 소식을 듣고야 말았다. 월남전 전쟁터 소식을 누구보다 마음 아파했던 아버지는 삶의 마지막 날까지 반전운동을 계속했다. 노구를 이끌고 일인시위를 하며 체력이 달려도 쉬지 않고 항구로 나갔다. 월남으로 싣고 가는 고엽제와 화학물품의 수송을 막으려 오클랜드 항구에 나가 일인 침묵시위를 하기 위해서였다. 무슨 일이 있어도, 설사 그곳이 전쟁터라 해도 절대로 사람을 죽이는 화학무기를 사용해선 안 된다는 외침이었다.

아버지를 따라나선 도인도 노쇠한 아버지 대신 반전운동에 적극 참가했다. 반전운동 한다고 전쟁이 끝나는 것은 아니었지만 사람의 양심상 또 같은 인간으로서 가만히 두고 볼 수만은 없었다 한다. 도인은 아버지와 같이한 십 년의 반전운동 기간 동안 휴머니티와 휴머니즘을 현실 속에서 온몸으로 공부할 수 있었다고 회상한다.

그런데 전쟁을 반대하는 그에게 전쟁에 나가 싸우라는 명령이 떨어졌다. 아버지 입장에서는 하나뿐인 자식이 월남전 파병 징병 대상이 된 것이었다.

"당시 18살이면 무조건 징병 대상이었는데 나도 불려 가게 되었지요. 파병을 반대하셨던 아버지가 온갖 방법을 동원해 백방으로 알아보다 결국 종교적인 사유를 내세워 징병 대상에서 제외되었어요. 월남전에 갔더라도 총 쏘고 폭탄 던져 사람 죽이는 일은 못했을 거예요."

전쟁엔 안 나갔지만 대신 도인은 샌프란시스코, 버클리를 중심으로 일어난 히피 문화에 휩쓸렸다. 처음 교생 신분으로 초등학교에 갔을 때도 장발을 한 히피 차림이었다. 그의 옛 사진이 볼리나스 마을 역사책에도 나와 있다.

"미국 역사에서 히피 운동처럼 큰 전환기도 없었을 겁니다. 장발, 로큰롤 음악, 약물 등으로 대변되지만 기존 미국 문화의 틀을 부수는 자유로운 정신Free Spirit을 가진 사람들 속에 있었어요. 히피 문화는 제게 이 세상에 눈앞의 현실과 다른 세계가 있다는 것을 가르쳐 주었지요. 지적인 면보다 감성적인 면이 더 발달된 고등학교 3학년생이었는데 히피 문화에 젖어 모든 '틀'을 거부하는 히피가 되었지요."

아버지에게 받은 영향 때문일까. 도인은 전쟁 소식이 들리면 피켓을 들고 거리에 나가 일인시위를 한다. 지난 이라크전 때는 노점 좌판에 전쟁 반대 문구를 써 내걸고 전단지를 뿌리기도 했다. 도인은 전쟁 반대를 넘어서 과연 우리 인간이 다른 인간을 죽일 권리가 있느냐는 의문을 시작으로, 왜 억울하게 죽어야 하는지까지 확산시킨 문구를 적어 넣는다. 평화는 전쟁과 전쟁 사이에 있다지만 도인은 어디에서든 전쟁이 일어나면 가만히 두고 볼 사람이 아니다.

내가 살던 팔로알토 지역에서 도인이 사는 볼리나스까지 오가는 것이 불편해 아예 바닷가에 숙소를 마련했다. 그때 숙소 주인에게 동네에 한창 퍼지고 있던 슬픈 이야기를 들었다. 꼭꼭 숨어 살면서 절대로 사람 얼굴을 보지 않으려 한 어느 백인에 대한 이야기였다. 이름도 몰라 '그he'로 통칭되는 그는 월남전에 참전했던 상이군인인데 남동생이 배치된 부대에 폭탄이 떨어져 한 살 터울의 남동생이 눈앞에서 폭격 맞아 죽는 것을 보고 완전히 정신을 놓았다. 자신도 부상을 입어 본국으로 후송된 후 정부에서 보상받은 돈으로 바닷가에 작은 오두막을 사서 세상과 완전히 단절한 채 홀로 살아왔다. 그만큼 그는 전쟁 후유증을 심하게 앓고 있었다. 집 주변에 철조망까지 치고 사람의 접근을 허락하지도 않고 정원에서 키우는 채소와 낚시로 잡은 물고기만 먹고 살았으며, 마을 사람들은 그가 낚시를 하러 집 앞 바닷가에 나와야 비로소 얼굴을 볼 수 있었다. 그러던 그가 세상 밖으로 나올 수밖에 없었던 것은 뇌암이라는 병 때문이었다. 병원을 가면서 다시 세상과 접촉을 하게 되었지만 그것도 잠시, 30년간 사람을 보지 않아 언어를 잃고 의사소통도 할 수 없었던 그는 결국 얼마 뒤 죽고 말았다. 그를 보면 전쟁이 인간에게 얼마나 큰 상처를 주는지, 어떻게 사람의 인생을 송두리째 빼앗는지, 또 사람의 정신을 얼마나 황폐하게 만드는지 알 것 같다.

지난 일 년간 미국 대학에 연구원으로 와 있으면서 보고 들은 미국에 대해 도인과 이야기를 나눴다. '아메리칸 드림'의 명성을 뒤로 하고 미국은 이제 서서히 지고 있는 것 같다. 총기 소지, 살인, 마약복용자의 통계 수치도 놀라운데 고도비만 환자, 우울증 환자, 불면증 환자도 많다. 미국에는 육체적으로 아픈 사람보다 마음에 병을 얻은 환자가 많다. 성직자들도 수도원 단위로 집단 심리 치료를 받는 현장을 보았다. 텔레비전 광고를 보면 감기약보다 진통제, 수면제, 우울증 치료제 광고가 더 많으며 그 어느 국가보다 약물 의존도가 높다. 세 사람 중 한 명이 약물 중독 아니면 알코올 중독, 마약 중독에 빠져 있다. 초대받아 간 한 대학 파티에서는 손님 접대를 위해 마리화나는 기본이고 헤로인, 코카인이 나오기도 했다. 몇 달 전 병원에서 만난 어느 한국동포는 외동아들 교육을 위해 이민을 왔는데 아들이 마약에 빠져 있다며 하소연을 했다.

전반적으로 보건대 미국인들은 외적으로 많은 자유를 누린다. 체면을 따지거나 타인을 의식하지 않고 살고 싶은 대로 산다. 그러나 내면에서는 깊은 허무감을 느끼고 있는 것으로 보인다. 어디까지나 사견이지만 '선진국' '강대국'이라는 미명하에 자유와 물질이 넘쳐 나도 미국호는 방향을 잃고 있으며 정신과 마음이 병든 사람들이 늘어만 간다. 학교 교육에서부터 논리적으로 토론하는 습관을 키우고 있어서인지 미국인은 따지고, 분석하고, 토론하기를 좋아하는데 특히 소송 건에 있어 세계 제일을 자랑한다. 우리가 보면 쌍방이 해결할 수 있는 문제도 소송을 걸어 법 앞에서 처리하려는 경향이 짙다. 합리적이라고 할 수도 있겠지만 소송만 다루는 법정 위성 채널이 따로 있을 정도로 법정 싸움은 극에 달해 있다.

말초신경을 자극하는 수준도 정도를 넘어 새로운 자극을 찾는 사람들을 위해 광고에도 엽기적이고 선정적인 장면을 쓰고 있다. 인간의 윤리로는 상상도 할 수 없는 기상천외한 아이디어가 최고 텔레비전 프로그램으로 인기를 얻는다. 물질적인 풍요와 최첨단 발전을 선도하는 선진국의 미명 뒤에는 그에 비례하는 뿌리 깊은 고통의 그림자가 드리워 있다. 2005년 기준 75만 명에 달하는 노숙자들의 반 이상이 가치관의 상실로 삶의 의욕을 잃어 스스로 홈리스를 선택한 사람들이라는 점도 놀랍다.

인구 두 명 중 한 명은 과체중, 세 명당 한 명은 고도비만 환자인 현실 또한 미국이 떠안은 커다란 사회 문제이다. 비만에서 오는 갖가지 질병으로 인한 의료비 급증으로 국가 총예산의 반이 의료비 지급에 쓰이고 있다. 자신의 존재 확인을 위해 먹는다고 하지만 전문가들은 외로움과 스트레스를 그 원인으로 보고 있다. 극도의 외로움에서 비롯되는 '말 홍수'도 있다. 미국인은 대체로 말을 많이 한다. 한 번 입을 열었다 하면 쉬지 않는 특징이 있는데 바로 '외로움' 때문이다. 개인주의 성향이 강한 만큼 외로움도 큰지 개나 고양이를 식구처럼 대하는 동물 의존도가 높다. 경제적인 여유가 있는 사람은 시간제로 말을 들어 줄 사람을 고용하거나 심리치료사에게 간다. 미국인들에게 구체적으로 삶의 고통이 무엇인지 물으면 외로움 이외에 스트레스와 궁핍을 꼽는다. 생로병사보다 더 큰 고통이 바로 빈貧인가 보다. 미국인들은 남녀노소를 막론하고 극도의 외로움에 고통 받으며, 또 중하 계층은 매달 갖가지 청구서에 시달리는 궁핍한 생활을 한다. 우리도 별반 다르지 않겠지만 미국인의 외로움, 경제적인 궁핍 수준은 세계 제일을 자랑할 것 같다.

지극히 일반화한 언급일 수 있으나 이러한 부정적인 현상에서 제외되는 사람들이 있다면 건전한 중산층과 종교인들인데 이들이 그나마 미국을 지탱하고 있어 다행으로 보인다. 종교인들 가운데서도 특히 몰몬교인은 가장 건전하고 밝은 사람들이라는 점을 확인할 수 있었다. 이들이 종교계를 주도한다면 미국은 활기를 되찾을 수 있으리라고 믿는다.

미국에 대한 어둡고 부정적인 소감을 잠자코 듣던 도인은 그러기에 자신이 동양을 좋아할 수밖에 없다며 계속 맞장구를 친다. 도인 자신은 미국 국적을 가진 백인이다. 그러나 도인은 이제 동양과 동양인에게 고개 숙여야 한다고 머리를 조아린다. 미국은 대국으로서의 역할을 하나도 못하고 세계를 호령하려 한다며 현 부시 정부에 일침을 놓는다. 동남아 어디든 도인이 가는 곳에 미국 자본의 상징이 된 맥도날드 햄버거 체인점과 코카콜라 간판이 보이면 도인도 속이 상한다 한다. 도인은 동양에 미국 문화가 들어오는 것이 염려된다면서 무척 슬픈 표정이 된다. 나는 동남아까지는 모르겠지만 이미 동북아에 이런 미국사회 현상이 이전된 조짐을 하나씩 보고 있다. 약물 중독은 아니어도 약통 들고 다니는 사람 많고 주위에 안 아픈 사람이 없다. 친구의 아이들은 비만이 되어 너도 나도 다이어트 한다고 난리다. 돈 주고 사 먹은 것으로 비만이 되어 또 돈 주고 가서 살 빼는 중이다.

도인은 볼리나스 학교가 긴 방학에 들어가면 곧 미얀마로 돌아간다. 아직 석 달이나 남았는데 도인은 벌써 미얀마행으로 들떠 있다. 바로 이것이 도인의 인생에서 가장 큰 기쁨이다. 대화 중에 미얀마 이야기만 나오면 얼굴이 환해지다 콧노래까지 부른다. 정말 미얀마인 다 됐다며 콧노래를 따라 부르는 나에게 이만큼 그리운 심정을 아느냐며 상사병 걸린 남자의 얼굴이 된다.

"미얀마에 있으면 원초적인 고향에 있는 느낌이에요. 이 작은 나라가 나 죽을 때까지 내 고향이 될 거예요. 거기선 보는 것, 듣는 것, 느껴지는 것 모두가 감동으로 다가오거든요. 승복을 입고 가슴이 따스한 사람들과 사원에 있으면 평화롭기 그지없어요. 그 평화가 나에게 큰 평안을 줍니다. 얼마나 큰 축복을 받았는지 그저 감사하다는 말밖에 안 나와요. 이런 행복의 절정, 짜릿함은 일종의 중독성이 있는가 봐요. 미얀마를 만나 내 인생이 더욱 풍요로워졌어요. 다음 세상에서는 꼭 미얀마에서 태어났으면 하는 바람입니다."

도인은 이런 절정의 행복감을 몸에서 일어나는 일종의 '화학작용

Body Chemistry'이라고 부른다. 도인에겐 화학작용으로 발하는 사람 사는 기쁨이 넘친다. 살면서 이런 기쁨을 느끼는 사람이 얼마나 될까. 크든 작든 자신이 할 수 있는 가능한 범위 안에서 할 수 있는 것을 할 때 안에서 솟는 기쁨은 분명 돈 주고도 살 수 없는 것일 게다.

벌써 짐 쌀 준비를 하는 도인에게 미얀마에 있을 때 불편한 점은 없느냐고 물으니 무슨 소리냐는 듯 눈이 휘둥그레진다.

"뭐가요. 나는 여기보다 미얀마가 더 편합니다. 미국이 불편해요."

어깨까지 으쓱하며 별 소리를 다 한다는 반응이다. 괜한 질문을 했다. 무소유에 가까운 도인에게는 어디든 마찬가지 아니겠는가.

그러나 나는 인도든 미얀마든 어디를 가도 불편한 것에 신경이 쓰였다. 특히 인도에선 전기가 너무 자주 끊겨 서울 집 아파트의 환한 불빛이 고마웠고 더울 땐 에어컨이 보고팠고 화장실에 가면 손잡이만 누르

면 되는 수세식 화장실이 그리웠다. 불편을 얼마나 잘 소화하느냐를 내 도 닦음의 기준으로 삼을 정도였다.

그런데 우리 기준의 불편함이 오히려 편하고 우리 식의 편함이 오히려 불편해, 편하다는 세상에 와서 더 큰 불편함을 겪는 사람도 있다. 히말라야 강고트리에 있는 여인숙 주인이 서울 나들이를 했다. 그곳 여인숙에 드나들던 한국 사람들이 초청을 했는데, 갈 때마다 장기 투숙을 하던 나도 그 가운데 하나였다. 각자 분담을 해서 그녀를 돌보기로 했는데 숙소는 우리 집으로 정해졌다. 그런데 그녀는 서울에 도착하는 그날부터 눈이 따끔거리고 목이 아프단다. 첫날 침대 위에서 잤는데 다음 날 붕 떠 있는 기분이라며 맨바닥에서 자겠단다. 시장에 간다고 택시를 잡으니 버스로 다섯 정거장 정도의 거리를 왜 자동차를 타야 하는지 모르겠다며 "내 발이 땅을 밟고 싶어 해요." 한다. 빨래는 더 심각했다. 손으로 옷을 빨기에 세탁기를 권했더니 "난 내 옷을 기계에 맡기고 싶지 않아요."라며 몸을 따습게 해 준 옷이 고마워서라도 만지작거리며 빨겠단다. 샤워도 마찬가지였다. 샤워기를 쓰지 않고 물을 대야에 받아 고양이 세수하듯 한다. 난감했다. 우리에게 편한 것이 모두 다 불편하게 느껴졌나 보다. 이렇게 불편을 전혀 모르는 사람이 가끔은 외계인 같아 보이기도 하지만 나는 이런 사람을 무척 존경한다.

도인은 곧 완공을 앞둔 영어학교 학생들이 어쩌면 한국어도 배우고 싶어 할 것이라며 꼭 다녀가란 당부를 몇 번이나 한다. 한국어도 중요한 국제어가 되었다며 외국어를 배우려는 아이들 이야기로 나를 유혹

한다. 결국 인도에서 미얀마로 국경을 넘어가겠다는 약속을 하고 말았다.

미얀마에서 다시 보는 그날까지 잘 살자며 파이팅을 하자는 나에게 도인이 두 손 모은 합장으로 작별인사를 준다.

"한 번밖에 없는 인생인데 허비하면 되겠어요. 누구든 죽을 때 후회하지 않고 '나는 참 잘 살았다.' 라고 말할 수 있어야 하는데……. 사람이라면 그 누구라도 저처럼 미얀마 같은 고향을 만들 수 있을 거예요. 비밀 하나 알려 줄까요. 남과 조금 나누고 살면 인생이 풍요롭기도 하지만 이것이 진정한 행복이구나 하고 알게 될 거예요. 행복하세요."

발길이 떨어지지 않아 서 있는 나에게 마지막 합장 인사를 하고 돌아서는 도인을 보니 도인과 닮은 두 사람이 떠오른다. 한 사람은 날마다 남을 도울 계획을 세우는 사람이다. 어느 날 부쩍 얼굴이 환해진 그를 보고 무슨 좋은 일이라도 있느냐 물었더니 5년 전부터 매일 새벽 4시에 일어나 하루 계획을 세우면서 "오늘은 누구를 어떻게 도울까."부터 한단다. 일과 중에 반드시 해야 할 것 하나를 더한 것이다. 먼저 직장 동료, 아니면 그날 만날 사람 가운데 누군가, 적어도 자신에게 다가오거나 스쳐 지나가는 사람에게 한 가지씩 반드시 실천을 하는 것이 있다 한다. 꼭 물질적인 도움이 아니더라도 상대를 기쁘게 해 주겠다는 의욕으로 살았다 한다. 그러고 나니 하루가 즐겁고 세상 사람이 다 좋아 보인다고 했다. 몇 년 만에 본 그의 얼굴이 그것을 말해 주듯 전과는 딴판이었다.

또 한 사람은 매일 남의 행복까지 들먹거리는 신부님이다. 주중엔

야학에서 가르침을 주시는 신부님이 매주 주일마다 항상 주는 강독의 제목은 오로지 하나였다. '우리가 은총과 은혜를 입은 만큼 거기에 이자를 붙여 다른 사람에게 베풀어야 한다.' 나의 행복은 곧 남의 행복을 바라는 마음이고 그 과정에서 내가 행복해진다는 것이 자명한 진리임을 봉사 현장에서 느낀 대로 전하는 분이었다. 하루를 사는 게 큰 기쁨이 되는 이것, 하루를 지겹게 사는 사람은 이해 못할 것 같다. 나는 왜 그 두 분의 얼굴 표정이 그리도 편안하고 평화로운지 알 것 같았다.

도인은 사는 기쁨이 커서 혼자 살아도 외로움을 느낄 새도 없나 보다. 사람이 아무리 해도 어찌해 볼 수 없는 것이 욕심이고 성냄인데 아마도 태생적으로 욕심 부릴 줄 모르고 성낼 줄 모르는 사람 같다. 욕심 날 때, 또 화가 날 때 언뜻언뜻 그의 얼굴이 스쳐 지나가곤 한다. 또 사야 할 것이 있을 때도 도인이 떠오른다. 솔직히 나는 도인처럼 무소유에 가깝게 살 수는 없다. 그러나 하루에 한 가지씩 덜어 내는 일일일손 一日一損은 무슨 수를 써서라도 해 봐야겠다.

처음 보았을 때 그 느낌 그대로 도인은 천사 같은 부처로 오랫동안 각인되어 있다. 그런 점에서 그는 도인이었다. 아마도 지금쯤 미얀마 어디에선가 우물을 파 주거나 공사 진행을 하고 있을지도 모른다. 양아들과 같이 있다면 아마 그 몸에 화학작용이 일어나고 있을 것이다. 나누는 자리에 반드시 행복이 있고 거기엔 반드시 기쁨이 같이 있다는 말, 도인이 산 증인이었고 그것은 참말이었다.

내가 아닌 나를 구하는 일을 멈추는 것, 그것이 눈뜸의 시작입니다

자궁 도인 비원肥源 김기태

"내가 눈뜨는 데 들인 수고는 멈춤밖에 없었습니다. 밖을 향해 튀는 것, 나를 버리고 또 다른 나를 찾는 것, 여기 아닌 저기를 구하는 것, 이것만 멈추세요. 멈춘 자리, 그 순간에 정확히 자기 자신으로 존재하면 인생에서 지금 이 순간이 최고의 순간이 됩니다. 삶의 순간에 사세요. 순간에 경험하는 이것, 이것이 바로 자유이고 우리는 이미 자유롭습니다."

1961년생, 김해 김씨 72대 손이다. 고등학교 때 만나 13년 연애 끝에 결혼한 부인과의 사이에 아들 하나, 딸 하나를 둔 가장이다. 대구에서 태어나고 자라 영남대 철학과를 졸업했다. 10대까지는 보통의 청소년과 다르지 않게 평탄하게 살았다. 20대에 들어서자 찾아온 갈증은 이후의 삶을 한 편의 영화와도 같게 만들었다. 도인 자신이 각본도 쓰고 직접 연출도 하는 구도 인생 다큐멘터리이다.

"어떤 도인일까", "이 도인이 사는 법은 뭘까."

도인의 이름을 듣고 반년이 지나 직접 얼굴을 마주하게 될 때까지 대구 토종 도인 김기태 선생에 대한 나의 궁금증은 커져만 갔다. 굳이 산속, 도시 따질 것 없다지만 도인이 산속보다 도시에 더 많다는 나만의 견해를 확인시켜 주듯 김기태 도인은 대구에 살고 있었다. 도시 사람인데도 사람이 마치 시골 가을 하늘처럼 청명해 보일 때가 있다. 얼굴도 하나의 풍경으로 보이는 것이다. 그때가 바로 이런 마주함이 있는 시간이다. 무척 자연스럽고, 천연스럽고, 천진스러움에 더한 말끔함이 도향道香으로 피어난다.

도인이 도인되기 전, 그 구도의 전력이 화려하다. 도를 찾아, '진리'라 이름 지어진 것들을 찾아 집을 떠나 전국 방방곡곡을 다녔다. 15년간 '화엄경'의 선재동자와 똑같은 경로를 밟으며 수많은 사람도 만났다. 진리를 알 만한 스승을 찾아 전국의 도인이란 도인은 다 만나 보고 또 수도원에 들어가 수도사 생활도 했었고 홀로 관법과 단식을 하기도 했다. 오로지 진리를 찾겠다, 도를 구하겠다는 일념 하나로 어디든 찾아다녔다. 그동안 먹고살기 위해 했던 일은 고등학교 교사, 신문사 교정원, 목장의 목부, 고기잡이배의 어부, 빵 공장 직공, 공사판 막일꾼 등 다 열거할 수 없을 정도이다.

사람이 무언가 이루고자 하는 일에 목숨을 걸고 매달려 노력하면 어떤 식의 결과든 반드시 결과가 있다는 것도 진리라면 진리일 게다. 찾던 진리에 대한 갈증이 극에 달하고 자기 자신에 완벽하게 절망한 다음 "이렇게 죽자, 죽으면 죽으리라." 하는 마음에 이른 순간, 하늘이 감응을 한 것일까. 곪은 것이 터진 것일까. 도인은 갈증으로 타던 목을 시원하게 축이고 15년의 긴 방황을 끝냈다. 어디서부터, 무엇이 잘못되었는지 훤히 밝혀졌고 진리의 깨달음을 얻게 되었다.

하산 후 도인은 대구와 전국에서 열리는 경전 공부 모임에서 예전의 자신처럼 갈증에 시달리는 사람들의 목을 축여 주고, 허기진 영혼을 달래고, 아픈 마음을 쓰다듬어 주고 있다. 스스로 목마르고 허기지고 아파 봤기에 더욱 정성으로 이 일에 임한다. 도인을 보면 이것만은 반드시 '내가 해야 할 일'이라는 일종의 사명감까지 같이한다. 삶에 해답이 절실한 사람들을 위해서라면 어디든, 언제든 나타난다. 이런 도인에게 마음의 통증을 치료 받은 한 여자가 도인에게 붙여 준 별명이 '자궁 가진 남자'이고, 나는 도인을 '자궁 도인'이라 부르게 되었다.

경전 공부 모임 중에 또는 대화 중에 도인에게선 기본으로 사람에 대한 연민이 흐르다가 사자후가 나오고, 목소리에 힘이 실려 우렁찬 외침이 나오다가 삭이듯 작은 속삭임이 나오기도 한다. 말을 맛으로 치자면 새콤, 달콤, 매콤, 쌉싸래한 맛이 다 느껴진다. 아낌없이 주는 나무처럼 자신의 모든 것을 꺼내 사람의 상처를 보듬는 도인의 열변은 혼자 듣기 아까운 신명 난 마당이다. 낫낫하고 생생하고 생기발랄한 목소리엔 혈기까지 넘친다. 이런 도인은 매일이 생일이고 잔칫날이겠다 싶다. 수명을 다해 가는 녹음기까지 찍찍거리며 즐거운 비명 소리를 내는 것 같아 도인을 만날 때마다 나도 덩달아 신이 나곤 했다. 이런 도인과 마주 앉으면 비 오는 날 축축한 우울함이 쨍 하고 햇빛 받는 기분이 된다. 도인을 만난 첫날부터 나는 어릴 적 할머니에게 옛날이야기 들을 때처럼 눈을 반짝이고 귀를 쫑긋 세우고 있었다.

수고는 내가 하고
편함은 저들이 받기를

지금의 도인을 직업군으로 분류하자면 강사는 강사인데 강의료 안 받는 강사이다. 그런데 몇몇 강의를 듣고 나니 강사보다는 심리 치료사로 보는 편이 더 정확하겠다는 생각이 든다. 경전 모임은 장소가 따로 정해져 있지 않다. 찻집을 이용하기도 하고, 식당에서 모이기도 한다. 부르는 곳 어디에서나 모임을 갖는다. 지난 13년간 도인을 만나 눈을 떠 가는 사람들이 주도해 만든 『도덕경』 모임은 현재 전국에 다섯 군데가 있다. 부산, 서울, 대구 등 지역마다 자그마한 모임 형태로 도인에게 깨침의 소리를 청하고 있다. 대구 모임은 연암 찻집에서 하고 있다. 외관상으로는 경전 공부라는 이름으로 모이지만 한문을 배우거나 경전을 공부하는 게 아니다. 경전 배운다고 왔다가 다시는 나타나지 않는 사람도 있다. 도인의 강의는 경전의 말을 인용한 풀이식 강의가 아닌, 말씀을 현 시점에 되살아나게 하는 재생 퍼포먼스 같다. 글자가 '살아 있는 말씀'이 되어 도인의 입을 통해 나온다. 옛 말씀이 한결같이 '나'의 고달픔이나 실생활과 관계되어 있어 '나 알기' 특강이라 해도 과언이 아니다.

모임의 참석자는 대부분 개인적인 고민이나 문제를 갖고 있는 사람들이다. 자기 자신 혹은 남과의 문제로 힘든 사람들, 아니면 사는 자체가 힘든 사람들, 진리를 찾다가 지친 사람들이 도인 앞에 귀를 세운다. 도인이 그들을 향해 외치는 깨침의 소리는 사람 눈을 뜨게 하고 정신을 흔들어 깨운다. 도인은 성경으로 시작, 도道, 법法, 불佛, 공空을 강의한다. 이름은 '도덕경' 모임이지만 반드시 『도덕경』만 하는 것은 아니다. 불경으로는 『금강경』, 『육조단경』, 『반야심경』, 『신심명』을 하고 사서 가운데 『논어』와 『중용』을 읽었다.

"사람에게 연민이 참 많으시네요."

처음 내가 건넨 이 말에 답을 하는 도인에게서 안타까운 아픔이 보인다.

"네. 내가 아파서요. 우리 각자에게 우주를 합친 것보다도 더 큰 자유가 있는데 사람들이 자기를 호흡하지 못하고, 사람마다 큰 보배를 다 갖고 있는데 한 톨의 자유도 못 누리고 있어요. 이것을 보는 것이 정말 아파요."

도인이 유마거사라도 되는 것일까. 유마거사는 부처님 생존 당시 인물로 거사 중의 거사로 꼽힌다. 유마거사가 병이 나자 문병 간 문수보살이 무엇 때문에 병이 났느냐 물었고 우마거사는 "대비심大悲心 때문에 생긴 병이다. 중생이 병들어 앓으니 나도 앓는다. 일체 중생에게 병이 없어지면 나 또한 아프지 않을 것이다."라고 했다. 도인도 사람들이 아파서 자신도 아프다 하니, 현대판 유마거사이다. 이런 생각을 말하자 도인은 "살아 있는 존재의 생명의 속성 그 자체가 나누는 것"이라고 강조한다. 살아 있는 생명의 속성대로 아픔을 나누는 것, 나는 이것을 십이연기十二緣起의 사슬고리로 비유해 그 무엇도 따로 독립된 존재가 아닌 상태로 서로가 서로에게 얽혀 있는 것이라 본다.

도인은 자신이 삶의 극점까지 겪어 보았기에 그 누구의 아픔도 소홀히 하지 않는다. "수고는 내가 하고 편함은 저들이 받게 하고 싶다."는 마음 하나로 주변에 인연 닿은 사람들과 한자리에 같이해 온 도인은 사람 마음이 다쳐 있으면 현장으로 달려가 직접 처방한 진통제로 통증을 달래 준다. 지금 자궁 도인은 중생 제도 중이다. 스님도 못하는 중생 구제를 도인이 하고 있다.

영원히 목마르지 않을 그
무엇을 갈구할 뿐이었습니다

소위 구도求道, 수도修道를 한다고 했을 때 거기에 지름길이 있어 단박에 길을 다녀온 사람은 없을 것이다. 도인이 구도를 실행에 옮겨 전국으로 다니며 가르침을 구했던 스승은 당시 '큰 스승님'이라 칭송 받는 사람들이었다. 도인이 예전에 그랬던 것처럼 나 역시 도인에게 '한 말씀'을 청했다. 듣다 보니 거론되는 이름 가운데 내가 아는 스승도 꽤 있다. 그런데 도인은 스승보다 주변에서 같이 도 닦고 수도하던 도반들로부터 받은 자극이 갈증 해소에 한몫을 했다고 말한다.

'갈증'이란 단어는 도인의 책에서, 강의에서, 사적인 자리에서 무척 자주 듣게 되는 말이었다.

"선생님 쓰시는 용어 가운데 갈증이 참 많아요."

"나이 환갑에 나를 보신 아버지는 나에게 법대를 권유했습니다. 결국 법대에 들어가긴 했지만 나의 길이 아니라 자퇴를 하고 철학과로 갔습니다. 대학 시절부터 못 견디게 진리에 대한 갈증이 깊어져 나도 어쩔 수 없었습니다. 네, 맞아요. 목말랐기에 갈증이라 하지만 그것보다 더 심했지요."

도인에게 구도의 기간은 마치 '지옥 여행' 같았다 한다. 갈급함에 휩싸인 도인을 방황하게 만든, 어쩔 줄 모르고 발이 닳도록 찾아다니게 만든 그것은 갈증이라 하기엔 좀 더 정도가 심한 것이었다. 그 무엇으로도 표현할 길 없는 그 갈증은 단순한 목마름이 아니었다. 횅한 가슴, 허기진 영혼, 심적인 불안정, 정신적인 방황, 입이 타 들어가는 내

한창 갈증에 시달리며 방황하던 시절,
소와 함께 구도를 시작했다.

면의 불길, 구하고 찾아도 끝이 보이지 않는 진리……. 그것이 무엇으로 표현될까. 나도 한때 심한 갈증에 시달렸고 이것이 생리적인 현상으로까지 연결되어 물과 차를 자주 마시곤 했기에 그 마음을 조금은 알 것도 같다.

도인이 갈증을 해소하기 위해 집을 떠나 처음 간 곳은 탄광이었다. 그 시점부터 동으로, 서로, 북으로, 전국을 돌며 구도와 수도하는 삶을 살았다. 그 와중에 기다려 준 여자를 아내로 맞아 결혼도 했고 아이도 태어났다. 생계가 막막한 가족이 있어 밥벌이를 위해 간간이 공사판 잡일을 해야 했다. 직업을 가져도 임시직이었던 것은 자신도 언제 어디로 떠날지 모르는 형국이었기 때문이다. 도인만큼 직업을 다양하게 가진 사람도 흔치 않겠지만 그 무엇을 하든 오로지 목적이 하나 있었다면 목 축여 방황을 멈추자는 것이었으니 오로지 한길만 가고 한 우물만 판 것이라 할 수 있다.

"처음 탄광에 갔는데 안경 쓴 사람은 안 된다며 콘택트렌즈를 끼고 오라고 했어요. 광부가 될 뻔했는데 인연이 없었나 봐요. 그러다 간 곳이 대관령 목장인데 양계장에서 시작, 목장에서 소치고, 소똥 치우고, 우유 짜는 일을 했지요. 일 년 후 대구로 돌아와 고능학교 윤리 선생을 했는데 윤리를 가르치는 나 자신의 위선을 보았습니다. 처음 산으로 간 것은 지리산 청학동 계곡인데 일곱 달 있다가 이번엔 경기도 포천에 있는 은성 수도원으로 갔습니다. 그러나 그 어디에서 무엇을 해도 방황이 끝나지 않아 이번엔 고기잡이배를 탔지요. 공사판 막노동도 했다가 빵 공장에도 다녔습니다. 배 타다 하선下船도 하고 산에서 도 닦다 하산下山도 했지만 무엇을 하건 오로지 영원히 목마르지 않을 그 무엇을 갈구할 뿐이었습니다."

이것저것, 무엇을 하든 목마름은 채워지지 않았고 도인의 갈급함은 더욱 심각해졌다. 그러나 그 시점까지 서너 번의 자그마한 각성의 체험은 있었기에 그것의 끝장을 보기 위해서라도 포기할 순 없었다.

"처음 지리산 청학동에 있을 때 설거지를 하러 밖에 나오다 잠깐 이 몸이 내가 아님을 번뜩 깨달았는데 사람들은 몸이 자기인 줄 알고 속고 사는구나 하며 웃음이 나오더군요. 한번은 길을 걸어가는데 걸어감만 있고 걸어가는 자가 없는 거예요. 또 한번은 공사판 막노동을 하다가 근처 텃밭에 있는 파를 보고 문득 '저건 파가 아니다.' 하는 생각이 들면서 대상에서 이름이 사라지더니 그 후 사물에서 이름이 뚝뚝 떨어져 나가는 경지에도 갔습니다. 아무것에도 이름이 없구나. 이것은 이것일 뿐, 그것은 그것일 뿐이구나 했어요. 그 다음 요한복음을 읽는데 어느 순간 성경에서 빛이 나는 거예요. 모두 묘한 느낌은 있었어도 마음에 평화는 없었지요."

몇 번의 이런 체험들이 궁극적인 눈뜸은 아니었다. 갈증은 여전했고 도인은 특단의 결정을 내리기로 결심한다. 윤리를 가르치는 교사로 재직하던 고등학교에 사표를 냈다. 마지막으로 단식을 선택, 죽을 각오로 들어간 지리산 암자는 이미 두 사람이 50일 단식을 거쳐 나간 곳이었다.

"1994년 최종으로 50일 단식한다고 다시 산에 가려 하자 집사람이 나를 막더군요. 내가 60억 전 세계 인구가 나를 막아도 가겠다고 했더니 집사람이 막 100일 된 둘째아이를 들쳐 업고 먼저 나갔습니다. 어머니에게 갔더니 정말 또 가야만 하느냐며 꼬깃꼬깃한 만 원짜리 한 장 주시는데 떠나는 내 뒤로 '제발 굶지만 말아 다오.' 하시더군요. 나는 참 불효자였지요. 아들 노릇도 못하고 남편 노릇, 아빠 노릇, 사회인 노릇도 아무것도 못한 못난 사람이었어요. 그러나 갈증이 극에 달해 나도 나를 어쩔 수가 없었습니다. 그렇게 갈구를 해 산으로 갔는데 막상 산에서 누구라도 만나면 평생 보장되는 교사란 직업 버리고 여기 들어온 것을 훈장 삼아 떠들고 다녔어요. 실제로는 빈둥거리다 지쳐 권태롭기까지 했는데 남에겐 밤늦게까지 수행하는 사람처럼 보이고 싶더군요. 나는 가식 덩어리였어요. 도 닦겠다고 산속에 있는 와중에도 여자가 그리워 읍내에 나가 몰래 삼류 성인 영화를 보고 돌아오기도 했습니다. 단 한순간도 진실해 본 적이 없는 나를 보면서 갈급한 마음이 더해 갔습니다."

도인에겐 부양할 처자식과 노모가 있었다. 그가 이렇게 다니는 동안 가족들은 모두 가장의 빈자리를 힘들어 했다. 도인은 한순간도 진실해 본 적이 없었다는 자신의 치부까지 꺼내며 에고에 물들어 있던 옛 자신을 드러냈다.

"수행력도 없으면서 단식은 몇 번 해 봤으니 자꾸 단식한다고 나섰던 겁니다. 그래 봤자 며칠 못 가 실패하곤 했지요. 지리산에 들어갔을 때는 마음을 다잡아서 몰아붙였어요. 하지만 단식 중 위파사나 같은 일종의 관법을 병행하며 생각을 놓치지 않고 지켜보려 했는데 지켜보면 볼수록 굶으면서 한 짓 생각에 웃음도 나오고 잡생각에 빠지고 말더군요. 없던 생각까지도 일어나는데 나는 마냥 기다리기만 했지요. 진리가 내 눈앞에 빨리 안 오나 하고 있었습니다. 힘내서 하자고 밥을 해 먹자 이번엔 몰려오는 졸음에 지고 말았어요. 처참한 상태에서 세 번째 단식을 준비하며 길에 나가 남은 쌀과 회복식, 돈을 다 버리고 난 다음 '죽자, 이번에 끝내자.'며 진리를 찾기 전에는 결단코 일어나지 않으리라 하는 마음으로 각오를 새롭게 했지요. 그 와중에 저에게 큰 자극을 준 도반 한 사람이 찾아옵니다."

하늘이 내린 깨침 도우미였던 도반은 은성 수도원 시절 알고 지내던 사람이었다. 이 도반이 지리산까지 찾아와 그를 다그쳤다.

"네가 죽을 용기 없이 살 궁리만 하고 있어 내가 널 죽이려고 왔다. 넌 폼만 잡고 있다. 넌 이미 배부른 자인데 왜 자꾸 밥을 먹으려 하느냐. 이미 목 축인 자인데 왜 자꾸 마시려고 하느냐. 깨달음은 어느 순간 네 앞에 나타나는 게 아니라 이미 나타나 있는 것을 아는 것이다."

"나를 정면으로 다그치고 꾸짖어 주는 도반에게 '난 여전히 배고프고 목말라 죽겠다.'라고 대꾸하긴 했지만 밑져야 본전이다 하는 생각에 그의 말대로 '난 이미 배부르고 목 축인 자이다.'라고 생각을 바꿨어요. 말에 에너지가 있었는지 답답함에 작은 돌파구의 계기는 되더군요."

도반에게 자극을 받은 도인은 더욱 강하게 자신을 밀어붙였다. 그런데 갈증이 정점에 달해 터진 것일까. 한순간 멍하게 머리가 시리더니 눈이 떠졌다. 그리고 도인은 거기서 뜻밖의 해답을 발견했고 방황에 종지부를 찍었다. 이 클라이맥스를 도인은 '자기가 자기 자신에게 눈뜸'이라 표현했다. 흔히 견성, 깨달음, 성도, 득도라고 하는 것도 모두 이 '눈뜸'이 아닐까. 도반의 말대로 깨달음이 불쑥 나타난 것이 아니라 이미 존재하고 있음을 깨달은 것뿐이었다. 진리는 다름 아닌 이미 눈뜨고 있음을 아는 것, 그 이상도 그 이하도 아니었다. 아이러니하게도 찾던 진리는 밖에 있지 않았고, 이러한 깨달음은 자기 안의 '참 나'를 대면케 해 '나'에 눈을 떠 정확히 자기 자신이 될 수 있게 해 주었다. 그리고 비로소 현실도 눈에 들어오기 시작했다. 이것이 도인이 그리도 갈급하게 갈구하던 진리였다. 이것에 눈뜨기까지 들인 수고에 비하면 너무나도 싱겁고 어처구니없는 엔딩이었다.

결국엔 모두가 다 '사랑'이란 한 단어입니다

"난 눈뜸의 순간이 거창할 줄 알았는데 전혀 아니었습니다. 그냥 같은 자리에서 순간 멍청해지더니 한순간에 갈증이 사라지며 처음으로 마음이 지극히 고요하며 평화로워지더군요. 하산을 해서 어머니를 뵈러 가니 첫 말씀이 '너 또 살라카지.'였어요. 그 말씀에 저도 모르게 '아니요. 이젠 안 가도 됩니다.' 하고 대답했어요. 그러고는 어머니께 큰절을 올렸습니다. 그 다음 두 달간 몸도 마음도 형언할 수 없을 정도로 무척 평화로웠어요. 에너지 소모를 못 느끼고 글자도 모르겠고 시공간 개념이 사라지더군요. 뭐가 뭔지 모르는 혼란은 약간 있었으나 점차 나 자신에게 서서히 변화가 나타나기 시작했지요."

도인은 현실로 돌아와 생전 처음으로 평화롭고 편안한 시간을 맛보며 자유를 만끽할 수 있었다. 김기태라는 사람은 여전히 존재했으나 더 이상 옛 김기태가 아닌 '참 나'로 복귀하였고 이후 몇 가지 변화와 함께 생활도 점차 바뀌어 갔다. 이것이 바로 거듭남이라 표현하는 것이리라.

"눈뜸은 자기를 만난다, 자기를 본다고도 말하는데 에고가 사라지고 자유로워지더군요. 자유인이 되니 몸과 마음이 이완되고 모르는 것도 없어지니 참 절묘합니다. 내가 정확히 내가 되어 내 삶을 살 뿐인데 나를 힘들게 하던 것이 다 사라지고 겉과 속이 같아지고 남을 존중하게 되고 자신은 겸손해지더군요. 이것이 인생의 새로운 시작이었지요. 비로소 현실로 돌아오니 가장으로서 일부터 하자고 막노동도 하다가 매일신문사에 교정원으로 취직도 했습니다. 직장 다니면서 경전이 읽고 싶어, 쉬는 시간에는 『논어』를 읽고 주말에는 향교도 다녔지요. 그런데 직장 동료들이 겨우 배움을 시작한 저에게 가르쳐 달라는 거예요. 사양을 했더니 그럼 같이 읽어 나가자고 해서 첫 강의가 시작되었지요. 『논어』를 읽고 나니 『도덕경』을 하자는 분도 있어 '내가 할 일은 바로 이거다' 하고 신문사를 또 그만두었지요. 차이가 있다면, 전에는 갈증을 주체 못해 그랬지만 눈뜬 다음엔 예전의 나처럼 갈증을 느끼는 사람들과 함께 세상을 교단 삼아 움직이기 위해 그랬다고 할까요. 그런데 절묘한 것은 경전을 펼치면 다 줄줄 읽히는 거예요. 게다가 나에게서 큰 사랑이 솟구쳐 나를 사랑하게 되더니 남까지도 사랑하지 않을 수 없게 되더군요. 도道니, 진리니, 깨달음이니 하는 것, 결국엔 모두

가 다 '사랑' 한 단어입니다."

　도인의 눈뜸에는 커다란 자유가 있었나 보다. 그렇게 해서 자연스레 경전 공부 모임이 생겨났고 도인은 뭇 사람 모두를 사랑하지 않고는 못 배기는 사람이 되었다 한다.

나에겐 도인이 찾아낸 그 진리라는 것이 분명치 않아 더 구체적으로 파고들었다.

　"진리는 별것 아니에요. 특별하지도, 고상하지도, 대단한 것도 아닙니다. 진리에는 모범답안이 없지만 이는 분명 진실하고 값진 것입니다. 진리는 바로 '자기', '자기 자신', '나'입니다. 참 나, 진아眞我란 결국 '자기가 정확히 자기 자신이 되는 것'입니다. 우리 각자의 자기 자신, 또 우리 삶 자체가 진리이고 도이기에 이것이 따로 있지 않은데 우리는 다른 곳에서 찾으려 합니다. 진리를 다른 곳, 밖에서 찾지 마세요. 진리를 어떤 범주에 가둔 채 가야 할 곳, 구해야 할 것, 찾아야 할 것, 성취해야 할 것 등으로 단정 지으면 진리는 이미 멀어져 있습니다. 진리의 자리는 길을 통해서 가는 것이 아니기에 길 없는 길이라고 하는 거예요. 진리는 '나와 너'에 관계된 현실의 모든 것입니다. 누구라도 '진리가 무엇인가.' '깨달음이 무엇인가.' 하고 물으면 '그건 이미 여기 있다. 여기 이 순간의 나와 너이다.'라고 자신 있게 말할 수 있습니다. 사람은 각각 스스로가 절대자입니다. 그러므로 자존自存, 자락自樂, 자명自明, 자족自足, 자증自證이 가능합니다. 정확히 자기 자신으로 이 순간, 여기서 건강한 사회인으로 사는 것, 자기에게 주어진 현실을 열심히 충실하게 사는 것, 진리는 억수로 평범하고 억수로 쉽습니다. 이삭 줍듯 하는 것, 이것이 바로 도이고 진리입니다."

도인이 깨달은 진리란 바로 '정확히 자기 자신이 되는 것'이고 별것 아닌 쉬운 것이라 한다. 몇 년 전 지리산 뱀사골에서 스친 도인이 나에게 준 한마디가 있다.

"진리는 아이들이 하는 땅따먹기 놀이보다도 더 쉽다."

돌 던지듯 준 이 말이 그때는 무슨 소리인가 했었는데 이제야 그 뜻이 확실해진다. 도인이 주는 상세한 설명에는 우리 각자의 자기 자신이 포함되고 우리 생활 속의 사례, 사연까지 동원된다. 여기에는 우리 안에 이미 한자리 차지하고 있는 고정 틀의 '방향 수정', '초점 조정', '눈뜨기 작업'에 대한 실마리가 있다.

도인에게 대학 은사님 한 분이 계시다. 고등학교 교사직을 그만두고 산에 들어가는 도인을 격려해 주시던 분이다. 도인이 하산을 한 후 인사드리러 갔을 때 은사님이 물으셨다.

"김 선생, 뭘 알았어. 깨달은 게 뭐야. 진리가 뭐야."

"별거 아닙니다. 내가 정확히 나 자신이 되었습니다."

"그건 다들 아는 거지 뭐. 다른 건 뭐 없던가."

"진리가 따로 있지도 않고, 깨달음도 별것 아니었습니다. 내가 나로서 지금 이대로 주어진 현실을 잘 사는 것 외엔 없었습니다."

은사님의 얼굴에 실망하는 표정이 역력하더니 하시는 말씀이 있었다.

"겨우 그것 알려고, 사람 다 아는 그것 알려고 처자식 버리고 그리 헤매고 다녔나."

"네. 그 단순한 사실 하나 아는 데 15년이 걸렸습니다. 처자식도 직장도 다 버리고 인생을 바쳐 그 아무것도 아닌 것을 아는 데 이 세월이 걸렸습니다."

"진짜 그것밖에 없어?"

"예."

"뭐 더 없나."

"없습니다. 저는 비로소 현실로 돌아왔습니다."

은사님은 실망 정도가 아닌 낙담을 했다 한다. 대체로 구도자를 만나면 이 은사님처럼 뭔가 대단하고 거창한 깨달음이나 진리의 발견을 기대한다. 주어진 현실을 잘 산다는 것, 말은 쉬워 보인다. 언뜻 보면 누구나 할 수 있을 것 같지만 결코 그렇지 않다. 도인이 사례를 하나 더 들어 준다.

"어떤 목사님이 '진리가 뭔지 압니까?' 하고 지에게 묻더군요. 내가 답했지요. '내가 지금까지 보여 주지 않았나요. 나, 내가 바로 진리입니다.' '내가, 우리 각자가 곧 진리다.' 이것이 진리입니다. 'I am who I am, 나는 나다.' 나는 나일 뿐입니다."

그렇다면 우리는 이미 진리 안에 있다. 아니 진리를 품고 있으니 너도 나도, 각기 진리 그 자체이다. 진리가 이렇게 간단해도 되는 건가 하는 생각까지 든다. 나 자신 구도하던 중에 오리무중 속에서 겨우 알아낸 것은 '진리란 희끄무레한 것이 아닐 것이다.'였다. 스승이란 사람들, 또 주변 도반들도 진리, 도, 깨달음을 무척 거창하고 대단하게 말하는데 모두 추상적이라 아무것도 손에 잡히지 않는 것들이었다. 『도덕경』부터 "도를 도라고 이름 지으면 도가 아니다."라 했지만 이름 지어져 있는 구체적인 도를 알고 싶은 나의 찾기에 있어 이것은 첫 장애물이자 실마리였다. 도이든, 진리든, 그것은 보따리에 싸여 저 멀리 있지 않을 것이며 또 나 자신과 우리 실생활과 관계없는 것이 아닐 것이라는 감은 잡고 있었다. 매일 일상생활에서 자기와 또 사람들과 부대끼며 사는 것, 이것이 바로 도 닦는 일일 것이라는 가느다란 잡힘이 있었다.

도인의 천 구절, 만 마디를 돌아 다시 원점으로 오면 '내가 바로 그것이다 I am that'에 이른다. 산은 산이요 물은 물이었다가 산이 산 아닌 경지를 지나서 드디어 산이 산으로 된 것이다. 흔히 진리 찾기를 산 정상을 향해 오르는 것에 비유하는데 도인은 우리가 이미 산꼭대기 정상에 있고, 우리 각자가 오르려는 그 산 자체임을 알려 준다.

"내가 눈뜨는 데 들인 수고는 멈춤밖에 없었습니다. 밖을 향해 튀는 것, 나를 버리고 또 다른 나를 찾는 것, 여기 아닌 저기를 구하는 것, 이것만 멈추세요. 멈춘 자리, 그 순간에 정확히 자기 자신으로 존재하면 인생에서 지금 이 순간이 최고의 순간이 됩니다. 삶의 순간에 사세요. 순간에 경험하는 이것, 이것이 바로 자유이고 우리는 이미 자유롭습니다. '진리 찾기'에서 다른 것 찾기를 멈출 때 자유가 옵니다. 우린 애써 찾으려 하지만 여기에 반드시 수고할 필요는 없습니다. 자유란 내 수고의 결과물로 오는 것이 아닙니다."

도인은 지금 너와 내가 진리 자체가 되어 당장에 자유롭자고 한다. 자유는 과거에도 없었고 미래에도 없을 것이며 오로지 지금 이 순간에만 있다고 한다. 지금 이 순간이 과거이고 미래이니 현재, 이 순간에만 살자고 한다. 지금 여기의 '나'가 아닌 저기의 '나', 이것 말고 저것, 이곳 말고 저곳으로 가려는 것만 멈추고 순간을 잘 살라는데 나부터도 저기 미래에 초점이 가 있음을 부인할 수 없었다. 어렴풋이 잡히는 것이라곤 역사상 대다수 성인들이 지금 당장 이 순간, 발 딛고 있는 여기, 현실을 떠나서는 한마디도 이야기하지 않았다는 것이다. 지금 이 순간을 살고 있지 않음을 전해지는 독화살의 비유를 들어 말하자면, 누군가 독화살을 맞았는데 당장 화살 뽑을 생각은 안 하고 누가 쐈는지, 화살이 무슨 재료로 만들어졌는지 따지며 딴청을 부리고 있는 것과 같다고 할까. 오래전 읽은 책에 있는, 밑줄까지 치며 보았던 몇 구절에 생명이 실린다.

"우리는 '이 순간에 존재하기'를 못한다. 지금 이 순간이 없으면 영원도 없다. 발 딛고 있는 이 순간을 떠난 진리는 없다. 오로지 이 순간, 현재만 살자. 과거는 다 묻고 미래는 지금 당기지 마라."

다시 도인의 이야기로 빠져들었다. 몇몇 명장면이 그려지더니 마치 나도 거기 있는 것처럼 내가 보이는 장면도 있었다. 나 역시 구도의 전력이 약간 있어 시기로 보니 앞서거니 뒤서거니였지만 나는 흉내만 냈다는 차이가 있었다. 개인적으로 스승에게 가르침을 받는 입장에서 자꾸만 확인하고픈 것들이 많아진다. 나는 내가 누구인가보다 누구였는 지가 더 알고 싶었으나 지금은 '지금의 나는 누구일까'가 더욱 다급하 다. 전생은 놓아두고 지금부터 불을 끄자는 마음이다. 도인이 알아낸 '나'는 정확히 자기 자신이 되는 것이라 했는데 나는 이것에 감이 오지 않는다. 도인이 알아낸 '나는 누구인가'의 '나'는 누구였을까.

"나를 알고 보니 나였어요. 나는 정확히 내가 되었지요. 누군가 나에 게 묻기를 '네가 찾은 그 나가 누구냐.' 하기에 이렇게 대답이 나왔어 요. '나라고 할 것이 없음, 나는 아무것도 아님, 그러나 나 아님이 없 음, 이게 바로 나다.'라고요. 나는 '나'이며 언제나 '나'이며 어디서나 '나'이지만 '나'라고 할 것이 없더군요. 이것이 무아가 아닐까요. 에고 없이 정확하게 내가 나로서 살고 있는 사람이야말로 '참 나'로 사는 겁 니다. 내가 나 자신이 되니까 예수를 알겠더군요. '내가 곧 너니라. 네 가 곧 나니라.' 이 말씀은 모두 넌 너 자신이 되라는 것이고 '나로부터 시작, 이웃과 세상, 그리고 우주까지 가라.'는 말씀인 것입니다. 정확 한 자기 자신이 될 때 누구나 부처도 되고 예수도 됩니다."

누구나 '나'이며 언제나 '나'이며 어디서나 '나'라는 말은 학교 때 듣기만 하던 '수처작주 입처개진(隨處作主 入處皆眞, 어디서나 주인이 된다 면 그 자리가 다 참되다.)'이 아닐까. 우린 성인을 모델로 두고 감히 접근 할 수 없는, 그러나 "~하게 해 주세요." 하는 기도의 대상으로 모시기 만 한다. 닮아 가려 하거나 받들려고만 하지 성인을 통해 자기 자신을 보지는 못한다. 도인의 말을 빌리자면 예수 믿는다고 자기를 못 보고 예수만 보고 있는 것이 아닐까. 예수의 가르침은 '나를 믿어라, 나를

따르라, 나처럼 되라.'가 아닌 '넌 너 자신이 되라.'였다 한다. 어디에
나 있고, 누구에게나 있고, 언제든지 있는 것, 그것이 바로 예수이고
부처이고 나인 것이라 한다.

"자기가 정확히 자기 자신이 되면 자기를
사랑하게 됩니다. 자기의 참맛을 보면 저
절로 자기를 사랑하게 되지요. 사람은 60조 개의 세포가 뭉친 사랑 덩
어리입니다. 그런데 사람은 그것을 근심 덩어리로 채웁니다. 교훈처
럼 들려 고루한지는 몰라도, '있는 그대로의 너를 사랑하라.'고 하고
싶어요. 사람은 자기 자신을 사랑할 줄 몰라요. 예수가 한 말, '네 원수
를 사랑하라.'에서 원수는 바로 나입니다. 못난 나를 정죄하고 좀 더
나은 존재가 되려고 애쓰는 한 자기만 힘들어집니다. 진정 사랑이 필
요한 것은 허물 많고 결핍된 나인데 나를 고쳐 보려는 짓은 자기에 대
한 폭력입니다. 못나도 좋으니 우선 '있는 그대로'의 자신을 섬기는
것이 자기를 사랑하는 것입니다. 아무도 당신을 사랑하지 않을 테니
자신을 사랑해야 할 사람은 바로 나 자신입니다. 오로지 내가 나에게
온전한 사랑을 줄 수 있습니다. 부족한 나를 사랑할 수 있을 때 바깥의
타인의 부족과 결핍을 사랑할 수 있어요. 나의 경험에 의하면 자기를
사랑할 때 그 사랑 반경의 폭이 넓어져 남에게까지 갑니다. 자기를 사
랑하는 사람만이 또 진정 남까지도 사랑합니다."

134

자기를 사랑하라. 언뜻 '자기애' 같이 들릴까 우려가 되지만 이 자기 사랑은 자기 집착, 자기도취의 사랑이 아니다. 나에게서 출발하여 남에게까지 미치는 사랑, 우리가 흔히 쓰는 '사랑'이란 단어로는 표현되기 힘든 사랑이다. 도인이 말하는 새로운 자기 사랑은 지금의 이 못난 '나'를 놔두고 다른 '나'를 찾지 않는 것, 또 다른 나를 찾아가는 나를 멈추는 것, 자기가 자기를 힘들지 않게 하는 것, 나를 어찌해 보려고 안간힘을 쓰지 않는 것이라 한다. 부족한 자기 자신을 사랑하게 되면 그 사랑이 밖으로 뻗어 타인의 부족과 결핍까지도 사랑할 수 있다는 것까지, 이것은 새로운 사랑 풀이법이다.

"저는 아버지는 한 분이나 엄마가 넷이고 형제가 열넷이었습니다. 아버지 사랑을 못 받고 커서 나 자신을 사랑하지도 못했고 또 남을 사랑할 줄도 몰랐습니다. 안팎으로 애정 결핍이었습니다. 그런데 눈뜨고 나니 정말 사랑이 뭔지 알겠더군요. 내가 나를 만나, 나를 보고 내가 되니 무척 자유롭고 지극히 평화로워 내 안에 사랑의 샘물이 솟아납니다. 한 번도 경험 못한 사랑이 나한테서 솟구치는 것을 보니 사람은 사랑으로 뭉친 60조 개의 사랑 덩어리였더군요. 나도 모르게 사랑이 뻗어 주변에까지 퍼집니다."

난 도인이 주변에 주는 사랑의 표출을 눈으로 보았다. 이것이 결국은 자기 사랑에서 시작해 남에게 가는 사랑이었구나. 그런데 사랑이라는 단어가 이것을 표현하기엔 영 어울리지 않아 나는 그것을 사람에 대한 연민이라 하고 싶다.

"자기를 사랑하는 것은 여기의 나를 놔두고 다른 나를 찾는 일을 멈추는 데서 출발합니다. 메마르고 결핍된 나는 싫고, 윤기 나고 풍요로운 나를 원하기에 내가 '나'를 외면합니다. 둘로 나뉜 세계에선 나이고 싶은 내가 있는 반면 나이고 싶지 않은 내가 있지요. 우리는 사고의 구조가 그러하니까요. 제가 눈뜨고 보니 나이고 싶지 않았던 내가 바로 '나 자신'이었고, 이것이 바로 참 나인 '진아眞我'였어요. 내가 부정한 내가 바로 '나'이고 '나'이고자 싶어 했던 나는 내가 틀 안에서 만들어 낸 허구였어요. 다시 말하면, 내가 되고 싶어 한 나는 없었고 등 돌렸던 그 나가 바로 '참 나'였던 겁니다. '있는 그대로'의 못난 '나'가 진정한 '나'였어요. 자기를 정죄하지 말고 있는 그대로 받아들이세요."

말은 길어도 도인이 주는 답은 간단히 하나로 귀결된다. 내가 나를 사랑하는 것은 '내가 나를 정죄하는 것을 멈추는 것'이다. 나는 여기 있는데 딴 데다 엉뚱한 나를 만들어 놓고 그것이 되려 한다. 도인은 이것을 자기 정죄라 한다. 다시 풀자면 못났으면 못난 대로 '있는 그대로의 너를 사랑하라. 또 다른 너는 없다. 지금의 네가 진짜이니 넌 네가 되라.'이다.

도인은 '사랑하라'는 밀이 이미 성인들이 오래전부터 누차 했던 말이라 고루하게 들릴 수도 있는 점을 우려한다. 그러나 그 진부한 말이 내 안에서 새로운 말로 되살아나는 기쁨을 느끼고 싶다. 나는 나도 사랑하지 못하고 남도 사랑하지 못한다. 어디서부터 출발해야 하는 것일까. 있는 그대로의 자신을 사랑하려면, 흔히 말하는 자기 계발, 자기 탐구, 의식 변화 등등 이런 것들이 다 필요 없는 것일까. 사람은 좀 더 나은 자신을 만들려 하는데 아무런 목적 없이, 욕망 없이 살라는 말인가. 아니다. 또 다른 나를 만들어 되고 싶은 내가 있어도 그런 나는 없을 테니 애쓰고 수고하지 말라는 말이다. 우리가 살면서 힘이 드는 것은 남이 나를 힘들게 하는 것에 우선해서 내가 나를 힘들게 하는 부분이 있기 때문이다. 우리는 항상 '나는 왜 이런가.' '나는 왜 이 모양일까.' '나는 내가 싫다.' '좀 더 나은 내가 되어야지' 한다. 그러면서 원래의 자기를 제쳐 두고 또 다른 이상적인 자기를 만들어 낸다. 원래부터 이런 기질로 태어난 우리가 어찌 이 모든 것을 놓아 버릴 수 있을까.

자기에 대한 사랑이 깊어 그것이 남에게까지 가는 데에는 반드시 한 가지 조건이 붙는다. 바로 '있는 그대로' 이다. 도인은 이를 'Let it be' 라 한다. 그냥 있게 하는 것, 자기 자신을 포함, 사람을 바꾸려 하거나 어찌해 보려 하지 않는 것이다. 비틀즈의 노래 제목이기도 한 'Let it be', 이것에도 사례가 있다.

"진실로, 진실로 말하건대, 있는 그대로의 자기가 되고 남도 있는 그대로 받아들이면 내 몸과 마음이 이완되고 내가 이완되면 내 주변까지 이완됩니다. 있는 그대로, Let it be 하면 살아나는 것이 있습니다. 자폐아 아이가 있는 한 아버지 이야기입니다. 아이의 병을 고치려 온갖 방법을 다 동원해도 아이는 낫지 않았어요. 어느 날 아버지가 지쳐 포기하더니 아버지마저 자폐 어른이 되어 아이를 있는 그대로 놓아두었습니다. 그런데 하루는 아이가 아버지와 눈을 마주치며 말을 한 거예요. 자기 세상에만 있던 아이가 처음으로 자기 이외의 또 다른 사람과 소통을 한 것입니다. 이렇게 아이는 자폐에서 벗어났지요. 아버지가 아이를 있는 그대로, Let it be 하니 아이가 살아난 것입니다. ‘Let it be’로 갈 때 사람의 문제는 저절로 풀리는데 있는 그대로, ‘Let it be’로 못 가는 것은 누구나 자기 나름대로 설정한 상相이 있어 그것에만 맞추어 살기 때문입니다. 우리에게 자유, 풍요, 사랑, 충만이 이미 다 있다고 하면 사람은 ‘자유란 이런 것이다.’ ‘사랑은 이런 것이다.’ 하고 또 상을 설정합니다.”

자신과의 관계, 또 남과의 관계에서 있는 그대로 놓아두지도, 받아들이지도 못하는 우리에게 그것이 누구이든, 그것이 무엇이든 있는 그대로 방치하라는 말이다. 방법과 수단을 동원해 뭔가 하려는 몸짓이 도인의 체계 안에는 없다. 그러나 도인 역시 예전에 수많은 책을 접하면서 책에 나와 있는 ‘있는 그대로’라는 것이 따로 있는 줄 알고 그것을 찾아 헤맸었다 한다. 나 또한 책에서 ‘있는 그대로’라는 구절을 접하면서 그것이 어떤 경지에 오를 때만 자기 것으로 소화되는 줄 알았다. 나는 주로 훈련에 의해서 이루어지는 것들에 많이 의존하는 편이다. 있는 그대로의 ‘나’가 되지 않으려 뭔가를 찾고 뭔가를 해야만 했다. 생긴 대로, 못나면 못난 대로 있는 그대로 받아들인다면 기도 수련, 수행, 명상, 도 닦음도 모두 다 필요 없을 것 같다. 개인적인 경험에 따르면 무엇을 하든 무엇에 항상 의존하여 했을 때 그것은 오래가지 않았다. 그때 잠시뿐이었다. ‘있는 그대로, Let it be’라는 잣대를 갖다 대면 인간관계에서도 힘이 안 들 것같다.

인간이 모두 다른 만큼, 각자가 가진 문제도 다 다르다. 또 누구에게나 자신의 문제가 이 세상에서 가장 커 보이기도 할 것이다. 하지만 자기하고의 관계든, 가족 간이든, 타인과의 사이에서든 대부분 불행의 원인은 자기를 못 보고, 있는 그대로 Let it be 하지 못하고 항상 어찌해 보려고 달려드는 것에 있는 것은 아닐까 생각해 보게 된다.

 원인은 하나, 그러니 거기에 대한 처방도 '있는 그대로, Let it be' 하나뿐이다. 처방은 받았는데 어디서부터 시작해야 할지 모르겠다는 나에게 도인은 구체적으로 또 뭔가, 어떻게 해 보려는 시작도 하지 말라 한다. 이것은 어떤 해법일까. 문제가 있는데, 그냥 있는 그대로 놓아두면 저절로 풀린다는 말인가. 또 모르겠으니 갈수록 태산이다.

"사람은 문제도, 고통도 싫어하기에 일단 부정부터 하고, 우선 부정을 하기에 벗어나려, 해결하려, 어떻게 해 보려고 힘쓰고 애쓰는데 문제는 붙들면 붙들수록 더 큰 힘만 실릴 뿐입니다. 그렇다고 외면하라는 것이 아니라 문제든, 고통이든 그것을 부정하지 말고 물 흐르듯 그냥 있는 그대로, Let it be, 긍정하는 겁니다. 문제나 고통이 두려워 피하는 것도 부정하는 것인데 피해서 아무리 평안을 찾아도 내가 피한 원래 자리에 평안이 있지요. 참 아이러니해요. 번뇌즉보리煩惱卽菩提라는 말도 있지 않습니까. 동전의 양면처럼 번뇌 그 자체가 깨달음이니 우리의 문제나 고통 자체에 해결이 있습니다. 이것이 안 되면 적어도 또 한 가지 길이 있습니다. 온전히 미움 자체가 되어 그것과 온전한 하나가 되어 보세요. 숨 막힐 정도로, 아니면 머리가 돌아 버릴 정도로 그것 자체가 되면 결국 터지고 말잖아요. 공이 밑바닥을 치면 튀어 오르는 것과 같은 이치예요. 저 역시 오직 진리를 찾겠다는 이것 하나 때문에 힘들었지만 내가 갈증 자체가 되었을 때 풀렸습니다. 그러니 있는 그대로 두세요. 이 Let it be가 안 되면 온전히 그 문제와 하나가 되든지, 둘 중에 하나입니다."

문제나 그 외의 무엇도 어떤 해결 방법이나 수단, 논리로 풀지 못하니 문제를 문제시하지 마라, 문제를 문제 삼지 말라는 말이다. Let it be 하거나 이게 안 될 때 온전히 그것과 하나 되라. 도인이 『도덕경』 56장 색기태, 폐기문 塞其兌 閉其門을 인용한다. "그 구멍을 막고 문을 닫아라." 이 구절이 "지금 이것 외에는 다 문을 닫아라. 이것 바깥을 나가지 마라. 그리하면 종신토록 수고롭지 않다."로 풀어진다.

그러나 Let it be도 안 되고 온전히 하나가 되는 것에도 뭔가 수단과 방법을 동원해야 할 것 같은 것이 사람 마음이 아닌가. 그런데 해결책으로 제시된 이것이 인간에게 가능할까. 자기 정죄를 멈추고, 부정하던 것을 긍정하는 것까지는 해 보겠는데 그 어느 것도 해결하지 말라는 이것을 어찌해야 하나. 확실히 들리는 것은 해결이 바깥에 있지 않다는 점이다.

문제가 있을 때 그것을 끝까지 붙들고 늘어지는 사람이 있는 반면, 그것을 피하는 사람이 있고, 문제를 대하되 자기 책망을 하는 사람이 있고, 문제를 내버려 두는 사람도 있다. 그러나 문제는 골치 아픈 것이라는 부정적인 시각은 누구나 가지고 있다. 어떻게 해 보려고 문제와

씨름하는 그 생각과 마음 때문에 자신은 괴롭고 문제는 더욱더 커진다는 도인의 말은 또 다른 문제 해결 방법인가. 아마도 평생을 해야 될 것 같은 숙제이다. 하지만 해답은 이미 나와 있는지도 모른다.

나는 문제를 싫어하나 내버려 두는 편이다. 여행을 가고 싶은데 문제가 있어 몸을 빼지 못하다가 나 없어도 세상은 잘만 굴러가더라 하며 집을 나섰고 한 달 후 돌아와 보니 문제는 이미 해결되어 있었다. 언젠가 도법스님을 만난 자리에서 이런 말이 오고 갔다. 스님은 문제를 얼음에 비유했다.

"얼음을 아무리 정으로 쪼아 보았자 소용이 없어요. 가장 좋은 방법은 얼음이 스스로 녹기를 기다리는 것입니다."

이것이 아닐까도 싶다. 도인이 들으면 뭔가 해 보려 애썼다고 하겠지만 얼마 전 어느 글에서 읽고 실천해 보고 싶은 것이 생겼다. 누구나 그렇듯이 사람이라면 자기 자신과, 또한 다른 사람과 부딪칠 일이 생긴다. 그것이 자기와의 문제가 아닌 남과의 문제였을 때 내가 읽은 첫 번째 할 일은 '놓아주기'였다. 흔히 사랑하는 남녀 사이에 사랑했기에 보냈노라는 말이 있다. 가지려는데 내 손안에 들어오지 않는 것 때문에 괴롭다면 이때 할 일은 '내려놓기'이다. 나는 이것이라도 해 보려 안간힘을 썼다. 도인은 뭐든 노력으로 해 보려는 나에게 자기와의 관계뿐만 아니라 남과의 관계에서도 애쓰지 않을 때 모든 문제가 저절로 풀린다는 자신감 넘치는 확답을 준다.

"내가 나를, 또 남을 있는 그대로, Let it be 하고 받아들이는 데 있어 무엇부터 해야 합니까."

"우리는 긍정보다는 부정, 이것 아닌 저것에 익숙합니다. 정작 긍정해야 할 것을 부정하고 이것 놔두고 저것을 찾잖아요. 오랫동안 길들여진 이분법적인 생각이 만들어 낸 사고 체계 때문입니다. 이 이분법적인 생각이 분별심입니다. 이브는 선악과를 따 먹은 다음 벗고 있는 사실을 문제 삼게 되는데 선악과를 따 먹게 만든 것은 뱀이었습니다. 뱀이 유혹을 하면서 '네가 하느님처럼 된다.'라고 한 것은 바로 '저게 더 낫다.'라는 거였어요. 여기서 뱀은 우리의 분별심입니다. 저기에 있는 저것이 더욱 맘에 들어 보이니 따 먹은 것이지요. 우리는 매일 순간순간에 선악과를 따 먹고 있습니다."

도인의 '눈뜸' 시각으로 읽은 성경 구절이다.

왜 도인이 그 많은 경전, 경서 가운데 『신심명』을 강의하는지 알 것 같았다. 『신심명』의 첫 구절이 '지도무난 유혐간택至道無難 唯嫌揀擇'이다. 지극한 도는 어렵지 않으니, 오직 간택함만 버리라는 뜻이다. 여기서 간택이 이분법적인 분별심이라 배웠다. 그러나 지금의 내가 아닌 또 다른 나를 원하는 것, 이것보다 저것이 더 좋아 보이는 것은 아마도 '남의 떡이 더 커 보인다.'는 말이 있듯 보통의 사람 마음일 게다. 우리의 경험상 생각은 항상 이것, 저것을 따지게 만들고, 여기서 저기로, 이것 아닌 저것으로 쪼개어 인식한다. 이 때문에 삶이 고달픈 것은 분명하다. 그러나 이미 교육이, 지식이, 환경이, 훈련이 우리를 일찌감치 물들여 놓아 분별하는 사고에 길들여져 있는데 어찌해 볼 도리가 없다.

"중생이 곧 부처라는 말도 있지 않습니까. 중생과 부처는 둘이 아닌데 우린 둘로 나눕니다. 사람은 부처가 되려 하지 중생이 되려 하지 않아요. 진짜 부처는 중생인데 말이지요. 둘로 나눠 간택하여 참 생명을 버리고 거짓 생명을 구하는 거예요. 가장 중생적인 것이 가장 구체적인 부처입니다. 부처가 되려 하지 말고 중생이 되세요."

중생이 싫어 부처가 되고자 애쓰는 마음은 이미 물속에 있으면서도 목마르다고 아우성치는 물고기의 마음과 같은 것인지도 모르겠다. 또한 배가 잔뜩 불러 있는데도 배고프다고 밥을 찾는 것과 마찬가지 상황인지도 모르겠다.

내가 처음으로 이분법적인 분별심과 완전히 부딪친 것은 오래전 미얀마에 있을 때 한 위파사나 명상 수련회에서였다. 생각에 대상이 나타나면 언어문자, 형상, 반응, 판단, 견해의 순서로 생각은 쪼개지고 있었다. 이것들이 순식간에 앞뒤로 튀어 나오니 생각이 꼬리에 꼬리를 물어 온갖 잡생각에 휘말리고 있었다. 오래 좌선을 하니 다리가 아팠다. 아픈 것을 느끼고 바라보는 것까진 좋으나 문제는 '아픈 게 싫다.'라는 데까지 가는 것이었다. 역시 오래전 인도를 여행할 때 있었던 일이다. 숙소에서 일하는 아이가 걸레질을 하던 더러운 수건으로 그릇을 닦았다. 이것을 보고 기겁을 한 후 내 그릇은 내가 다시 씻었는데도 밥이 꺼림칙했다. '난 도저히 더럽다 깨끗하다까지 생각 안 하고 살 수는 없다. 내가 정신 이상이 되지 않고는.' 이런 결론이 나와 되는 대로 살자, 생긴 대로 살자고 한 적이 있다.

어린아이의 상태에서 처음부터 교육을 안 받거나 완전히 세상과 떨어져 살면 몰라도 이미 너무나 길들여진 상태에서 분별심 없이 사는 것은 나로선 무리였다. 언어와 형상은 걷어 낸다 치더라도 거의 본능적으로 튀어 나오는 이런 분별심은 어찌해야 하나. 그 누가 이것을 비껴 갈 수 있을까. 도인은 우리에게 실천 불가능한 것을 요구하는 게 아닐까. 도인의 말에 누구보다도 공감하지만 한편으론 답답하기도 했다.

미움 때문이 아니라 그러면 안 된다는
부정 때문에 괴로운 겁니다   나는 심리치료사에
                                        게 상담을 하듯 도인

에게 내 속마음을 터놓기로 했다. 고해성사를 한 것이다. 살다 보면 누구나 겪는 일이겠지만 나에겐 미운 사람이 있다. 이 미움을 어찌해 보려 신부님, 수녀님, 스님에게 물었다. 대부분의 대답은 "사랑하려 노력해 봐라." "다 용서하라." "자비로 다스려라."였다. 그러나 이토록 추상적인 용서는 아무나 하는 게 아니었다. 나는 성인도 아니고, 천사도 아니고, 보살도 아니고, 사랑의 화신도 아닌데 어찌 미운 사람을 미워하지 않을 수 있을까. 부흥회를 가고, 피정을 가고, 사찰 수련회를 다녀도 그때뿐이었다. 미워해 봤자 나만 괴로우니 미움을 떨쳐 버리자고 위파사나 수련을 강행했었다. 그러나 아무리 미워하는 마음이 일어

나는 것을 지켜보아도 공부거리는 되었지만 미움은 그대로 남아 있었다. 별 소득 없이 나를 위로한다는 것이 겨우 '세월이 약이겠지요.' 하는 가느다란 희망이었다.

나의 이 고백에 도인은 즉각 물어 왔다.

"한 번이라도 미워하는 그 마음을 긍정한 적이 있나요."

"이 상황에서 긍정이라뇨."

너무 미워서 가슴앓이까지 하는데 미워하는 그 마음을 긍정한 적이 있느냐니.

"미워하는 그 마음 어딘가에 자신을 정죄하고, 자기를 억압하는 단면이 있을 겁니다. '미워하면 안 되지.' 하는 부정이 있을 겁니다. 미움 때문에 괴로운 게 아니라 미워하면 안 된다는 부정 때문에 괴로우니 우선 정죄를 멈추세요. 그런데 사람을 미워하는 자기 자신을 한 번이라도 사랑해 본 적이 있나요."

도인은 미워하는 마음을 남과의 문제가 아닌 나 자신하고의 문제로 보고 이것이 자기를 사랑하지 않는 원인이라고 했다. "내가 왜 이래야 하나, 이러면 안 되지." 하는 자기 정죄를 멈추고, 미움을 긍정하고, 자기를 우선 사랑하면 된다는데 나부터 사랑하는 것은 꿈에서도 하기 힘들 것 같다. 스스로에게 너무 엄격해 실수하는 나를 용납하지 못하는 버릇도 고백했다. 나는 나를 다그치는 데 선수이다.

"실수하는 자신을 보듬어 주세요. 실수 안 하면 로봇이지 인간입니까. 정작 사랑 받아야 할 자기 자신을 외면하지 마세요. 사람은 태어나면서부터 외롭고 허허로운 존재입니다. 인간은 상처투성이예요. 못난 나는 상처로 태어나, 상처 받고, 상처 주고 살다가 상처만 남기고 죽는 존재인데 왜 자기가 자기에게까지 또 상처를 줍니까. 사람은 자기 자신에게 충실하지 못한 반면 바깥 대상에게는 잘하잖아요. 남에게 하듯 자기 자신한테 먼저 잘하세요. 지금 여기 존재하는 건 미움과 원망인데 이것을 부정해서 어찌해 보려 한다면 더 괴로울 뿐입니다. 지금 누군가를 미워하는 그것을 부정하니 온전히 미움 자체가 되지도 못합니다. 미울 때 온전히 미워해서 미움과 하나가 되세요. 부정하는 마음만 빼고 미움이든 사랑이든 죽도록 온전히 하세요. 눈뜸의 공부거리로는 자기에게 제일 힘든 문제가 가장 좋습니다."

치솟아 오르는 감정을 긍정했을 때 거기서 해방된다는 말일 게다. "긍정하는 건 구체적으로 뭔가요." 하고 물으니 그것은 바로 '일어나는 감정 그대로 가게 하는 것'이라 한다. 뒤돌아보니 나는 미워하는 마음을 어찌해 보려고 뭔가를 하려고만 했다. 사람을 미워해 봤자 나만 가슴 아프고 나만 손해라는 것을 알면서도 스스로 '미움'이라는 병을 만들어 아파했고 미움이 커지니 원망이 하늘을 찌르지만 온전히 미워하지도 못했다. 완전한 미움 그 자체가 되어야 하는가. 온전히 그것과 하나되는 것, 미움이 있을 때 그 미움 덩어리가 되어 볼까. 하지만 부정하는 마음은 어김없이 끼어든다. 부정하는 것 때문에 온전히 아파하지도 않았던 것이 분명하다. 게다가 미워하는 마음을 어찌해 보려다 몸과 마음을 송두리째 십자가에 박고 싶었다. 그러니 어찌 자기를 사랑할 수 있었겠는가. 명상도 기도도 각기 이름만 다른 수련도 잠깐의 진통제 역할이 되었을 뿐, 미움은 항상 거기에 있었다. 도인의 '멈춤'

이 어떤 것인지 느끼려 또 애쓰고 있지만 초월적인 힘을 동원하지 않고는 어찌할 수도 없을 것 같다.

"선생님은 화를 냅니까."

질문이 채 끝나기도 전에 주는 답이 나를 당황하게 한다.

"당연히 화내죠."

내가 만났던 도인들은 대체로 화를 내지 않는 사람들이었다. 간혹 화내는 도인을 보고 실망을 하게 되면 '사람이 완벽할 수는 없지. 사람인 이상 화도 내고 눈물도 흘리고 다 드러내는 것이 차라리 나은지도 몰라. 자기를 있는 그대로 보여 주니까.' 하고 생각했었다. 그런데 도인은 어떻게 화를 낼까.

"난 화도 내고, 짜증도 내고, 사람도 미워해요. 도 닦을 때는 고상한 척, 점잔 빼려 화 안 내려고 했었지요. 그러나 지금은 화날 때 화내고 짜증날 때 짜증 부리고 미움이 일어날 때 미워하고 뭐든 100퍼센트로 완전하게 합니다. 화내는 그것, 그것이 부처예요. 있는 그대로의 화내는 나를 버리고 화 안 내는 나를 아무리 구해도 부처가 되지 않습니다. 참선이나 위파사나 같은 수행을 한다 해도 위안은 받지만 완전한 자유는 없습니다. 우울할 땐 완전히 우울이 되고, 괴로울 땐 온전히 괴로움 그 자체가 되는 것, 이것이 자신을 섬기는 것입니다. 나를 지치게 하고 힘들게 하는 그것이 언젠가 나를 자유롭게 할 것입니다. 화내는 것도 고통이라면 그 고통을 피하지 마세요. 큰 고통일수록 약이 되어 나를 정련시킬 것이니 100퍼센트의 순금이 됩니다. 큰 어려움 없이 자란 사람보다 고생한 사람이 눈뜸에 더 빠릅니다. 우린 이미 행복할 수 있는 모든 조건을 갖추고 태어났지만 불행에만 익숙하지요. 그러나 그 불행도 약이 됩니다. 저에게 왔던 분 가운데 39년간 허리 통증으로 고생한 분이 있었어요. 병원에서도 별 이상이 없다 하고 조상 묘 이장에 부적까지 해도 소용이 없었어요. 끊임없이 아픈 것만 생각하고 건강하기만 바라는 그에게 나는 이렇게 말했어요. '당신은 한 번도 아픈 적이 없다. 아프다는 생각만 있었다. 단 한순간만이라도 진정으로 그 아픔 속으로 들어가라.' 이 말뜻을 안 그는 나중에 '평생 내 발목을 잡았던 이 고통이 나를 자유롭게 하다니' 하고 통곡을 했답니다. 그 사람이 출가를 했는데 '고통 그것이 바로 진리였습니다.' 라는 말을 하더군요. 사람이 아픔의 고통 때문에 자기를 보지 못했는데 결국 고통 그것 때문에 자기를 볼 수 있었던 것이지요. 고통을 벗어나려는 그 몸짓이 바로 고통입니다. 저항, 거부, 부정, 극복하려던 것을 멈추고 단 한 번이라도 진정으로 그것과 하나가 되어 보십시오. 참되게 외로워 보면 더 이상 외롭지 않은 것과 같은 이치일 겁니다."

우리는 끝없이 모범 답안을 구하는 어리석은 인간이다. 화에서 번진 이야기는 무엇이든 있는 그대로 Let it be 하든가 아니면 그것과 완전히 하나가 되라는 것으로 돌아갔다. 나는 둘 다 어렵다는데 도인은 그것이 손바닥 뒤집기보다 쉽다고 한다. 어쨌든 그가 완전히 갈증 그 자체가 되었기에 눈뜸이 가능했던 것은 당연한 일이었겠다. 나는 곧 나를 힘들게 하는 그것을 섬겨 어떤 일이 일어나는지 보려 한다. 적어도 내가 완전히 체험한 것은 나에게 있어서만은 진리일 것이라는 전제하에.

마음 자리를 찾는
사람들을 위한 심리 치료 | 도인이 정기적으로 하는 강의를 따라다니며 수강자가 되어 Let it be 하거나 온전히 하나되는 것을 배우고 싶었다. 도인은 매주 화요일 대구의 한 치과에서 성경을 강의한다. 치과의 원장님은 매주 점심시간을 이용해 간호사와 자신을 위해 외부 강사를 초청해 강의를 듣는다. 강의 시작 전 도인은 서로 반대되는 개념을 칠판에 쓴다. 무지―지혜, 나태―성실, 미움―사랑, 분노―자비, 불안―안정, 경직―이완, 결핍―풍요. 정각 1시, 강의가 시작되었다. 오늘 나갈 진도의 주제는 성경의 '에덴동산' 이었다. 그런데 성경책도 없고, 성경을 펼친 사람도 없고, 칠판에도 성경 구절과 관계된 것은 없어 보였다.

"우리는 게으름보다 성실을 좋아하지요. 미움보다 사랑을, 분노보다 자비를 좋아하지요. 그런데 이런 것들은 결국 하나입니다. 분노와 자비가 같은 겁니다. 모양과 빛만 다릅니다. 모두가 같은 '나' 일 뿐입니다. 에덴동산은 곧 우리의 마음 밭입니다."

이렇게 풀이된 에덴동산은 구약 역사에 있지 않았고 현재의 나, 너,

우리 '삶'에 결부된 것이었다. 도인은 우리가 보는 눈으로 성경을 보지 않으니『도덕경』및 다른 경전의 구절이 성경풀이에 다 인용된다. 도인의 성경 해석은 성경을 꽤 접해 본 나에게도 생소한 것이었다.

다음은 연암 찻집에서 하는『도덕경』모임이다. 매주 화요일 저녁에 열리는 이 모임은 도인에게 자신의 인생 문제를 들고 왔던 한 여교수로 인해 시작되었고 지금까지 이어지고 있다.

"저를 찾아온 그 교수는 여성학을 하는 분이었는데 그분 자신이 여성의 한계와 학문적인 한계에 와 있었습니다. 저에게 온 그때의 그분은 절벽에 있는 게 아니라 이미 절벽에서 떨어져 죽어 있는 상태였어요. 성장할 때부터 '저 아이는 참 어른스러워.' 하는 말만 듣고 크다 보니 항상 어른스럽게 말하고 행동을 해야만 했습니다. 경망스럽고 유치

치과에서 성경을 강의하는 모습.

한 걸 못 참는 '어른스러움'에 갇혀 있었던 것이지요. 꼼짝없이 맺힌 부분이 『도덕경』 강의를 듣고 한 꺼풀을 벗더군요. 한 가지가 뻥 뚫리면 전체가 다 보이는 것이 이치인지 시간이 지나면서 자신과 학문에 돌파구를 찾아갔습니다. 자신이 진정 누구인지 정확히 알게 된 것이지요. 『논어』에 이런 말이 있어요. '대부분의 사람이 먹고 마시지만 맛을 알고 먹고 마시는 사람은 드물다.' 사람 각자가 진짜 자기 맛을 알고 나면 인생이 시원하고, 재미있고, 즐겁습니다."

저녁 7시가 되어 가니 퇴근한 사람들이 하나 둘씩 찻집 안방으로 들어온다. 악수도 나누고 고개 끄덕하는 인사도 나누는 분위기가 화기애애함을 넘어 강의 들을 것에 모두 신이 나 있는 것 같았다. 온 사람 가운데 도인이 주례를 섰다는 참석자도 있었다. 현직 수학 선생이자 기독교인이라고 자신을 소개한 그분은 나에게 "저번에 여기서 『육조단경』 공부하고 난 다음 성경이 참 잘 보여요." 하며 신이 나 있다. 『육조단경』이 성경과도 통한다는 말이다. 그는 성경이 보이니 이해되고, 이해하니 술술 풀리고, 또 술술 풀리니 재미까지 있다며 싱글벙글이다. 나는 이들을 모두 정확히 자기 자신 되기, 즉 나 알기를 공부하는 공부인工夫人이라 부르기로 했다.

이날 모임의 전체 공부인은 7명, 멀리 김해, 포항에서도 왔다. 강의 진도는 『도덕경』 3장 불상현不尙賢이다. 그런데 이 강의 역시 『도덕경』 풀이가 아니다. 이전 성경 강의에서는 『도덕경』이 자주 인용되더니 이번엔 『도덕경』을 읽는데 성경, 불경, 공자님 말씀이 다 나온다. 『도덕경』은 『도덕경』인데 노자의 이야기나 글자로 된 『도덕경』이 아니다.

도道란 단어도 없고 추상적인 단어가 한 개도 없다. 경전 따로 나 따로
가 아니다. 남의 이야기도 아니고 성인의 말씀도 아니다.『도덕경』의
구절이 구체적으로 각자 자신과 인간관계, 전반적인 삶의 문제와 연결
된 나의 이야기이다. 공부인 생활의 단면으로 일일이, 낱낱이 실제 예
를 드는데 각자의 삶의 변화에 대한 이야기가 대부분이다. 중간 보고
도 있고, 결산 보고도 있다. 진도가 나가도 그만, 안 나가도 그만이다.
강의가 재미있고 신나고 우습다. 사전도 단어 풀이도 없다. 지식 탐구
가 아니다. 질의응답까지의 강의 내용은 전부 각자의 인생 상담이다.
들으면 책에서 본 것들이 생생하게, 아니면 슬며시 소생되는 마력이
있다.

　『도덕경』 3장, 불상현 사민부쟁不尙賢 使民不爭은『도덕경』 전체의
핵심을 관통하고 있어 도인이 가장 중시하고 또 자주 인용하는 구절인
데 평소 도인이 주는 말도 모두 이것에 그 뿌리를 두고 있다. 몇 개의
다른『도덕경』 책을 살펴보니 모두 이 부분을 성인이 백성을 다스리는
정치 방법으로 풀고 있다. 현을 '현명함' '능력' 내지 재사才士라 하고
이것을 숭상하지 않으면 백성이 다투지 않는다고 풀고 있다. 그러나
도인의 체계에서 현賢은 이것 아닌 저것, 여기 아닌 저기, 나 아닌 허구
의 나이다. 여기서 백성은 내 안의 백성, 즉 마음이다. 저것, 저기에 뜻
을 두지 않으면 다툼이 일어나지 않는다, 마음이 쉰다, 그러므로 불상
현不尙賢은 '현하고자 하는 그 마음을 다 쉬어라'로 완전히 뜻이 달라
진다. 도인은 평소에 이것만 제대로 알아도 경전을 다 볼 필요 없다고
할 정도로 이 구절 하나를 쉽게 풀어 자주 인용한다. 도인은 글자를 보

고 행간에서 노자가 진정 하고 싶었던 말을 다 짚어 내는지도 모른다. 『도덕경』만이 아니다. 그 어느 경전도 도인에게서라면 성인의 말씀이 나를 비추는 거울이 되어 살아난다. 직접, 직통으로 각자의 나와 상관된 글자만 있는 것이다. 한결같이 우리 각자의 인생살이의 고달픔, 실생활의 나와만 관계된 펄펄 살아 있는 말씀이다.

열강이 뭔지 보여 주는 강의는 퍼포먼스, 아니 원맨쇼 같기도 하다. 동원되는 제스처는 팬터마임이다. 도인의 눈에서는 열기가 나고, 손도 몸도 가만히 있지 않는다. 자리 뜨는 공부인도 없다. 그만큼 완전히

빨려 들어가기 때문인데 우리 삶의 현장, 각자의 지금, 현실을 떠나서 노자의 『도덕경』이 있을 수 있는지 의문이 갈 정도이다. 저녁 7시에 시작, 밤 10시가 되어 여운을 남기며 마쳤으니 3시간에 이르는 각자의 인생살이는 심장 떨림, 가슴 열림으로 들어야 했다.

새해 들어 열린 첫 서울 모임에는 멀리 진주에서, 청주에서 올라온 공부인도 많았다. 서울 사는 공부인이 제공해 준 오피스텔 공간에 20여 명이 모였다. 각자의 소개 시간에 알게 된 것은 공부인 대부분이 이런저런 도 닦는 수련을 한 가지씩은 해 본 사람들이라는 것이다. 자신에게 문제가 있어 그것을 풀려고 하는 공부인 아니면 '나는 누구인가'를 알고 싶어 하는 마음 찾는 사람들이다. 개인적인 고민이나 아픔을 이미 다 풀어 버린 사람도 있다. 오늘은 어떤 처방전이 나올까 하는 눈망울이 한곳에 모이니 도인의 말과 몸에 '혼신'이 깃든다. 여기저기 대학원만 20년째 다니고 있는 나는 듣도 보도 못한 도인의 열강에 온몸이 달아올랐다. 언어로 전달해야 하는 한계, 그러나 말로밖에 할 수 없는 안타까움, 거기에 공부인들에 대한 애틋함까지 간절해 방 안은 열기로 뜨겁다. 난방이 필요 없는 공간이다.

이런 강의를 주니 공부인이 안 모일 수 없겠다. 질의응답 시간은 대구 연암 찻집 모임에서와 마찬가지로 각자에게 있는 문제를 보이거나 또 현재 진행 중인 각자의 삶에 드러난 작은 변화를 나누며 도인에게 단계별로 처방을 받는 시간이다. 근기에 따라 처방전이 다르게 나오기도 하는데 가끔 공부인에게 필요한 것이라면 자존심을 짓이기고 울게도 만든다. 마음의 상처로 아파하는 사람은 어떻게든 당장 마음의 피

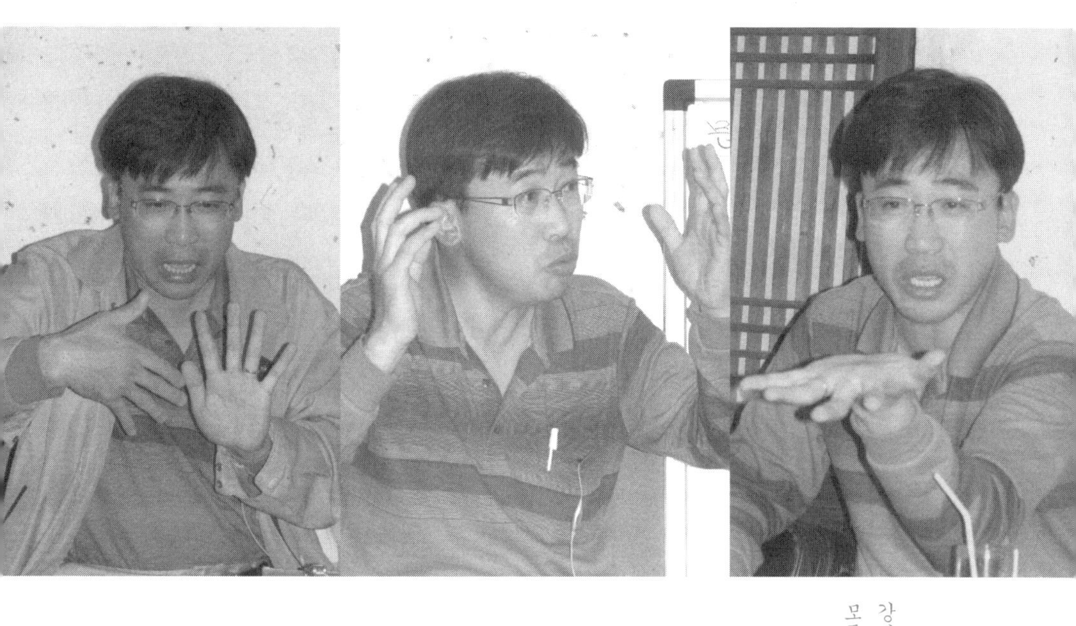

강의에는 온갖 표정, 모든 몸짓이 다 동원된다.

를 멈추게 한다. 문제를 문제시하지 않고, 각자의 '자기 보기' 내지는 '참 나 알기'로 직통으로 들어가 직시하는 멈춤을 말할 뿐 도인은 사람을 바꾸려 하지 않는다. 그러나 이런 처방이 잘 먹히지 않는 경우가 많다. 단지 살짝 위로만 받고 돌아가 다시 원 상태로, 문제 속으로 가는 사람도 많다. 잠시 물위로 얼굴을 내밀어 숨 한 번 쉬고 다시 물속으로 가라앉는 것이다. 반면 강의를 듣고 삶이 바뀌어 가는 현재 진행형의 공부인도 있고, 또 사람의 인생이 완전히 바뀐 경우도 있다. 어떤 부인은 강의 듣고 오면 달라지는 남편의 변화를 보고 이 모임만은 무조건 가라고 한단다. 이러니 전국적으로 작은 모임이 생겨난 게 당연하다. 서울, 부산, 대구, 구미에 정기적인 모임이 만들어졌고 도인은 지방 출장 강의도 다닌다. 공부인은 정기적으로 오는 사람, 부정기적으로 오는 사람, 새로 나오는 사람까지 모두 합쳐 지난 13년간 그 숫자를 셀 수 없다. 지금껏 도인으로 인해 삶이 바뀐 공부인은 대략 150명이 넘고 모임에 정기적으로 참여하는 공부인은 50명 정도 된다.

누구나 생존 게임을 해야 하는 현대 성인의 병으로 '가만히 있지 못하는 병'을 들 수 있다. 누구나 바쁘고 누구나 시간에 쫓긴다는 사실은 차치하고라도 할 일 없이 가만히 있으면 마치 낙후되는 것처럼 누구나 뭔가를 하고 바쁘게 움직인다. 이 때문에 사람들이 모두 붕 떠 있어 안착을 하지 못한다고 표현하는 도인은 공부인들 가운데 뭔가 하려 애쓰는 사람들에게 '아무것도 하지 않기' 실험을 하도록 한다. 쉬지 못하는 병에 걸린 환자들에게 멈춤을 권해 먼저 자신을 바로 보는 시간을 갖게 하는 것이다. 공부인들은 대부분 아무것도 하지 않는 이 실험

단계부터 적응을 못한다. 나 역시 이 실험에 약간의 혼란을 느끼는 중이다.

나는 도인의 강의를 일종의 심리 치료라고 본다. 그저 신나는 강의를 들으러 오는 사람도 있으나 누구나 한 가지의 문제는 있어 그것의 돌파구를 찾거나 마음을 잡으려는 공부인이 대부분이다. 도인은 대인 공포증, 편집증, 강박증, 우울증, 열등감, 신경과민, 남에게 잘 보이려 하는 증세, 남 눈치 보는 병 등에 시달리는 사람들과 개별적으로 시간을 내 만난다. 굳이 나가서 사람을 찾진 않으나 인연 닿는 공부인은 누구나 환영한다. 사랑이 넘쳐 남의 아픔을 두고 보지 못하기 때문이다. 그러나 몇몇 사람들에게는 욕도 먹고 손가락질도 당했다. 심지어 도인을 불쌍하게 보는 사람도 있었다. 왜 경전을 그렇게 푸느냐고 하는 사람도 있고, "도가 뭐냐, 진리가 뭐냐, 겨우 그거냐."며 따지고 드는 사람도 있고, 도인의 실력을 테스트하러 오는 사람도 있다. 도인은 이런 것에 개의치 않고 상관도 안 한다. 자신이 알아낸 진리대로 '정확히 자기 자신을 아는 것'에만 충실할 뿐이다.

자궁 가진 남자

도인은 거름이다. 스스로 거름이 되어 생명을 주고 열매 맺도록 하겠다는 원을 세운 도인에게 농사짓는 도반이 지어 준 호가 비원肥源이다. 비는 거름, 원은 원천, 거름의 원천이라는 뜻이다. 이런 도인에게 경전 모임에 왔던 한 여자 공부인이 '자궁 가진 남자'라는 별명까지 붙여 주었다. 자신의 문제가 도인의 품에 안긴 다음 그 자신이 도인 안에 잉태되어 새롭게 태어났기 때문이다. 여자에게 자궁이 있듯 도인에게도 자궁과 같은 것이 있다. 공부인 자신이, 고달품이, 문제가 도인의 자궁으로 들어갔다가 새로이 태어난다. 도인을 보고 듣고 느끼고 한 다음 이 별명이 도인에게 딱 들어맞는다고 생각해 나는 도인을 '자궁 도인'이라 부르기로 했다.

"난 이 별명이 영광스러워요. 나에게 잉태되면 새 생명이 커서 아이가 태어나듯 나옵니다. 내 자궁에서 나올 때 자기 자신이 되는 것입니다. 상처 많은 사람들과 같이 아파하고, 같이 놀다 보면 각자 커 갑니다. 그리고 아이가 크면 시집 장가 보내듯 내보냅니다."

자궁 가진 남자 도인은 지금도 자궁 안에 몇 명의 길 잃은 아기 양을 키우고 있다. 무료 강의에 무료 상담을 하는 도인은 한 집의 가장이기도 한데 가족과 어떻게 생활을 꾸려 나가고 있을까. 도인은 초창기에 강의에만 전념하기로 했을 때 수입이 없어 공사판 막노동을 병행했었다. 공부인 가운데 경제적인 여유가 있는 한두 분의 독지가가 있어 도움을 받기도 했다. 나는 도인에게 왜 강의료를 안 받느냐고 조심스레 물었다. 도인은 공부인들 대부분이 자신의 괴로움을 토로하기에 바쁘기도 하지만 대부분 경제적인 여유가 없는 사람들이라고 짧게 자르며 답을 회피한다. 그러더니 속사포처럼 다음 말을 쏟아 놓는다.

"제가 강의 중에 자주 하는 말이 있지요. '구체적인 삶으로 보자면 내가 여러분보다 인간적으로, 성격적으로 못한 인간일 수도 있는데 나에게 뭘 들으러 왔습니까. 집사람 데려와 나의 원래 실상을 다 보여 드릴까요. 들으면 기가 막힐걸요.' 사실 강의에 오는 분들과 나 사이에 차이가 하나 있다면 나는 내 모습 있는 그대로 사는 것이지요. 전에는 '나'가 안 되려고 발버둥을 쳤다면 지금은 있는 그대로의 나로 살고 있습니다. 나는 사실 한문을 잘 모릅니다. 우리가 한문을 푸는 것보다 중요한 것이 바로 잘 사는 것이 아닐까요. 진리는 가르치고 배우는 게 아닙니다. 지식 쌓는 것에 관심 없지만 시중에 나와 있는 경전 번역을 보면 오역이 많습니다. 『도덕경』만 봐도 그 해석은 많은데 학문적인 접근이 대부분이지요. 직접적인 나와 현실의 우리 삶에 관련짓지 않습니다. 설사 글자의 참뜻을 알았더라도 모두 추상적으로만 흐르고 맙니다."

　문자 풀이하고 문자 쓴다고 다 학자도 아니겠지만 학자라도 그 삶이도, 진리에서 멀어져 있다면 『도덕경』 노자의 말에 힘이 실릴까. 가르치고 배워 문자 쓰고 지식 찾는 것의 한계를 느낀 나는 도인의 한마디 '진리는 가르치고 배우는 것이 아니다.'라는 말을 통감한다. 아무리 한문을 잘 풀어 경전을 본다 해도 그 경지를 읽어 내는 사람이 드물다. 딱 한 번 속리산에서 만난 도인이 생각난다. 그는 아는 게 너무 많았다. 특히 각 종교의 경전에 관한 한 그가 쌓은 지식은 초대형 백과사전만큼 방대하고도 또 정확했다. 그러나 정작 그 자신은 불행해 보이기도 했고 또 자기 자신에 대해서만은 아는 것이 아무것도 없었다. 나 자신 철학을 공부했지만 문자로 단어의 뜻을 풀고, 언어로 아무리 토론을 해 봐도 정작 삶에 있어서는 아무것도 풀리는 게 없었다. 신이 있다면 모든 신, 하느님, 한울님, 예수님, 부처님 모두에게 신세지고 살지만 모두 다 나에겐 지극히 추상적인 존재였기에 가까이 다가가기에도 벅찼다. 뭐라 이름 지을 수 없는 '그 무엇'을 찾다가 그나마 그것을 '도'라고 이름 지은 것은 백 날 강의실에 앉아 배운 것으로 토론하는 것보다 도인 한 사람 만나는 게 더 큰 공부가 될 것이라는 점을 알고 있었기 때문이다.

사람이 고해의 바다에서 헤엄치고 있다면 도인은 지금 물에 빠진 사람에게 손을 내밀고 있다. 헤엄을 못 쳐 허우적대거나, 지푸라기라도 잡으려 하거나, 아니면 익사 직전까지 간 사람들이 도인이 내민 손을 잡는 것 아닐까. 손잡고 스스로 헤엄치게 만드는 도인은 한 사람이라도 자존自存, 자락自樂, 자명自明, 자족自足, 자증自證하게 하고 싶어 '나 알기' 전도사로 뛰어다닌다. 나는 지금껏 누구에게서도 보지 못했던 연민이 가득한 애틋함을 보았다. 어쩌면 고마웠던 도반들, 학교 은사님, 고생했던 가족, 또 함께하는 공부인들에게 보답하는 마음도 있을 것 같다.

도, 진리, 예수, 부처가
곧 당신 자신입니다

도인은 운 좋게도, 아니 갈증 해소에 들인 노력에 비하면 어처구니없는 답을 얻어 하산을 했지만 아직도 산속에서 도 닦는 사람들은 무엇을 하고 있을까. 어떻게 구하고 있을까. 아니 구하러 떠나지 않아도 우리가 할 수 있는 것은 없을까.

사람과 부대끼며 숨 가쁘게 사는 그 자체가 도 닦는 일이고 산속보다 사람과의 관계에서 도를 닦는 것이 더 잘된다고 말하는 나는 지난 몇 년간 특히 주변의 지인들에게 경제난이 닥쳐 무척 힘들어진 상황을 보았다. 돈이라는 원수이자 동지 때문에 더 아등바등하고 더 헐레벌떡하고 더 안절부절못한다. 가끔 '내 삶이 이게 아닌데.' 하고 답답증을 호소하는 사람도 보았다. 월급쟁이는 월급 받아 아이들 학원비 내고 이것저것 날아오는 청구서 갚느라 허리가 휜다. 답답하고 갑갑하지 않더라도 삶의 무상이나 공허함을 느낄 나이가 되었는지 "도나 닦아야지." 아니면 "사는 게 뭘까." 하는 말도 들린다. 중년에게 위기가 있다면 젊은 층에겐 방황이 있다. 흔히 도나 닦자는 마음으로 산으로 떠나려는 사람들에게 도인은 무슨 말을 줄 수 있을까.

"선생님은 답을 얻어 하산을 했지만 뭔가 구한다고 그 뭔가를 얻은 사람이 몇이나 되겠어요. 평생 구하다 마치는 것이 우리 인생일 수도 있겠지만 나이 불문하고 방황이나 위기를 맞아 돌파구를 찾으려 선생님처럼 떠나는 사람이 있다면 무슨 말을 해 주시겠어요."

도인의 얼굴이 무척 심각해진다.

"우선 도 닦는다고 떠나려는 분에게 가지 말라고 하고 싶어요. 내가 과거에 앞서 가 봐서 잘 알지요. 떠나려는 건 갑갑해서입니다. 하지만 불가에서 말하듯 한 생각만 내려놓고 갑갑함을 바라보는 내 시각을 바꾸면 됩니다. 한 생각 내려놓기가 힘들면 그 생각을 뒤집어 눈을 뜨세요. 눈만 열리면, 그 자리가 바로 내가 구하는 자리입니다. 잠시 자기 자신과 삶을 다른 각도에서 보면 어떨까요. 성철 스님이 '자기를 바로 봅시다.'라 했듯 나를 통하지 않고는 나를 만날 수 없고, 각자 자기 자신에게 진리가 있습니다. 왜 떠나서 수고의 대가를 치러야 할까요. 찾고자 하는 도, 진리, 예수, 부처가 바로 당신 자신이라고 말하고 싶어요."

잠시 좀 더 나은 표현을 위해 단어를 고르는 도인 목소리에 간절함까지 실린다.

"오래전 산속 폐가에서 단식 중일 때 그곳을 지나던 여자 분이 '요즘 돈만 좀 있으면 참 살기 좋은 세상인데 젊은이가 뭐 하러 이런 곳에서 쫄쫄 굶고 있는지.' 하며 혀를 차더군요. 그때만 해도 '난 진리를 찾고 있습니다.'라고 했었지요. 그것이 자기 자신이든, 진리든 뭔가를 찾는 사람들에게 '과연 당신이 부족한가'라고 묻고 싶어요. 4, 5년간 정말 괴로워 도 닦으러 간다며 나를 찾아온 공부인이 있었는데 나는 이렇게 말했지요. '4, 5년간 괴로웠던 그것이 바로 도 닦은 거예요. 따로 도 닦을 필요가 없습니다.' 『반야심경』에서 말하는 이무소득고以無所得故 무소득無所得이라 얻을 바가 없어요. 나 자신 이것을 아는데 그리도 오랜 세월이 걸렸지요. 도 닦음도 참 나, 진아眞我도 따로 없습니다. 지금 여기 이 순간에 있는 모든 존재가 부처이고 예수예요. 지금 있는 그대로의 너 자신이 진리이니 자신을 사랑하라. 고작 할 수 있는 말은 이것뿐인데 고루한 말이지만 '당신은 당신 자신으로 살고 싶지 않은가.'라는 화두만이라도 던져 주었으면 합니다. 찾고자 하는 진리가 있다면 그 진리가 바로 당신인데 왜 가야 하느냐고 하고 싶어요. 찾아 봤자 없습니다. 왜냐. 우리는 단 한순간도 진리를 떠난 적이 없기 때문입니다."

두 손으로 앞에 놓인 테이블까지 치며 온몸의 세포가 동원된 간절함이 단호함으로 바뀐다.

"선생님, 나는 머리로는 이해하지만 바로 소화시키진 못할 것 같아요. 말은 쉬워도 실천이 걱정입니다."

말이 끝나기가 무섭게 도인의 말이 이어진다.

"실천으로는 답이 안 나옵니다. 실천이 아니라 실현입니다. 실천이 아니라 가슴으로부터의 '이해'가 먼저입니다. '실천'으로는 답이 안 나옵니다. 사람들은 진실로 이해하기 전에 행동부터 하려 해요. 그러나 진실로 이해하게 되면 행위는 저절로 나오게 되어 있습니다."

"선생님은 귀한 축복을 받은 분이세요. 우리 같은 중생들이 어디서부터, 뭐가 잘못되어 있는지를 짚어 주셨어요. 그러나 선생님 말처럼 각기 사연을 들고 선생님을 찾는 공부인 가운데 말을 알아듣는 사람이 몇이나 있을까요. 정말 물에 빠져 지푸라기라도 잡겠다는 심정 정도가 아니라 익사 직전이나 낭떠러지 앞에 있는 사람이 아니면 들을 준비가 안 된 사람들이 더 많지 않던가요."

눈 밝고 귀 열린 사람은 분명 있지만 그 숫자는 적다. 도인도 나를 앞에 두고 답답했을 것이다. 솔직히 나 자신 알아듣는 것도 있고 알아듣지 못하는 것도 있었다. 무슨 말을 어떻게 해야 알아들을까 하고 답답해하던 도인이 가슴을 친다.

"우린 이미 자유롭다, 구할 것이 없다고 해도 대부분 이게 무슨 소리인가 합니다. 알아듣지 못하는 공부인들에게 나는 조화와 생화를 비교한 예를 들어 줍니다. 조화는 한 번 만들어진 대로 예쁘게 지속되나 생명이 없지요. 반면 생화는 예쁘지만 시들 때 보면 추하잖아요. 시들어 추해지기도 하는 것, 이것이 바로 생명입니다. 한편 조화는 생명이 없는 것이라도 그럴듯해 보입니다. 『도덕경』 모임에 완벽하게 죽고 싶어 자살할 궁리만 하는 공부인이 있었습니다. 40년을 산 결론은 인생은 살 만한 가치가 없다는 것이었습니다. 저에게 털어놓는 고백을 들어 보니 남들 의식하느라고 아무것도 자기 뜻대로 자유롭게 하지 못했던 사람이었습니다. 가족과 남에게 보이는 자기만 중시하니 정작 자신은 힘들기도 했겠지요. 감정이 흐르는 대로 화날 때는 화도 내고, 슬플 때는 슬퍼하고 해야 하는데 남 의식하느라 고상하게 보이려 애쓰며 살았더군요. 자기 가식과 억압에 갇힌 박제된 인간이었습니다. 겉으로는 보기 좋은지 몰라도 안으로는 자기 생명이 없는 조화였습니다. 사람이 죽어 있는 것을 목표로 달려가느라 자기 생명이 다 고갈되고 말았더군요. 참 아이러니해요. 살아 있는 자가 죽어 있는 데로 거꾸로 가는 게 보기 안타까워요. 각자가 만든 감옥에 갇혀 빠져나오려 하지도 않는 것이 문제예요. 그나마 약간 눈 밝은 사람이라도 '이게 아닌데, 이게 아닌데' 하면서도 그냥 갈 겁니다. 웬만해선 눈 뜨려 하지 않지요."

사람들과의 사이에서 놀라운 것이 있다면 그 누구도 자기 외에 큰 관심이 없으면서도 남을 의식하는 데 많은 에너지와 시간을 소비한다는 점이다. 자기 이야기만 하고 자기 먹을 것만 챙기고 오로지 나라는 것만 여기저기 점 찍기 바쁘면서 왜 남을 그토록 의식해야 하는 것일까. 이것만 없어도 나를 포함한 모두가 맘 편히 살 수도 있을 텐데 말이다. 조화와 생화의 비교 역시 '정확히 자기 자신이 되는 것'에 직결된다.

도인은 자신의 눈뜸을 전도하지도 않고 종교의 틀 안에 있지도 않으며 어떤 종교의 경전도 종교색을 띤 채 받아들이지 않는다. 오로지 '나', 또 '일상생활', '고달픔'에 있어 도인이 보는 모든 성인은 받들어 모시는 대상이 아니라 우리가 스스로 찾도록 길을 가르쳐 주는 안내자일 뿐이다.

"사람에게 신앙이 반드시 필요할까요. 종교에서 말하는 구원은 바깥으로부터 오는 것이 아닙니다. 설사 이런저런 은혜를 입고 또 깨달음이 온다 해도 정확히 자기 자신을 알 때 분명하고 확고한 신앙과 믿음이 생깁니다. 자기가 자기를 못 본 상태에서 온전하고 완전한 하느님을 볼 수 없어요. 믿음 역시 '나'를 떠나 있지 않았습니다. 제가 눈을 뜨고 보니 성경이 전혀 다른 차원으로 제게 다가왔어요. 성경은 창세기부터 하느님 이야기입니다만, 아뇨, 성경은 정확히 나 자신 곧 우리 각자 자신에 관한 이야기입니다. 성경의 주체는 하느님, 예수님이 아니라 바로 우리 자신이라는 말이지요. 모양과 그림은 하느님, 예수님이 주체인 듯 보이지만, 조금만 더 깊이 읽어 보면 성경은 한 올 한 올

바로 우리 자신이 누구이며, 마음이 무엇인가를 밝혀 우리로 하여금 영원히 자유할 수 있는 길을 열어 놓은 아름다운 책입니다. 그리고 그를 위해 성경은 온갖 눈부신 비유와 은유들을 가득히 펼쳐 놓고 있고요. 그런 의미에서 성경은 어떤 특정한 종교나 교리에 갇힐 수 없는 책이에요. 진정 우리 모두를 위한 책이요, 만인을 위한 경전입니다. 모세가 시내산에서 하느님으로부터 받았다는 10계명 가운데 맨 처음에 나오는 것이 '나 외에 다른 신을 섬기지 마라.'인데, 여기서의 '나'는 우리가 일반적으로 생각하는 여호와가 아니라 바로 우리 각자 자신을 가리킵니다. 좀 더 구체적으로 말하면, 매 순간 있는 그대로의 자기 자신 곧 그때그때 우리 내면에서 올라오는 감정, 느낌, 생각들을 가리킵니다. 우리는 단 한순간도 있는 그대로의 자신을 받아들이거나 용납하지 않아요. 언제나 자기 자신 이외의 다른 신을 섬깁니다. 이를테면, 자신 안에서 문득 미움이나 분노가 올라오면 그런 자신을 정죄하고 심판하면서 그 마음을 사랑과 자비로 바꾸려고 애를 쓰고, 어느 순간 게으름이나 무기력이 자신을 사로잡으면 그것을 못 견뎌 하면서 끝내 그것을 성실과 당당함으로 고치려고 노력합니다. 또한 자신 안에 있는 이런저런 부족과 결핍과 초라함들을 단 한 톨도 용납하지 않으려고 하면서 그 모든 것들을 오직 충만으로 가득 채우려고 합니다. 그와 같이 우리는 언제나 있는 그대로의 자기 자신을 받아들이기보다는 끊임없이 자기 아닌 다른 신을 섬기지요. 그러나 '하느님의 나라가 여기 있다 저기 있다 할 것이 아니요 네 안에 있느니라.' (누가복음 17:21)라는 말씀처럼, 지금 여기 있는 그대로의 '나'를 떠나서는 결코 하느님을 만날 수가 없어요. 여호와란 하나의 대상으로서 따로 있는 게 아니기 때문입니다. 그렇듯 '나'를 떠나 하느님을 구한다면 그것은 하느님을 버리고 하느님을 찾는 꼴입니다. 마찬가지로, '내가 곧 길이요, 진리요, 생명이니' 하는 말도 예수가 오직 자신만을 두고 한 말이 아니었어요. 그것은 우리 모두 곧 우리 각자 자신을 두고 한 말이었습니다. 마태복음에서 예수가 '땅에 있는 자를 아비라 하지 마라. 너희 아버지는 하나이시니 곧 하늘에 계신 자시니라.'(마태복음 23:9)라고 했듯이, 우리 자신이 이미 이대로 하느님의 아들이건만 사람들은 그런 자신은 외면한 채 끊임없이 바깥으로만 내달리니, '아니다, 네가 곧 길이요 진리요 생명이다. 지금 여기 있는 그대로의 너 자신 이외에는 진리에 이르는 다른 길이 없다.'라고 애틋하게 예수가 말했던 것입니다. 결국 자기 자신을 만날 때 진정한 하느님을 알고 또 믿음을 갖게 되는 것입니다."

목사나 개신교인들은 이 말을 어떻게 받아들일까. 어쩌면 이것은 폭탄선언이 될 수도 있어 글로 옮기는 중에도 조심스럽다. 결론을 유추해 보자면 자기가 먼저 자기 자신이 되지 않고는 믿음도 구원도 없다고 하니 불교나 기독교나 둘의 궁극적인 목표는 같다는 말이다.

"먼저 자기 자신이 되어야 하느님을 만나고 거기에 믿음도 구원도 있다면 기독교도 결국 타력으로 구원받는 종교가 아니네요."

약간은 충격적인 언급에 대한 재확인이 필요했다.

"아뇨, 기독교는 타력종교가 맞습니다. 예수 그리스도의 보혈寶血의 피로 말미암아 구원을 얻는다는 것이 기독교의 믿음이니, 그것은 타력이 맞지요. 그런데 제가 말씀드리고 싶은 것은 기독교가 아니라 성경입니다. 제가 이해하는 한 성경은 종교나 교리 이전의 책이거든요. 이 것은 불경佛經에 대해서도 꼭 마찬가지로 말할 수 있습니다. 그런데 기 독교가 하느님과 예수님이라는 믿음의 대상을 따로 두고 있다는 것이 불교와 다르지요. 그러나 믿음은 반드시 어떤 대상을 필요로 하는 것 은 아닙니다. 이를 달리 말하면, 믿음의 대상이 내 안에 들어와 나와 하나가 될 때 그것이 바로 진정한 믿음이라고 할 수 있다는 것입니다. 그렇지 않고 믿음이 단순히 대상으로만 있게 되면 거기에는 믿음이 없 습니다. 오히려 대상 삼은 그것으로 인해 자기를 보지 못하고 하느님 을 못 보게 됩니다. 그러므로 진실로 자기 자신을 아는 것, 그것이 바 로 믿음이라고 할 수 있지요. 만약 이러한 믿음이 자신에게 온다면 대 상을 따로 두고 안 두고는 아무런 상관이 없습니다. 그것은 전적으로 개인의 성향과 선택의 문제이기 때문입니다. 그러므로 참으로 믿고 참 된 신앙을 가진 사람은 자기를 아는 사람입니다. 저는 목사님들과 가 끔 논쟁을 하기도 하는데, 저에게 왜 예수에 대한 믿음이 없느냐고 하 더군요. 그럴 때 저는 '기독교에서 말하는 그리스도라는 의미의 예수 는 제게 없지만 예수는 나의 벗이요, 형제이며, 나와 하나입니다. 그는 믿어야 하는 대상으로서 나 바깥에 있는 어떤 존재가 아닙니다.'라고 말합니다."

믿음이 온전하려면 우선 자기를 알아야 한다. 자기 자신을 아는 것 이 믿음에 우선한다. 여기서 나는 의문 하나를 풀었다. 나에게 있어 믿 음의 최대 걸림돌이었던 '나 이외의 다른 신을 섬기지 마라.'는 구절 에서의 '나'는 대상으로 믿어야 하는 여호와 하느님이 아니었고 나 자신이었다. 대부분의 목사나 교인들이 그렇듯 나 역시 이 구절을 글자대로 이렇게 이해했었다. 사막의 야훼 하느님이 얼마나 독점력이 강하면 '나 이외는 안 된다.'고 할까. 선택을 강요하는 하느님은 신사적인 하느님이 아닐 것이다. 만약 내가 다른 신이라도 섬기면 질투를 하실지도 모르겠구나. 어렸을 적 성경에서 읽은 하느님은 무서웠다. 나는 그간 밀린 숙제를 하듯 도인 앞에 의문 보따리를 다 풀어 놓았다.

도인은 사람들이 성인뿐 아니라 스승이라 불리는 사람들까지도 믿음의 대상으로 보는 것에 안타까움을 토로한다.

"공부인 가운데 중학교 때부터 내가 누구인가를 찾았다는 어른이 있었어요. 40년을 찾다가 사람들이 '새로 오신 하느님'으로 떠받드는 분과 항상 동행을 했는데도 여전히 갈급함이 있었답니다. 세월이 지나 깨달은 것이 바로 '하느님과 함께 있어도 나 자신 하느님이 되지 않으면 다 가짜다.'였답니다. 인도의 성자인 끼란 바바는 라즈니쉬 밑에서 황홀하게 지내던 사람인데 라즈니쉬가 미국으로 가자 금방 자신이 메말라 가는 것을 보고 뭔가 잘못되었다는 것을 알았지요. 라즈니쉬란 존재가 눈앞에 있고 없음에 자신이 좌우된다면 이건 아니라고 깨닫게 된 것이지요. 이런 눈뜸이 온 후 끼란은 라즈니쉬가 미국에서 돌아와도 다시는 안 찾아갔습니다."

도인에게 있어 모든 믿음은 '나 알기' '내 정체 우선 밝히기'를 떠나 있지 않다. 이것만이 알파요, 오메가다.

"성경은 매 장마다 나 자신이 누구인가를 밝혀 놓은 귀한 책입니다. 성경은 우리가 믿어야 할 대상으로서 예수를 증거하는 책이 아닙니다. 그것은 종교 안에서의 애기이지요. 성경은 종교 안에 포함되지 않습니다. 오히려 종교가 성경에서 나왔어요. 그런 의미에서 '너희가 성경에서 영생을 얻는 줄 생각하고 성경을 상고詳考하거니와 이 성경이 곧 내게 대하여 증거하는 것이로다.'(요한복음 5:39)라는 말씀 속에서 '나'라는 것도 예수 자신을 가리키는 것이 아니라, 우리 각자 자신을 가리킵니다. 그렇게 이해했을 때, 바로 그 다음 구절에 보면 '그러나 너희가 영생을 얻기 위하여 내게 오기를 원하지 아니하는도다.'라는 말씀이 이어지는데, 그와 같이 우리는 있는 그대로의 자기 자신에게로는 결코 가지 않아요. 그런 자신을 부족하다, 못났다, 초라하다, 중생衆生이다, 라고 규정해 놓고는 끊임없이 그것을 부정하며, 보다 가득 차고 충만한 남이 되려고 하지요. 그러나 영생은 분명히 지금 여기 있는 그대로의 '나' 속에 있습니다. 그러므로 하느님이 밖에 대상으로 있지 않고 내 안에 있어, 내가 나를 만나는 것이 곧 하느님을 만나는 것입니다. 흔한 말로 진정한 믿음으로 가는 길이 있다면 바로 이것입니다. 성경을 읽는 눈이 그와 같이 대상을 향해 있지 않고 자기를 향해 있을 때 성경은 나를 밝히는 환한 빛이 됩니다."

간단명료한 이 말에서 나는 내가 교회로부터 멀어진 이유를 발견했다. 교회를 나가지 않는 일로 오랫동안 주변에서 시달린 다음, 몇 십 년 만에 다시 기도를 시작했었다. 자력적인 불교식 수행을 하다가 힘의 한계를 느껴 자연히 눈을 돌리게 된 것이었다. 누군가의 손에 맡기는 타력으로 갈 때 무거운 짐을 내리는 기분은 분명했다. 그러나 내가 나 자신이 되지 못한 채, 나 자신이 바뀌지 않은 채, 눈을 뜨지 않은 채였기 때문에 아무리 기도해도 잠깐의 의지처로 위로 받는 그때뿐이었다. 수련이나 피정, 명상도 모두 마찬가지여서 잠깐의 진통제 역할이다였다. 도인의 말을 빌리자면 찾기의 궁극적인 발견은 기도나 믿음으로 해결될 성질이 아니었던 것이다.

"성경을 보면 모세가 먼저 오고 예수가 나중에 옵니다. 여기에는 깊은 뜻이 있어요. 모세가 가져온 것은 십계명으로 대표되는 율법이요, 예수가 가져온 것은 은혜와 진리입니다. 그런데 율법은 '하라' '하지 마라' 이니 율법 안에 갇히면 자유가 없어요. 그러나 율법 안에서 숨 막혀 보지 않으면 진정한 자유 또한 모릅니다. 율법 안에 갇혀 숨 막혀 본 사람만이 진리를 알게 되고, 진리를 알았을 때 그는 진정으로 자유케 됩니다. 예수가 오기 전에 모세가 먼저 왔던 역사적 사실 속에도 바로 이런 상징이 들어 있는 것입니다. 어쨌든 그렇게 율법 안에 갇혀 마음의 모든 자유를 잃었던 사람이 있는 그대로의 자기 자신을 만나면서 다시 그 모든 자유를 되찾게 되면 그는 이제 바로 지금 이 자리가 천국이요 매 순간이 극락임을 알게 됩니다. 그러니 '천국이 네 안에 있느니라.' 한 것처럼 우리 안에 이미 자유의 천국이 있습니다."

우리 모두의 관심사에 천국이 있듯 나도 살아서 천국의 문고리라도 잡아 보고 싶었다. 그런데 지금은 '천국이 아니어도 좋다. 천국은 따로 없을 것이다.'라고 여기고 있다. 나에게 거룩하고 고상한 부처님, 예수님, 공자님은 이미 없다. 그 이유를 대자면 21세기를 사는데 성인의 말씀대로 사는 것은 무리이기 때문이다. 예를 들면 이웃을 사랑하라는데나 먹고살기도 바쁘고, 원수를 사랑하라는데 원수는 여전히 밉다. 빵만으론 살 수 없다는데 빵 장만하는 데 온 에너지를 다 쏟아 부어야 겨우 산다. 돈에 욕심나는데 경전에선 욕심을 버리라 한다. 속俗에서 성聖으로 가는 도중, 성인의 말씀을 따르는 데 갈등이 많았기에 나는 그저 최소한의 십계명과 오계의 계율이라도 지키려 안간힘을 쓰며 산다. 성인의 가르침대로 살지 못하기에 성인들을 내 눈높이로 끌어내리고 있는 중이다.

"저는 요즘 성인을 우러러보기보다 자꾸 끌어내려 눈높이를 맞추려 하고 있습니다."

내 말에 도인이 반색을 한다.

"성인이 따로 없지요. 제가 부러웠던 분들이 예수, 석가, 간디, 성 프란체스코, 이런 분들이셨어요. 자기를 위해 살지 않고 이웃과 함께한 사람들의 모범이셨잖아요. 성인들처럼 그렇게 살자고 마음먹었는데 눈뜨고 보니 모범으로 본받아야 할 대상이 따로 없더군요. 그분들은 그분들의 인생을 살았을 뿐이고 나는 내 인생을 살아야 하는 것 아닙니까. 당사자에게 물어보면 아마도 '그래, 나는 내 인생을 살았다.'라고 할 겁니다. 내가 참 나가 되고 보니 부러운 존재였던 성인마저 사라져 버려 우러러볼 사람도 없더군요. 반면에 손가락질할 대상도 없어집디다. 나는 그저 단순하게 내가 나로서 내 삶에 주어진 현실을 충실히 사는 것이 전부라 여깁니다."

다시 대화의 초점이 성경에 맞춰져 있는 동안 폈다, 덮었다를 반복케 했던 몇몇 어려운 구절들이 도인 앞에서 재생되길 바라는 내 마음을 도인이 어느새 읽어 버렸다.

"예수의 족보를 볼까요. 마태복음 1장에 보면 예수의 족보가 나오는데, 아브라함이 이삭을 낳고 이삭은 야곱을 낳고…… 누가 누굴 낳고 하며 42대代까지 내려가는데, 읽다가 그만 그 많은 이름들에 질리게도 되지만, 여기에 비밀이 있습니다. 성경이 위대한 것은 바로 이 때문입니다. 즉 그 많은 42대의 인간 군상들이 사실은 모두가 내 마음 안에서의 일이라는 것입니다. 다시 말해, 아브라함으로부터 시작하여 42대까지 그 한 사람 한 사람이 펼쳐 내는 온갖 인생사의 이야기들이 사실은 지금 여기에서 살아가고 있는 우리 각자 자신이 마음 안에서 겪고 있는 미움, 증오, 사랑, 분노, 질투, 무기력, 야비함, 비열함 등등의 상징일 수 있다는 것입니다. 그렇게 보면 우리는 예수의 족보를 읽는 것이 아니라, 바로 내 마음을 읽는 것이 되지요. 그렇듯 성경은 언제나 '나'를 얘기하고 있습니다. 성경은 읽는 포인트, 각도만 달리해 보면 기가 막히게 흥미 있고 또 행간을 읽어 내면 최고로 나를 밝히는 책 중의 왕이 됩니다. 성경은 자유의 진정한 풍요로움을 누리게 해 주려, 나를 밝혀 주려 온갖 비유, 은유를 다 담고 있지요. 구약, 신약 모든 이야기는 내가 누구이며 인간의 진정한 행복, 자유, 풍요로움, 진리 등 이 모든 것이 무엇인지 비춰 주는 거울입니다. 성경을 통해 자신을 만나세요. 잠시 성경에서 종교나 교리를 걷어 내고, 자기 자신과 결부시켜 보면 됩니다. 구약이든 신약이든 그건 다 '나'에 대한 것입니다. 태초가 지금이고, 아담이 나이고, 이브가 나입니다. 대상화된 이야기가 아니라 지금 이 순간 내 마음에 관한 이야기입니다. 성경은 전적으로 '나'를 거기에 투영하여 나의 삶과 연결시켜야 합니다. 선악과의 얘기도 마찬가지입니다. 그 또한 태초에 에덴동산에서 있었던 일이 아니라, 지금 이 순간 내 마음 안에서 일어나는 일입니다. 사실 우린 매일 매 순간 선악과를 따 먹고 있어요. 즉 지금 여기 있는 그대로의 자기 자신을 부족하다, 못났다, 초라하다〔惡〕고 끊임없이 부정하고 외면하며 미래의 완전한 자기〔善〕를 추구하잖아요. 그러는 동안 우리 마음에는 한 톨의 평화도, 진정한 만족도 없어요. 그것이 바로 실낙원이 아니고 무엇이겠어요. 그러다가 어느 날 있는 그대로의 자기 자신을 만나게 되면서, 또 그를 깊이 받아들이게 되면서 지금까지의 모든 삶의 메마름이 끝이 나고 영원한 평화가 임하게 됩니다. 이것이 바로 복낙원이지요. 그런데 그렇게 복낙원을 해 보면 또 다른 진실을 알게 되는데, 곧 '나'는 에덴동산에서 쫓겨났다 돌아온 게 아니라 본래부터 낙원에 있었음을 비로소 깨닫게 되는 것입니다. 부활 역시 사람이 정확히 자기 자신이 되면 그것이 곧 부활입니다. 있는 그대로의 자기 자신이 아닌 남이 되려는 바로 그 마음이 죽고, 매 순간 있는 그대로의 자기 자신으로 살아가는 것, 그것이 바로 진정한 의미의 부활입니다. 그 안에 우리가 바라는 모든 것, 이를테면 자유, 평화, 사랑, 지혜, 진리 등등이 온전히 녹아들어 있습니다. 그러므로 예수의 부활을 논할 것이 아니라, 자기 자신이 부활해야 하는 것입니다. 그렇게 한 번 죽어 자기가 자기로 부활하는 것이 진정 사는 것입니다. '죽어야 진정 살리라.'라는 말이지요."

도인이 보는 성경 구절은 언제나 공부인 각자 혹은 우리 사는 모습으로 회생된다. 그러니 그 옛날에 쓰인 성경이 아니라 지금도 새로 쓰는 성경이 된다. 하느님도 직접적으로, 또 구체적으로 '나'와 관계없는 말을 하지 않았으며 성경은 곧 우리 각자의 이야기이니 나의 이야기이기도 하다는 것이다. 도인에게 있어 성경은 더 이상 글자로 새긴 책이 아니다.

성경이 어려워 못 읽겠다는 사람이 많다. 어쩌면 우리가 행간을 못 읽고 글자에 매여 있기 때문은 아닐까. 누군가에겐 성경이 가장 재미있는 말씀일 것이고, 또 다른 이에겐 가장 어려운 역사책이 될 수 있는 것은 보기 나름이라는 생각이 든다.

"하느님이 원하는 것은 딱 한 가지뿐, 우리를 자유롭게 해 주는 것이었습니다. 성경 전체에서 말하고자 하는 것이 바로 우리가 잃은, 그러나 되찾을 수 있는 자유입니다. 우리가 자유로울 수 있는 모든 요소는 성경에 이미 다 갖춰져 있어요. 그러나 우리가, 또 교회가 성경의 문장에 빠져 말씀을 다 놓치지 않던가요. 성경이야말로 자기를 만날 수 있는 최상의 거울인데 이토록 귀한 성경을 종교와 교리라는 울타리에 가둬 놓고 있어요. 성경은 절대로 종교 안에 갇힐 수 없는 책입니다. 나는 성경을 기독교라는 종교로부터 자유롭게 하여 만인의 책이 되도록 하고 싶어요."

안타까운 마음이 더해 도인은 현재 '종교 밖에서 읽는 성경'을 집필

중이다. 많은 이들이 성경이 보여 주고자 하는 것을 알아보지 못하고
스토리 내용만 붙잡고 있으니 그 진실을 밝히기 위함이다. 도인은 이
책이 기독교와 상관없이 읽혀서 사람들이 새로운 성경 풀이로 자기 자
신을 만나게 되길 간절히 바라고 있다.

도인의 존재 이유는 사랑이다. 도인
은 우리가 원래 존재하는 이유가 사
랑뿐이라 한다. 태어나는 것, 깨닫는 것, 진리, 도, 그것이 무엇이든
정확히 자기 자신이 되어 자기를 사랑하고 또 그 사랑이 남에게까지
가도록 한다는 평소의 말 그대로 도인은 쓰임 받는 질그릇으로 살려
한다.

"사람은 쓰임 받기 위한 존재예요. 이것이 사람의 본질인데 요즘은
더 많이 소유하는 것에만 신경이 가 있어요. 명약관화한 실상은 사람
에게 소유가 존재하지 않는다는 사실입니다. 텅 빈 충만은 빈말이 아
니에요. 원래 사람에게는 아무것도 없기 때문에 무엇이든 가질 수 있
어요. 어떤 것도 내 것이 아니지만 내게 오는 것이 모두 너를 위해 쓰
일 수 있다면 그것으로 나는 질그릇이 되겠어요. 그릇은 담는 자의 몫
이니 거기에 무엇을 담아도 돼요. 나는 질그릇처럼 작은 쓰임을 받고
있으니 정말 은혜롭습니다. 가난해 보았기에 가난한 자의 마음을 알
고, 나 자신 결핍되어 있었기에 결핍을 아니 그것으로도 감사합니다.

176

나에게 보살의 마음이 있었나 봐요. 나는 주고 또 주고, 주고 또 주다가 그 퍼 주는 것으로 내 몸이 닳아져도 상관없는데 받을 사람이 많지 않아 안타깝습니다. 나에게서 나오는 것은 사랑입니다. 여러분도 원래는 사랑 덩어리인데 그 사랑이 살아나면 얼마나 좋을까요. 오직 사랑 안에 자유와 진리가 있음을 알기에 내가 맛본 사랑을 나누고 싶어요. 내가 죽을 때까지 해야 할 일이 그것입니다.”

내가 아는 몇몇 소위 ‘깨쳤다’ 하는 사람들은 이렇게 살지 않는다. 한 유사도인의 예를 들어야겠다. 드디어 깨쳤다고 하자 주변에 소문이 돌아 추종자들이 구름처럼 모여들었다. 그리고 유사도인은 그들에게 떠받들려 지금은 교주가 되어 있다. 또 도인과 내가 아는 사람 가운데 지금은 살아 있는 부처, ‘생불’로 불리는 사람이 있다. 한때 지리산에서 도인과 같이 도 닦던 그는 지금 궁궐 같은 집에 살며 친견하러 오는 사람을 맞는 귀한 몸이 되어 있다. 완전히 다른 각자의 길을 가는 지금, 도 닦던 지리산 시절로 돌아갈 수는 없어도 만약 두 도반이 서로를 마주한다면 어떤 기분이 들까.

“스승은 서비스하는 자, 섬기는 사람일 겁니다. 누구든 예수나 부처가 되면, 그 다음엔 주변 사람에게 서비스를 해야 합니다. 사도使徒라는 단어 그대로 사람 보살피는 심부름꾼, 아니면 봉사자, 아니면 안내자가 되어야 합니다. 그런데 대부분 섬김을 받고 있더군요. 뭇 사람의 스승이라는 분치고 섬김 받지 않는 사람은 드물어요. 진정한 스승이라면 사람이 떠받드는 데 자기를 두지 않을 텐데 사람 위에 군림하는 신성불가침의 자리를 차지하고 있지요. 저 사람은 그렇구나 하고 말지만 인간의 나약함이 거기서 드러나지 않나요. 내가 아는 어떤 도인이 있어요. 성자라는 호칭까지 받으며 30년간 한곳에서 사는데 정작 본인은 성자라는 소문에 걸맞은 말과 행동을 하는 데 무척 힘들어 하더군요. 정말 보기 딱했습니다."

요즘 이름난 성인은 서비스하는 사람이 아니라 섬김을 받으려는 자들이라는 말에 동감한다. 나 자신 오랜 세월 스승을 찾아다닌 끝에 내린 결론은 성인聖人이든 속인俗人이든, 스승은 절에도 없고 학교에도 없고 수도원에도 없다는 것이었다. 나야말로 '도인은 도인다워야 한다.'는 일종의 환상을 갖고 내가 정해 놓은 구조의 틀 안에서 스승을 찾았기에 못 보았을 수도 있다. 하지만 진리는 고사하고 참된 가르침을 주는 스승은 더욱더 없었다. 대화는 스승에서 성직자의 이야기로 불이 붙었고 성인, 속인 막론하고 진인眞人이 있기는 있으나 드물다는 데 의견을 같이 했다.

스스로 일어나려 할 때 손을 잡아 줄 뿐

도인에게 섬김의 서비스를 받아 눈을 떠가는 공부인들은 각자 홀로서기를 한다는 점도 특별하다. 도인의 자궁에서 나오면 도인에게 의존하지 않은 상태로 각자의 원래 위치에서 자기 일상을 사는 홀로서기를 한다는 것이다. 도인은 스스로 일어나려 할 때 손을 잡아 주는 역할을 했기 때문이라 하는데 목마른 사람을 물가로 안내만 할 뿐, 결국에는 본인 스스로 물을 떠먹도록 한 결과이다. 스스로 알을 까고 나오려 할 때 옆에서 톡 건드려 주는 역할만 할 뿐 스스로 알을 까게 한다는 것이다. 누구든 스스로 일어서 홀로서기가 되면 도인은 그 시점부터 공부인을 그대로 놓아 버린다. 확고하게 자기 자신이 되도록 하는 것이다. 도인을 스승으로 모시고 싶어 하는 공부인은 많으나 도인은 스승으로 불리는 것도 사양한다.

"사람은 떠받듦을 받을 존재가 아니기에 저 역시 사람들로부터 스승으로 섬김 받을 생각은 전혀 없습니다. 자궁이 제 스스로 아기를 품고 키워 내보냈다는 말을 하지 않듯 말이죠. 바람이 '내가 분다.'고 말하며 불지 않고, 징검다리가 사람 건너가게 하고 '내가 너를 건너게 해 주었다.'고 하지 않듯 내가 무엇을 했다는 건 성립이 안 되지요. 자연도, 사물도 '난 지금 이거 한다.'라고 하지 않아요. 자연이 무엇을 하되 함이 없는 것은 에고가 없기 때문이에요. 그러나 사람은 이렇게 무주상無住相 보시를 못하는 것이지요. 각자가, 내가 전체 구조와 연결이 되어 있는데 사람은 반드시 '내가 한다, 내가 했다, 나다.'라는 것을 집어넣고 맙니다. 이것이 인간의 한계가 아닐까요."

도인에게는 '나'도 없고 '내가 한다, 내가 했다.'는 상相도 없다. 만약 상이 있었다면 오래전 이미 그만두었을 일이다. 공부인을 위해 소처럼 일하는 소띠 자궁 도인은 사람 일으켜 세우는 지팡이이자 누가와 담겨도 좋은 질그릇이다.

누구는 도만 닦다 죽었고, 누구는 깨달음만 구하다 죽었고, 누구는 사색만 하다 죽었다는 말도 있지만, 도인은 진리를 거머쥔 '억수로'

복 많은 사람이다. 스스로 그것을 알기에 우리 모두 같이 복 누리고 가
자는 애틋함과 간절함이 온몸에 묻어난다.

보고 듣고 한 것을 모두 종합해 보면 도인의 삶은
더 이상 개인의 삶이 아니다. 예수가 3년의 공생
을 살았던 것처럼 도인 역시 공생의 삶을 13년 넘게 이어오고 있다. 오
직 회향回向만 남았는지 '저 사람들에게 자기를 찾게 해 주고 싶다.' 는
눈빛이 강하다. 인연 따라 흐를 뿐이라지만 공부인 한 사람이라도 더
눈뜨게 하고, 자기 자신을 알게 하고, 자기가 자기를 바로 보게 하고,
각자 자유롭도록 몸과 마음을 바쳐 오늘도 동분서주하고 있다.

오래전, 숨어 사는 몇몇 참 도인들을 만나며 보았던 한 가지 공통점
은 모두가 순간, 현실에서 자기 자신으로 잘 살고 있다는 점이었다.
자궁 도인 역시 과거도 미래도 없이 오로지 현실에서 잘 살고 있다.
『법구경』에 이런 말이 있다. "과거는 이미 묻혔는데 왜 지금 이 순간을
못 살며 미래는 아직 오지도 않았는데 왜 그것 때문에 지금 여기에 못
사느냐." 사람의 문제, 고통, 불안, 공포, 절망, 공허, 이 모든 부정적
인 것들을 희망과 소망과 사랑, 믿음으로 바꾸는 비결이 모두 이 안에
있다.

언젠가 낮에 도인과 같이 강변을 바라보다 내 안에서 긴 한숨이 나
왔다.

"선생님, 나는 언제 이 강산을 산은 산으로, 물은 물로 볼 수 있을까요."

"지금 찾고 있는, 무언가 의미 있고 가치 있어 보이는 것들을 선생님의 눈앞에서 걷어 치워 보세요. 우리가 추구하는 모든 것은 바로 지금이 순간 속에 올올이 녹아들어 있습니다. 그러므로 다만 매 순간순간 존재하기만 하면 돼요. 그러면 스스로, 산은 산이요 물은 물이라고 말하게 될 것입니다. 진리는 참 단순하며, 그리고 언제나 현재에 있거든요. 그런데 이런 말들은 도무지 믿어지지가 않으니, 이를 어쩌죠."

도인은 나에게서 지난 세월 자신의 모습을 보기라도 하는지 말과 표정에 안쓰러움이 묻어 나온다.

귀경하며 만남에 감사하는 나에게 다시 한 번 주는 따스한 조언이 마음을 저리게 한다.

"앞으로는 김나미가 김기태를 만나지 말고 김나미가 김나미 자신을 만나 보세요. 그리고 자신을 한껏 보듬어 주세요."

나는 도인에게 무언의 약속을 드렸다.

'선생님, 내가 나에게 하는 정죄와 어찌해 보려는 그 마음 다 멈추어 볼게요. 선생님처럼 내가 나를 사랑하고 그 사랑이 넘쳐 남에게까지 가도록 해 볼게요. 언젠가 '있는 그대로 Let it be' 해 자기 자신이 되어 내가 나로서 살게요. 그리고 멀리서 찾는 '찾기'는 이제 그만둘게요.'

약속은 했지만, 그렇게 해 보려 노력하고 애쓰는 내가 먼저 그림으로 보인다. 해답의 공식은 모범답안을 찾지 않는 것으로 나와 있다. 그런데 나는 지금 김기태라는 도인처럼 되고 싶다는 갈증이 하나 더 늘어 그 갈증을 느낄 땐 자궁 도인을 만나러 가고 싶다. 도인에게선 샘물이 솟는 듯하다. 무한히, 끝없이 솟아 그 누구든 와서 마셔도 마르지 않을 것 같은 샘물이다. 그 물을 떠 마시면서 나는 '내가 정확히 자기 자신이 되는 일'에 도전할 것이다. 자궁 도인 같은 스승이 옆에 있어 그 길은 멀지 않아 보인다. 언젠가 안착을 한다면 그 거칠 것 없는 자유로 내 목소리를 내어 꾀꼬리처럼 내 노래를 부를 것이다.

4

마음이 외적인
대상으로 인해
이리저리 방황하면
다시 내면으로
끌어들이라

무아無我도인 락시미 나라얀

"바깥세상만 보려는 사람 마음을 안으로 불러들여 자신 내면의 중심을 찾아야 내가 믿는 사람이 내 가슴에 살아 납니다. 밖으로 아무리 신적으로 보이는 대상을 경배하고 숭상한다고 해도 우리 내면의 성장에 도움될 것은 별로 없어요. 사람의 에고 때문에 바깥 것으로만 눈이 가 자기 내면을 못 보고 바깥사람만 숭상하고 받드는 겁니다."

락
시
미
나
라
얀

1943년 인도 중남부 대도시 안드라 푸라데쉬에서 태어났다. 아버지는 인도의 전형적인 카스트 사성제에서 최고 계급에 속해 있었고 국회의원이자 시인이었다. 아버지의 권유로 대학에서 토목공학을 전공했으나 자신이 원하는 바가 아니었기에 졸업에 이르지는 못했다. 요가를 했던 형의 영향을 받았고 스승 스리 오로빈도의 일생에 감화되어 영적인 세계에 눈뜬 후 집을 떠나 남인도의 아쉬람으로 건너왔다. 그 후 오로빌 공동체에서 36년간 자원봉사자이자 구도자로 살고 있다.

인도라는 글자를 거꾸로 하니 도인이다. 도인과 인도, 이 두 단어가 나의 삶에 있는 것은 크나큰 축복이다. 지난 3년간 지구를 두 바퀴나 돌아다녔지만 어디서 무엇을 한다 해도 오로지 도인되어 인도로 돌아오는 목표만 더욱 뚜렷해진다. 적어도 나에게 있어 인도는 끝없는 사람됨의 인생 공부에 최상의 공부방이자 수련장이다. 불편한 것들에 익숙해지며 편리하고 편한 것을 포기하는 법도 배웠다. 가진 것 없다고 투덜댈 땐 인도를 보고 위로 받았다. 인도에선 마음의 폭이 확장되어 모든 것이 다 용서되고 덮어지며, 시간의 멈춤도 경험한다. 이상한 마력이 있는 이런 곳이 지구상에 어디 또 있을까 싶다. 어디엔가 이런 글을 써 준 적이 있다.

"인도 땅을 밟을 때마다 '이 지구에 인도라는 나라가 없었다면 얼마나 지루할까.' 하고 상념에 잠긴다. 시끌벅적한 가운데 고요가 있고, 빈곤 속에도 넘치는 풍요가 있는 나라, 인도를 패러독스 덩어리라고 하지만 지구촌 사람들의 영성 순례지인 인도는 이젠 IT 강국으로 머지 않아 세계의 주목을 받을 것이라는 예측도 있다. 앞으로 경제 대국의 발판이 될 첨단 산업은 갈수록 그 기세에 파워가 있어 보인다."

인도에 자본이 몰리고 경제 개발은 하루가 다르게 가속도가 붙고 있다. 한 나라 안에 공식 언어만 18개인 거대한 대륙, 땅도 크고 사람도 많다. 전 세계 인구의 6분의 1에 가까운 10억 명이 넘는 인구를 자랑하지만 이동을 하다 보면 여기가 아직 인도인가 의문이 들 정도로 사람 피부색도 언어도 관습도 다르다. 남인도인은 피부색이 검은 드라비다인이고 타밀어를 쓰니 힌디어가 통하지 않고 같은 힌두신도 지역에 따라 숭배하는 정도가 다르다.

그러나 모두를 하나로 통일해 주는 힌두교가 있어 인도는 여전히 인도답다. 힌두교 성지로 가득한 인도 전역에는 소위 도 닦는 사람들이 많이 있다. 특히 히말라야 근처 강고트리, 리쉬케쉬, 하리드왈을 포함하는 북인도 지역에는 영적인 갈망이나 종교적인 이유로 금욕하고 사는 요기들이 많다. 구루, 스와미, 사두, 산야신의 총 집합소 같은 곳이다. 그러나 그간의 관찰에 의하면 이곳에도 지난 4, 5년간 큰 변화의 바람이 불어 닥쳤다. 종교의 나라, 영성의 나라, 성자의 나라라는 인도도 서서히 자본주의에 물들고 있고, 변화의 속도가 빨라 영적인 스승 만나기는 갈수록 쉽지 않다. 나는 성자도 도인이라 보기에 이젠 인도에서 보석 같은 참다운 도인 만날 기대를 버린 지 몇 년 된다.

북인도보다 변화의 속도가 느린 남인도 동남쪽에 내 몸과 마음이 최고조로 편히 쉬어 가는 아늑한 곳이 있다. 북쪽에서 기차를 타면 이틀이나 걸려야 도착하는 남부 타밀나두 주의 '오로빌Auroville'이라는 작은 영성 공동체 마을이다. 조금 외진 곳에 있는 탓에 인도를 자주 다니는 사람도 이곳을 잘 모른다. 남인도에 쓰나미가 왔을 때 나는 북인도에 있었다. 남쪽에 사는 친지들로부터 당시 상황만 전해 들었던 나는 쓰나미 재해 현장에서 멀지 않은 오로빌을 다시 보고 싶었다. 또 어쩌면 거기서 또 한 사람의 스승 도인을 만날 수 있으리라는 기대감도 솔직히 있었다. 인도 땅의 그 많은 힌두신이 내린 축복일까. 나는 그곳에서 또 하나의 행운을 만났다.

오로빌 공동체에서 만난 락시미 나라얀은 36년간 봉사 구도자로 살고 있는 공동체 역사의 산 증인이다. 한 공동체에 사는 그의 이웃에게서 들은 존경과 찬사도 있었지만 내가 그를 도인으로 확인한 것은 자원봉사자로, 또 구도자로 사는 그의 일상을 눈으로 직접 보고 나서였다. 고요함으로 일관된 구도의 삶이 주변에 감동을 주고, 오로지 스승의 가르침을 따르는 한뜻으로, 묵묵히 소신대로 선택한 삶을 살아 나가는 구도자의 전형이다. 여생을 구도에 바치고 지금껏 살아온 그 자리에서 조용히 세상과 하직할 수 있는 사람, 이런 도인은 스승이라기보다는 한 시대를 사는 인생의 선배로서 우리 삶의 의미를 되짚어 보게 한다.

사람 자체에서 풍겨 나는 도향道香도 있지만 도인의 작은 집 안에서도 냄새가 난다. 6평짜리 공간에 미국 도인 데이빗에 비하면 있을 것은 다 있다. 화장실도 있고 전기도 있으며, 낡은 자전거 한 대와 하얀 티셔츠 8벌, 테니스화 한 켤레와 신고 있는 고무 슬리퍼 한 켤레, 등나무 침대 하나, 의자 하나, 낡은 책상 하나, 그리고 책상 위에는 책들이 가득하다. 그런데 놀랍게도 텔레비전 또한 있다. 전혀 어울릴 것 같지 않은 괴상한 물건에 놀라는 나를 보고 도인도 놀란다.

"텔레비전은 내가 세상을 내다보는 창 같은 거예요. 다른 사람들은 어떻게 사는지 보고 싶어요. 텔레비전이 유일한 가전제품이자 재산입니다."

텔레비전에는 다른 세상도 볼 수 있는 위성채널까지 갖추어져 있다. 도인이 주로 시청하는 프로는 내셔널지오그래픽과 역사 채널, 스포츠 채널이라 한다. 10년 전만 해도 우리의 1960년대와 다름없는 인도에서 집에 텔레비전이 있는 사람은 마을의 최고 부자였다. 텔레비전 하나로 세상과 소통하는 도인은 구도자로서 자신을 세상과 격리시키지 않았다. 지난 20여 년간 운동 삼아 친 테니스와 사진 찍는 취미도 수준급이다.

반면 도인은 태어나 지금껏 한 번도 은행 계좌를 가져 본 적이 없단다. 물론 지갑도 없다. 도인에게 신용카드가 뭔지 아느냐고 내 신용카드를 꺼내 보여 주었다. 도인은 생애 두 번째, 정말 오래간만에 보는 것이라며 처음 신용카드라는 것을 보았던 기억을 떠올린다. 고향 친구가 자기가 얼마나 성공한 부자인지 자랑하려 신용카드를 보여 주었고 도인은 플라스틱으로 만든 돈이 있다는 것만 알고 있었다는데 돈은 벌지도 않지만 쓸 곳도 없다 한다. 오로빌 자원봉사자에게는 매달 10만

원 정도의 보수가 지급되지만 한 달에 3,000루피, 우리 돈 6만 원으로
산다. 봉사자가 노동을 제공하는 만큼 먹는 것과 주거가 해결되니 필
요한 것이 없단다.

매달 날아오는 카드 대금 청구서 없는 도인이 부럽다. 새삼 신용카
드 없던 시절, 컴퓨터도 없고 전자레인지도 없었던 그 시절이 그립다.
편하게 해 준다고 나온 것들의 속도가 빨라지고, 새것도 자꾸 나와 사
라고 부추기니 물건의 홍수 속에 사는 우리는 정말 가진 게 참 많다.
그런데도 자꾸 살 것은 늘어난다. 그동안 여기저기 다니며 "이 또한
작은 진리이다."라고 확인한 것 중 하나는, 극빈자라도 부자로 사는
사람이 있고 부자인데도 가난뱅이처럼 사는 사람이 있다는 점이다.
가진 것이 없어도 마음 편하게 욕심 없이 사는 사람이 있는 반면, 가진
것이 넘쳐 나는데도 더 가지려 안달하는 사람이 있다.

인도에 이런 이야기가 전해져 온다. 씨 뿌려 추수하고 농사지으며
잘 살던 농부가 하루는 밭에서 큰 보석을 발견했다. 그런데 그것을 집
안으로 옮겨 놓고 보니 논밭에 나와 있어도 마음이 불안했다. 결국 농
사를 내팽개치고 집 안에 앉아 보석만 지키던 농부는 보석을 껴안고
굶어 죽고 말았다.

저는 사막,
구도자입니다   머리는 장발, 얼굴 반을 수염이 가리고 있어
코 아래는 생김새를 볼 수 없다. 눈만 드러나

는 얼굴을 집중해서 보니 눈이 아이의 그것같이 맑다. 60대 중반 초로의 노인이라고 하기엔 젊다. 긴 머리에 긴 수염, 허름한 옷차림, 외모는 히말라야 동굴 속의 요기 같다. 왜 수염과 머리를 기르느냐 하니 인도 고전 『바가바드기타』를 인용한다.

"나의 내면이 자기완성을 향해 자라는 것처럼 내 외모도 자라도록 놔두고 싶어 손대지 않았어요. 항상 내면의 신성을 향해 있기에 구도자로 세상의 유혹을 단념하는 극기를 의미하기도 하지요. 『바가바드기타』에 나와 있습니다. '마음이 외적인 대상으로 인해 이리저리 방황하면 다시 내면으로 끌어들이라. 이 훈련으로 참 자아 안에서 휴식하는 법을 배워 나가라. 마음을 참 자아 안에 고요히 가라앉힌 사람에겐 큰 기쁨이 있다.' 내면에 몰두하면 물론 외모에도 관심이 없어지는 것도 이유가 되겠지요."

도인은 자신을 이렇게 소개한다.

"저는 완성을 향해 가는 사닥입니다."

사닥sadhak은 우리말로 하자면 도 닦는 사람이다. 요기와 같은 뜻으로 구도나 수도하는 사람을 일컫는 산스크리트어이다. 도인에게 구도자, 수행자, 수도자 어떤 이름을 붙인다 해도 어쩌면 도인은 전생부터 사닥이었을 것 같다. 전생에서 이번 생으로 이어져 지금까지 줄곧 36년 동안 자신의 삶을 몽땅 바쳐 봉사자로, 또 구도자로 살아온 것이 아닐까. 이미 세상을 떠나 만나 보지도 못한 스승의 가르침만 따르며 봉사자로 일하고, 구도자로서 자기완성을 향해 있는 도인이다. 온몸의 모든 세포가 완전한 '쉼' 안식에 들어간 듯한 말 없는 고요와 침묵으로 일관하지만 언뜻 세상에 대고 말을 건네는 듯 보이는 도인에겐 뭔가 특별한 것이 있다. 세상을 향해 설교나 법문을 주지 않아도 그의 삶 자체가 큰 말을 하고 있는 것이다.

일찌감치 20대 초반에 구도자로 살겠다는 굳은 결심을 했기에 세상 것들에 대한 집착을 다 버렸다는 도인은 사람의 감정까지 버렸는지 이성에까지 무관심했다 한다.

"제 나이 40말년까지, 공동체 안에서 나에게 관심을 보이는 여자가 간혹 있었어요. 하지만 나는 관심이 가지 않았지요. 나는 한 번도 이성을 사랑해 보지 못했고 여성과 신체 접촉도 해 보지 않았어요."

도인의 말이 믿어지지가 않았다. 여자가 여자로 보이지 않는 단계에까지 이른 것일까. 아니면 스스로 훈련된 금욕주의자였을까. 이는 천부적인 것일까. 아니면 스스로 선택한 포기였을까. 도저히 믿지 못하겠다는 듯 뒤이어 쏟아 내는 재확인 공세에 도인은 미소로만 끄덕인다. 마치 취조하듯 다그치는 나에게 들리지도 않게 답을 준다.

"저는 사닥입니다."

구도 하나에만 초점이 맞춰져 있어 여자를 비롯해 그 어떤 다른 것도 눈에 들어오지 않았던 것일까. 아니면 스승에게 독신을 지키겠다는 맹세라도 한 것이었을까.

공사 현장에서의 휴식 시간.

'나 있음'이 없다

도인과 만나기 전, 나는 길에서 우연히 스쳐 지나가는 도인을 보았다. 자전거를 몰고 지나가는 그를 보고 "저 사람이다."라는 예감에 발을 멈췄다. 수소문했던 사전 정보로 도인이 대략 어떤 사람인지, 어떻게 생겼는지는 알고 있었지만 아직 만나지 못한 상태였다. 내가 들은 그와 지금 지나가는 그가 동일 인물이라는 확고부동한 직감이 있었다. 발길을 멈추고 뒤돌아보니 도인도 자전거를 멈추고 선 채 나를 돌아보고 있었다. 이름 모를 힘에 의해 도인과 나는 서로의 거리를 좁혀 갔다. 그리고 그날로 도인은 내 삶에서 만난 또 한 사람의 귀한 도인이 되었다. 그런데 우리는 어떻게 서로를 알아보았을까. 오로빌 공동체 안에 5,000명이 넘는 영성적인 사람이 움직이는데 무엇이 내 눈을 사로잡았을까. 그것은 바로 무아無我였다.

스치는 도인을 보고 "저 사람이다." 하자 내 속에서 나온 다음 소리가 "'나 없음'이란 바로 저것이다. 저것이 바로 무아無我이다."였다. 책에서 이론으로만 배웠을 뿐, 체험은 하지 못한 무아의 표본이 생생히 눈앞에 있었다. '자기 없음'이 알몸으로 그대로 드러난 도인이 나타난 것이었다. 사람이 몸을 입고 있는 한 완전한 '자기 없음', 무아의 상태는 웬만한 수행력으로도 다가가지 못하는 세계라는 것이 내 생각이다. 나 자신 무아 체험을 포기하고 밖에서 그 모습을 찾아보았으나, 아무리 성스러운 성직자, 고승, 고도의 수행력으로 다져진 수행자에게도 '나'는 들어 있음이 보편적이었다. 자기를 드러내고야 마는 '나

있음'은 잠재의식 속의 일종의 자기 존재 확인일지도 모른다는 것이
나의 잠정 결론이었다. 나는 무아의 실현이 수도하는 도 닦음으로 과
연 접근이 가능할까 하는 의문을 갖고 무아란 '자신이 무화無化되어
가는 과정의 단층 모습'이라는 결론에 닿아 있었다.

구도자, 수도자, 그리고 소위 득도했다, 견성했다, 깨달았다는 사람
에게서도 보기 힘든 무아를 나는 인도 도인에게서 보았다. 도인의 '나
없음', 무아에 겹쳐 오는 것은 사람의 '텅 비어 있음'이었다. 사람이
육적인 존재가 아닌 텅 빈 그림자 같아 '여기 내가 있음'이 없다. 도인
이 스치거나 지나간 자리엔 사람 흔적이 없는 대신 따스함, 평안함 같
은 여운이 길게 남는다. 구름같이 오고 가도 거기엔 아무 '다녀감' '머
물다 감' '지나감'의 자취가 없다. 속삭이듯 하는 말에서조차 '나 있
음'이 없다. 그래서 나는 도인을 텅 비어 있는 무아 도인이라 부르고
싶다. 감히 이 도인을 인도의 성자 가운데 한 분이라 부르려 하는 이유
는 이 때문이다.

자기완성을 향한
구도

"오로빌 안에 평생을 사닥으로 사는 사람들
이 몇 사람 있습니다. 각자 사닥으로 살게
된 작은 계기 하나씩은 갖고 있어요. 인생에 일어난 무척 작은 일인데
도 그것이 우리를 큰일로 이끌어 주는 것이지요. 우리 같은 사닥은 죽
는 날까지 모두 자기완성을 목표로 사는 일종의 튜닝 작업 중인 사람

입니다. 나 역시 자기완성을 향해 가고 있는 중이에요. 아직 에고가 살아 있거든요. 이번 생에 자기완성을 마치지 못하면 내생에 와서 또 사닥으로 살아야지요."

구도자 사닥으로 사는 데 뚜렷한 목적이 없다면 그것은 빈껍데기처럼 허망할 것이라며 사닥으로서 반드시 이루어야 하는 자기완성에 매진 중이란다. 그렇다면 그 자기완성을 이루려는 것에도 목표가 있을까. 간단한 대답 한 구절이 나지막이 들린다.

"다시는 태어나지 않는 겁니다."

역시 힌두교인다운 윤회에 걸린 대답이다. 자기완성이 사람으로 다시 태어나지 않는 것이란 힌두교 체계에서 최종 목표로 삼는 해탈이다. 힌두교인 인도인이라면 대부분 그렇기에 당연한 말이지만 삶에 있어 유독 이것에만 초점을 맞춘 사람도 있다. 한국외국어대학 힌디어과의 인도인 랑낙 교수님 역시 다시는 사람의 몸으로 태어나지 않는 해탈을 인생 최대의 목표로 산다고 했다. 해방이라고도 하는 해탈은 산스크리트어로 목샤Moksha라 하는데 독실한 힌두교인들에게는 오로지 이것만이 삶의 목표라 해도 과언이 아니다.

여기 지금의 인생은 지난 과거 생의 결과이고 지금 사는 것은 다음 생을 위한 삶의 한 정거장인 과정일 뿐이다. 그래서 인도인의 인생은 사주기四住期로 나뉜다. 베다의 가르침을 따르는 다르마, 물질적인 것을 추구하는 아르타, 행복을 추구하는 카마, 마지막으로 해탈을 추구하는 목샤로 분류한다. 소년 시절인 브라하마챠리야는 배우는 기간으로 『베다』를 익히고, 청장년 시절인 그리하스드는 아르타와 카마를 추구하며 삶에 충실하고 재산도 모으고 산다. 마지막 노년인 바나프라스타는 아들에게 모든 것을 넘겨주고 오로지 윤회를 벗어나는 해탈만을 위한 산야스가 된다. 산야스는 삶을 다 정리한 무소유 상태로 숲으로 간다. 이때를 임주기林住期라 하는데 여기서 삶을 마감한다. 자기완성으로 가는 해탈, 다시는 사람으로 태어나지 않는 목표를 일찍이 세운 도인의 삶은 사주기에서 마지막 임주기만 있어 왔다.

스승 스리 오로빈도를 따라

도인의 이름은 락시미 나라얀인데 공동체 이웃들은 줄여서 락시미라 부른다. 락시미는 인도에서 흔한 여자 이름이다. 힌두 신화에 여자로 나오는 락시미는 비슈누 신의 부인으로 힌두교인에게 사랑 받는 여신이다. 신의 이름을 가진 무아 도인에게 신이 있다면 아마도 스승일 게다. 세계 곳곳에서 현자, 성자들이 하나 둘씩 사라져 가는 지금, 도인은 스승을 살아서 만난 적이 없다. 단지 스승의 가르침만이 글로 살아서 그를 가르칠 뿐이었으나 그는 이것에 전 생애를 바치기로 결심했다. 고향에서 대학을 다니던 도인이 집을 떠나 스승을 따르던 추종자들이 만들고 있던 아쉬람으로 들어온 것은 36년 전의 일이었다.

유년기, 소년기를 소용돌이 속에서 보낸 도인은 1943년 인도 중남부 대도시 안드라 푸라데시에서 태어났다. 인도 중부는 힌디어가 아닌 텔루구Telugu어라는 방언을 쓰는데 물론 글자도 다르다. 인도의 전형적인 카스트 사성제에서 최고 계급에 속한 아버지는 국회의원인 동시에 시인이었고 사진에도 취미가 있는 분이었다. 인도의 지성인 라마크리슈나, 비베카난다를 숭상했다 한다. 어릴 적 고향 이야기에 도인의 형이 요가를 해 무척 깊은 경지에 올라 좌선 상태에서 몸이 위로 뜨곤 해 공중부양 하는 것을 직접 목격하기도 했다는 것이 포함된다. 결국 도인이 제3의 영적인 눈을 뜨는 데는 형이 지대한 영향을 끼쳤다 한다.

도인은 아버지의 권유로 대학에서 토목공학을 전공했으나 졸업하지는 못했다. 엔지니어가 되어 사는 것은 아버지의 바람이지 자신이 원하는 것이 아니었기 때문이다. 건축 현장에는 부패가 많아 졸업한 다음 자신의 삶이 뻔히 보이기도 했지만 도인의 마음은 딴 세상에 가 있었다. 이미 본 것과 경험한 것이 있어서였다. 집안은 항상 폭풍 속에서 타는 초처럼 위태위태한 상태의 연속이었다. 아버지의 당선과 낙선에 따라 극과 극을 오가는 생활이 계속되었다. 도인은 고비 때마다 이런 삶을 살지 않겠다고 마음먹었다. 성공 다음에 겪는 추락은 항상 인생의 무상과 고통을 절실히 느끼게 했기 때문이었다.

아버지의 낙선으로 침통한 때 우연히 도인은 50년 전 세상을 떠난 스승, 스리 오로빈도Sri Aurobindo의 일생이 요약된 작은 책자를 읽게 되었다. 그것에 감화를 받은 도인은 스승의 자취를 찾아 집을 떠나기로 했다. 누구에게도 말 한마디 없이 조용히 고향을 떠나 스리 오로빈도의 추종자들이 모여 사는 폰디체리의 사마디 아쉬람으로 들어왔다. 멀고 먼 타향에서 첫발을 디딘 아쉬람은 이미 스리 오로빈도의 제자들

이 작은 공동체를 만들고 있던 중이었다. 도인은 막노동 잡역부처럼 건물이 서는 곳이면 어디든 자기 일터로 만들어 돌부터 날랐다. 한편으론 스승의 가르침이 남겨진 글을 소화해 나갔다. 몇 년 후 아쉬람에서 멀지 않은 곳에 세계 최대 규모의 오로빌Auroville 건설이 확정되자 도인은 오로빌 현장으로 건너왔다. 스리 오로빈도의 영적인 동반자였던 마더가 계획한 세계적인 공동체 건설에 동참한 것이다. 그리고 오늘날까지 봉사자로, 또 구도자로 공동체의 식구로 살고 있다.

그의 하루 일과를 따라가 보았다. 아침에 일어나면 명상을 한다. 도인에 따르면 '신성을 충전하는 것'이라 하는데 안과 밖이 고요한 침묵 속에서 신성이 보인다고 한다. 아침 7시에 자전거를 타고 테니스장으로 간다. 테니스는 비 오는 날을 제외하곤 20년 넘게 하고 있는데 몸 건강을 위한 하나의 작은 헌신이라 한다. 환갑이 넘은 도인이 두 시간 반 동안 코트를 누빈다. 집에 와 샤워를 한 후 바로 일터로 간다. 공사 감독 현장에서 일꾼들과 같이 일하다가 정오가 되면 오로빌의 명소 메트리만디에 있는 크리스털을 닦으러 간다. 이 일은 오로빌에서 중요한 직책이다. 오후 1시에 식사를 하고 잠시 쉬었다가 다시 공사 현장으로 간다. 저녁 6시에 하루 일과를 마친 다음 힌두고전을 읽고 텔레비전도 본다. 도인은 가끔 아버지가 즐겼던 사진을 취미로 하고 있다. 얻어 온 중고 디지털 카메라로 찍은 사진이 오로빌 달력과 엽서에도 나올 만큼 사진 실력도 수준급이다.

도인은 매일 두 시간 반 동안 테니스를 친다.

　도인의 책상 위를 두리번거리니 눈에 들어오는 책은 주로 힌두교 경전이다. 산스크리트어, 영어, 타밀어로 된 책은 모두 힌두교인이 '신성한 서적'이라 부르는 책들인데 『베다』, 『바가바드기타』도 보인다. 그는 산스크리트어를 읽고 쓴다. 마침 요즘 반복해 본다며 『우파니샤드』를 펼쳐 산스크리트어로 읽어 준다. 한국외국어대학교의 랑낙 교수님이 원문인 산스크리트어로 읽어야 제 맛이 난다면 읽어 준 적이 있었고 힌두사원에 가면 종종 듣기도 했었다. '우파니샤드'는 제자가 스승 가까이 앉는다는 뜻이라 도인에게 한 가지 제안을 했다. '우파니

샤드'의 의미처럼 제자가 묻고 스승이 대답하는 형식으로 대화를 해나가자고 말이다. 이렇게 해서 우리는 『우파니샤드』가 나왔던 시대로 거슬러 올라가 사제지간처럼 그렇게 말을 주고받았다.

혹시 책을 써 보지 않겠느냐는 나의 제안에 그가 옅은 미소로 속삭인다.

"세상에 이미 책이 많은데 나까지 숫자를 보탤 일은 없지요."

도인은 『바가바드기타』를 최고의 경전으로 친다. 책상 위에 펼쳐져 있는 것으로 보아 수시로 읽고 있나 보다. 힌두교의 바이블이자 그 뿌리가 된 『바가바드기타』는 인도인에게 모든 종교적 · 철학적 · 정신적 토대를 제공해 준 책이다. 이것에서 도인의 스승과 도인의 철학과 사상도 나왔다 생각하니 느낌이 새로워 도인 옆에서 '우파니샤드'의 분위기로 산스크리트어 원문 대조본을 놓고 음미하며 다시 읽어 나갔다. 인도에서 다시 읽는 『바가바드기타』는 색다른 느낌이었다.

자기를 드러내지 않는 고요함

도인은 평화로움, 편안과 평안함 그 자체이다. 도인의 일터로, 집으로 다니며 마주 앉아 있을 때 나를 둘러싸는 고요와 침묵이 참 좋다. 지극히 말이 없는 도인은 내가 행여 자신을 성자로 묘사할까 염려가 된다는 마음을 몸의 움직임으로 표현한다. 말을 건네면 대답은 항상 말이 아니라 속삭임이다. 귀를 기울여 집중해 듣지 않으면 들리지 않을 정도이다. 구도자나 수도자는 공통적으로 보통 우리들과 주파수가 약간 다른데 대화가 힘든 사람은 바로 질문에 답조차도 없는 말없는 사람이다. 도인은 질문에 답은 준다. 인도의 고전, 신화, 철학, 사상, 요가에 대한 주제가 나오면 말이 길어지기도 하지만 질문을 하기 전에는 항상 침묵이다. 한번은 꽤 되는 거리를 나 역시 침묵하며 둘 다 말없이 걸었다. 말없는 도인을 따라 나도 말수가 줄어들고 있었다. 그런데 처음으로 도인이 먼저 입을 열었다.

"한국은 어떤 나라인가요. 한국에 대해 아는 것이 없어요."

뜻밖의 말에 나는 잠시 한국 홍보대사가 되어 말을 쏟아냈다. 하지만 도인이 먼저 입을 연 것은 그것이 처음이자 마지막이었다. 도인이 입을 열면 귀만 바짝 세우는 것이 아니라 온몸이 긴장될 정도로 굳는다. 갈수록 도인의 고요가 좋아졌지만 들어야 하는 입장에선 들리지 않아, 또 강한 인도식 영어 악센트에 무척 애를 먹었다. 침묵은 금이라고 했지만 이렇게 고요한 것은 사람에게 말이 필요 없어서일까. 아니면 생각이 없어서일까. 그것도 아니라면 생각조차도 일어나지 않아서일까. 무척 궁금하다.

몇몇 도인에게서 들은 이야기에 따르면 인간은 모두 다 부질없고 쓸데없는 짓을 많이 하는데 그 가운데서도 우리가 하는 생각의 90퍼센트가 다 쓸데없는 잡생각이란다. 또 우리가 하는 말의 99퍼센트는 모두 부질없는 말이라고 들은 적이 있다. 그래서 생각하지 마라, 침묵을 금으로 알라는 교훈도 나온 것이 아닐까.

사람이 살아서 짓는 업을 보자면 신구의身口意 몸과 입과 생각으로 짓는 업이 있는데 입으로 짓는 구업口業이 업장 가운데 가장 많다. 10대 죄악에 몸으로 짓는 업은 살생, 투도, 사음이고 생각이나 의도로 짓는 업이 탐, 진, 치 세 가지인 데 반해 입으로 짓는 업은 거짓말 하는 망어妄語, 비단처럼 꾸미는 기어綺語, 한 입으로 두 말하는 양설兩舌, 욕하는 악구惡口 네 가지이다. 입이 쉬면 마음도 같이 쉰다 하는데 경험에 의하면 입을 봉하는 묵언을 하면 마음이 가라앉는다. 밖으로 말을 내뱉기 전, 세 번만 생각해도 사람이 말 때문에 실수하는 일은 없다 한다. 사람이 홀로 있어 말을 안 해도 침묵하지 못하는 사람이 있다. '잠재의식의 잡담', 마음이 떠는 수다 때문이다. 마음이 수다 떠는 것의 대부분은 나에 대한 것일 테고 대개 나와 내 것에서 벗어나지 못하는 게 인간일 것이다. 나는 때로 이런 생각이 일어나는 것을 '스스로에게 말 걸기'라고 표현하기도 하는데 도인은 자신에게 말을 거는 것 같지도 않다.

아니, 질문을 하기 전에는 먼저 입을 여는 법이 없지만 입을 열면 우선 상대방을 중심으로 묻고 말한다. "지름길로 잘 왔느냐." 식사시간이 훨씬 지났는데도 "식사는 잘했느냐." "뭐 불편한 것은 없느냐." "숙소는 안전하냐." "날씨는 견딜 만하냐." 등등 상대를 먼저 챙긴다. 현지인으로서 손님을 챙기는 당연한 질문인지도 모르겠지만 기본적으로 도인은 대화는 물론 만사에 '나'가 중심이 되지도 않을뿐더러 도무지 '나'라는 것에 관심이 없는 사람 같다. 굳이 '나'라고 할 것이 없어 자기를 드러내지 않는 것일까. 숨어 사는 도인이었던 어느 무위 도인의 경우, 한 번도 '나'라는 단어를 쓰지 않았고 굳이 자신을 지칭해야 할 때는 '이 몸'이라 하곤 했다. 무아 도인에게도 이런 면이 있는데 '나'가 없으니 '나'로서 할 말도 없는 것 같다. 무아 도인은 지금까지 만나 본 120여 명의 도인 가운데 말소리 듣기 힘든 고요, 침묵의 도인으로 기록되어 있다.

오로빌은 유토피아일까

개인적으로도 점점 인연이 깊어 가는 오로빌 공동체는 도인이 도 닦는 도장이다. 인도 남동쪽 타밀나두 주 첸나이(옛 마드라스)에서 남쪽으로 3시간 거리에 폰디체리라는 작은 소도시가 있다. 그곳에서 다시 1시간 걸려 닿는 자그마한 오로빌 공동체는 지리적인 위치상 인도 사람도, 또 인도를 다니는 여행객에게도 잘 알려지지 않은 곳이다. 유니버설 타운십 Universal Township을 캐치프레이즈로 하는 오로빌은 세계적인 유토피아 건설을 목표로 한다. 마치 신에게 도전장을 내밀듯 한 여자가 지구에 이상향 건설을 목표로 오로빌의 테이프를 끊은 것은 1968년이었다. 100년 후를 목표로 세계 최초로 건설된 유토피아 마을로 규모 면에서도 최대를 자랑한다.

오로빌의 탄생 배경엔 도인의 스승인 스리 오로빈도라는 인물이 있다. 스승을 알려면 제자의 언행을 우선 봐야 하고 제자의 사상을 짚어 내려면 스승의 가르침을 먼저 알아야 하듯 우선 도인을 통해 스리 오로빈도를 알아 가기로 했다. 글을 많이 남긴 도인의 스승은 후대 사람

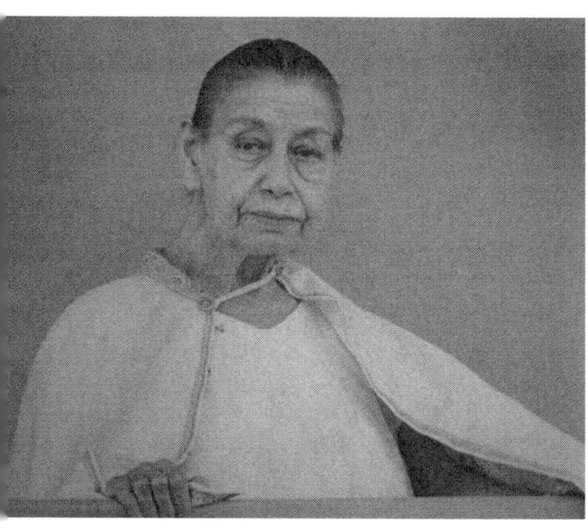

들로 하여금 그의 저서를 토대로 그 사상을 따를 수 있도록 해 주었는데 도인도 그의 제자이자 추종자이다. 콜카타 출신의 정치가, 요가사상가이자 시인이었던 스리 오로빈도는 인간 내면의 신성의식을 일깨우며 통합요가를 주창했다. 스승에게는 그의 사상을 함께하는 영적인 동반자가 있었다. '어머니'라는 뜻의 마더Mother라 불리는 프랑스 여성 미라 알파사는 1914년 인도에서 스리 오로빈도를 만나 그에게 귀의한 분이다. 그녀는 스리 오로빈도의 사후에 생전에 그가 갖고 있던 비전을 실현하기 위해 청사진을 펼쳤다. 인류를 하나로 묶는 유토피아는, 국가 간의 경쟁이나 사회적인 인습을 벗어나 종교, 문화, 인종의 다양성을 포용하고 서로 어울려 살며 스리 오로빈도의 가르침인 신성의식을 깨달을 수 있는 곳이 지구 어딘가에는 있어야 한다는 데 그 취지가 있었다.

그곳이 인도 남부 폰디체리 근교였고 오로빈도의 이름을 딴 오로빌
에 124개국의 젊은이들이 모여 1968년 2월 28일 첫 삽을 떴다. 동참
자 각자의 나라에서 가져온 흙으로 기둥을 세웠고 유네스코는 이에
오로빌의 탄생을 지지하는 총회 결의문까지 채택했다. 오로빌이야말
로 세계의 종교, 문화, 인종 간의 격차 없이 함께 더불어 사는 인류의
통합을 추구하는 유엔의 정신을 반영하고 있었기 때문이다. 그때 마
련된 4개 조항으로 되어 있는 오로빌 헌장을 보면 대략의 윤곽을 알
수 있다.

1. 오로빌은 특정인의 것이 아닌 인류의 것이다. 그러나 오로빌에
   서 살기 위해서는 신성의식Divine Consciousness에 기꺼이 헌신
   해야 한다.
2. 오로빌은 끝없는 교육의 장, 지속적인 발전의 장이자 영원히
   늙지 않는 젊음의 장이 될 것이다.
3. 오로빌은 과거와 미래를 잇는 가교가 되고자 한다. 오로빌은
   안팎에서 얻어지는 모든 발견을 선용하여 미래를 위해 힘차게
   나아갈 것이다.
4. 오로빌은 인류의 일체성을 구현하는 살아 있는 본보기를 만드
   는 물질적이고 정신적 연구의 장이 될 것이다.

이렇게 탄생한 오로빌이 들어선 터는 나무 한 그루, 물도 없는 척박
한 황무지였다. 그러나 섭씨 40도의 태양 아래에서도 초기 오로빌 건

설자는 마더의 뜻에 따라 쉬지 않고 불모지를 개간해 냈고 지금 오로 빌은 당시를 상상할 수 없을 정도로 그린벨트 정글이 되어 있다. 먹을 물조차 없던 여러 악조건에서 사람의 한계에 도전하여 그 영역을 넓힌 것이다.

초기 오로빌리언들은 1960년대 서구의 히피 문화와 함께 좀 더 다 른 세상을 꿈꾸었던 유럽의 젊은 층들이 대다수였다. 가장 가까운 소 도시인 폰디체리가 프랑스령이었기에 유럽 출신은 프랑스인이 가장 많았다. 설립 초기에 헌신했던 세계의 젊은이는 이제 몇 사람 남지 않 았다. 그리고 38년이 지난 지금까지도 오로빌은 여전히 미완성인 채 건설 중이다. 완공까지 오로지 하나의 최종 목적, 즉 ‘인류가 하나되 는 이상향 공동체’, 유토피아 건설만이 있을 뿐이다. 오로빌 발전에 기 여했던 한 오로빌리언은 나에게 이런 말을 해 주었다. 오로빌은 거대 한 실험관이며 바깥 세상에 있는 문제가 여기서도 그대로 일어나고 있 으니 실험을 더 거쳐야 한다고. 유토피아라도 지구에서 동떨어진 세상 은 아니다. 만약 신이 유토피아를 만들었다면 어떠했을까. 인간이 만 들었기에 제약이 있는 것일까. 완공을 위해 나아가는 오로빌 건설은 인간의 한계를 실험해 보는 또 다른 도전이 될 것이다. 나름대로 짜임 새 있게 어우러진 오로빌은 국적을 초월하고 조화와 평화 속에서 세계 인이 살아가는 새로운 이상향 공동체라 평가해도 좋을 듯싶다.

오로빌은 신성의식이 드러나는 형태로 은하수처럼 뻗어 있다. 오로 빌의 상징이자 명상의 성소인 메트리만디를 중심축으로 문화, 산업, 국제, 거주 4개의 지역으로 나뉘어 현재 40여 나라 출신의 1,600명의 오로빌리언이 있고 그 안에 4,000명의 인도 현지인이 고용되어 생계를 꾸리고 있다. 오로빌리언이 살아가는 데 현지인의 도움이 필요하고 현지인에게는 일자리가 생기니, 누이 좋고 매부 좋은 상호 협조체제로 나아가고 있다.

메트리만디 밖에 있는 커다란 바난나무 그늘 밑에서 명상하는 사람들이 꽤 많다. 전체적으로 조용하고 맑은 기운이 충만해 정신적인 영양분을 주기에 충분하다. 자신의 영성 개발을 위해 조용히 살고 싶다면 이상적인 곳이다. 그 안에서 몇 가지 지켜야 할 규칙은 있지만 그 누구도 무엇을 하라고 강요하지 않는다. 오로빌은 스트레스가 없는 것이 인상적이었다. 오토바이나 자전거, 다리가 교통수단인 이 안에서 숨 가쁘게 바삐 뛰어다니는 사람은 보지 못했다. 이곳의 시민, 오로빌리언이 되려면 2년간 하루 6시간의 노동을 무보수로 제공한 다음 심사 과정을 거친다. 통합요가를 주창한 발원자 스리 오로빈도의 뜻에 따라 오로빌은 노동에 큰 의미를 부여한다.

땅에서 솟아오른 듯한 거대한 둥근 돔 모양의 황금빛 메트리만디는 완공될 날을 기다리며 여전히 내부 공사가 진행 중이다. 맨 위층에 자리한 내실은 흰 내리석 벽에 흰 면 카펫이 깔려 있고 정중앙에 있는 대형 크리스털 공은 천장 꼭대기에서 전자 제어를 통해 유도되는 태양빛으로 내실 전체를 환하게 비추고 있다.

도인의 일과 중 하나인 대형 크리스털을 닦는 일은 오로빌 신성의 상징처럼 중요한 일이기 때문에 아무나 하지 못한다. 이 주변에 진행 중인 공사가 많은데 도인은 여기서 공사 총감독으로 현장을 지휘한다.

이곳은 관광객들이 항시 줄을 잇는다. 열 번도 넘게 왔던 메트리만디를 이번엔 도인이 크리스털을 닦는 시간에 그의 안내로 따라 들어갔다. 전기청소기와 수건을 들고 나오는 그는 기도 준비를 마친 사람의 얼굴이 되어 있다. 내부는 사진 촬영이 금지되어 있어 그 표정을 놓친 것이 안타깝다.

고통은 영적으로
거듭나라는 신호입니다 　오로빌에서는 오늘날의 공동체 탄생을 가능하게 한 마더에 대한 숭상이 무척 종교화되어 있다. 마더를 마치 신처럼 받들어 모신다는 느낌을

자주 받는다. 공동체 사람들을 만나면 대화를 '마더의 은혜 덕분에' '마더가 계셔서' '마더의 에너지가 있어서'로 시작하는 사람이 많다. 도인은 마더를 자신의 어머니라 하는데 마더가 전생에 이집트 여신이었다고 믿는다. 공동체 사람들의 마더에 대한 숭상이 종교로 흐른다는 나의 지적에 도인은 이런 성향이 사람의 에고에 기인한다고 말한다.

"이런 말을 하고 싶네요. 바깥세상만 보려는 사람 마음을 안으로 불러들여 자기 내면의 중심을 찾아야 내가 믿는 사람이 내 가슴에 살아남니다. 밖으로 아무리 신적으로 보이는 대상을 경배하고 숭상한다고 해도 우리 내면의 성장에 도움될 것은 별로 없어요. 사람의 에고 때문에 바깥 것으로만 눈이 가 자기 내면을 못 보고 바깥사람만 숭상하고 받드는 겁니다."

대다수 종교에서 에고를 버리라고 하는데 우리는 오히려 신앙으로 에고를 키우는 것이 되고 마는가. 그렇다면 에고 때문에 신앙도 생기는 것인가. 나는 정도를 넘지 않는 약간의 숭상이나 받듦은 오히려 약이 된다고 본다. 우리가 신이 아닌 사람인 이상 고통이 있을 때 어딘가 안 보이는 힘에라도 의존하고 싶은 게 당연한 것 아닐까. 만약 지금의 내가, 또 당신이 고통 속에 있는데 사람 아닌 그 무엇에 하소연이라도 하고 싶을 때는 어찌해야 하나.

"사람에게 고통이 오는 것은 그 고통을 통해 영적으로 거듭나라는 신호입니다. 그런데 사람들은 고통의 아픔만 느끼지 그것을 새로 눈뜨는 기회로 삼지 못합니다. 문제가 있을 때야말로 우리가 영적으로 성장할 수 있는 절호의 찬스입니다. 외부의 힘에 의존을 하는 것도 좋지만 우선 밖의 것들로부터 눈을 돌려 자기의 내면으로만 향하라고 말해 주고 싶어요. 거기서 침묵하고 침묵하다 보면 고요한 상태에서 스스로 위안을 받습니다. 위안을 삼겠다고 마음이 항상 밖을 향해 있으면 거기엔 문제만 가득하지만 내면으로 고정되어 있으면 영적인 성장을 이룰 수 있습니다. 우리의 마음은 이렇게 진화해 나갑니다."

사람이 살아가는 데 문제나 고통이 없다면 삶이 아니라는 말도 있듯 누구에게나 고통은 있게 마련이니 단지 그것을 아파하고 울고 지나칠 것이 아니라 자기 도약의 발판으로 삼으면 된다는 말이다. 이로써 마음이 진화한다는 것인데 도인은 이것이 바로 슈퍼 마인드Super Mind로 되어 가는 과정이라 한다. 사람 마음이 진화하면 몸도 같이 따라서 진화한다고 믿는 도인은 마음에 휘둘릴 것인가 아니면 그것을 좀 더 높은 차원으로 끌어올릴 것인가는 오로지 각자에게 달려 있다 한다. 마음이 진화해 높은 차원으로 오른 슈퍼 마인드는 도인이 스승에게 받은 가르침이다. 도인은 슈퍼 마인드를 가진 사람을 슈퍼맨이라 부른다. 그런데 슈퍼 마인드는 구체적으로 어떤 경지의 마음일까.

내가 도인에게 전염 받는 마음의 상태를 몇 번인가 말로 전하며 "나에게 고요한 평화로움을 주셔서 고맙습니다." 했던 적이 있었다. 도인은 이 말을 인용하며 스승이 생전에 가르쳤던 슈퍼 마인드를 구체적으로 전해 준다.

"스승님 자신도 슈퍼 마인드는 차원이 높고 깊은 마음이라 영적으로도 정신적으로도 쉽게 알지 못한다고 했지요. 사람이 흔히 지식으로 알거나, 경험으로 안다고 하지만 슈퍼 마인드는 지식으로도 경험으로

도 모르는 것입니다. 그래서 이것을 궁극적인 앎 the ultimate knowledge
이라고도 하는데 인간이라면 누구든지, 또 얼마든지 슈퍼 마인드로 가
는 길이 열려 있습니다. 사람의 의식을 한 차원 끌어올린 진화된 마음
입니다."

슈퍼 마인드는 보통 수준의 마음은 넘어서야 할 것 같은데 내가 아
는 마음의 경지와 견주어 봐야겠다. 첫 단계는 자기만 알고 탐진치에
빠진 동물적인 마인드, 두 번째는 인간으로서 동물적이지도 않고 그렇
다고 영적인 추구에도 관심이 별로 없는 보통의 인간 마인드, 그 위의
경지로는 자기를 초월해 '나'가 없는 초아超我적인 마인드, 이 셋이
다. 도인이 자기완성을 향해 매진하고 있으니 그는 초아적인 마인드의
소유자에 속한다 하겠다. 하지만 도인이 말하는 슈퍼 마인드는 초아에
만 머물지 않고 신성에까지 가까운 것이라 하는데 보통의 마음이 슈퍼
마인드로 전환이 되면 여기엔 조화와 일치가 있다 한다. 조화와 일치
harmony and unity, 모든 게 다 이 안에 녹아들어 주 객관이 없는 상태로
들어가는데 도인은 슈퍼 마인드를 신, 혹은 신의 성질, 신성과 하나됨
이라 한다.

신성은 어디에나
누구에게나 있다 | 오로빌에서는 어디를 가도 Divine, 또는
Divine Consciousness라는 단어를 흔히 보
고 듣게 되는데 신성神性 내지 신성의식으로 풀이되는 이 단어는 공동

체 사람을 깨어 있게 만드는 깨침의 소리 같다. 사람으로 하여금 자신 안의 신성을 살피게 하고 또 모든 사물 안에서 신성을 보아 신성에 머물도록 이끌어 준다. 신성의식은 각자의 내면에 내재해 있으니 영혼과 항상 접촉한 상태로 있으면 신성의식이 좋은 안내자가 되어 준단다. 또한 외부의 모든 것을 내면의 신성의식으로 살피면 사람이 우주의 신성의식과도 연결된다 한다. 매일의 일상적인 삶을 한 차원 끌어올리는 간단한 삶의 철학이지만 신성의식을 삶 속에서 실현하는 것은 요가의 새로운 해석법으로 스리 오로빈도의 사상을 그대로 전하는 통합요가의 표본이기도 하다.

"스승님이 남긴 말씀이 나에게 신성이 있음을 일깨워 주셨습니다. 사람이 자기 안의 신성을 발견하려 하면 한동안 바깥세상의 것들은 눈에 들어오지 않습니다. 의미 있는 삶은 신성에만 초점을 맞추어 안으로 자기를 다지는 긴 훈련을 거치는 과정입니다. 그러다가 그것이 다른 사람과 사물에서까지 신성을 보게 합니다. 마더가 말씀하시곤 했어요. 신성은 어디에나, 누구에게나 있다고. 신성에 눈을 뜨는 것이라고요. 이것이 구도의 시작입니다. 안팎으로 신성이 무르익으면 에너지가 되어 신성의 힘이 자기완성을 돕습니다. 때론 인간의 힘으로 안 되는 것도 신성이 돕는데 이때 현시가 나타납니다."

사람의 마음이 적어도 슈퍼 마인드로 향해 있다면 신성으로 자기를 비추어 보고 남과 사물에서까지 신성을 보는 것, 이것이 자기완성을 향한 훈련이라 한다. 그런데 사람이 평생을 이것에만 바치면 누구나 이룰 수 있는 실현 가능한 것일까.

"사닥은 신성을 통해 자기완성으로 갑니다. 나에게 완성하려는 강한 의지만 있다면 신성이 자연스럽게 도와줍니다. 사람에게는 의지가 있기 때문에 사람으로서 스스로 할 것은 해야 합니다만 구도자로서, 또 수도자로서 그것이 노동이든, 기도이든 자기완성을 향해 나아갈 때 여기엔 반드시 신성의 도움이 필요합니다. 이렇게 신성과 내가 합쳐져 하나되는 것을 신성과의 합일이라고 하는데 이것으로 자기완성이 되어 최종적으로 해탈을 합니다."

스승이 그러했듯 도인 역시 커다란 힌두교 체제 안에 있다. 자기완성에 자기 안의 신성을 깨달으며 또 여기에 신성의 도움으로 합일合一이 되는 것은 힌두교 체계 안에 있는 범아일여梵我一如이다. 개아個我인 아트만과 우주의 브라흐만이 하나되는 것, 이것이 자기완성이고 또 최종 목표인 해탈이다. 도인 스승의 가르침에 근거해 보면 다른 것이라고는 용어의 차이뿐, 도인의 체계에서는 브라흐만을 신성이 대신하는 것이다. 좀 더 범위를 넓히면 신성은 우주에 편재한 브라흐만, 불성 혹은 인간의 본성, 모든 사물의 내재성이라 해도 무방할 것 같다.

일상의 삶, 일, 헌신
그 자체가 요가입니다

오로빌리언이 되려면 2년간 무보수로 하루 6시간의 노동을 제공해야 한다. 여기서 노동은 일종의 신성한 의식과 같다. 노동은 스리 오로빈도의 가르침의 핵심인 통합요가를 말하는데 일하는 그 자체가 요가이다. 통합요가의 수행은 자신과 우주의 신성의식에 몰입한 마음으로 에고를 버린 헌신을 통해서만 닦을 수 있다. 매일의 일상적인 삶을 신성한 삶의 방식으로 전환하는데 노동을 통해 신성의식에 도달하자는 취지이다.

"스승님이 제창한 통합요가에서는 일상의 삶, 일, 헌신 그 자체가 요가입니다. 통합요가는 요가에 신성을 부여하는 겁니다. 요기가 신성을 향해 있지 않다면, 그것은 단순 고행일 것이고, 또 단순한 요가동작만 한다면 그것은 운동일 뿐이에요. 마찬가지로 저 같은 사닥이 자원봉사자로서, 신성과의 합일에 목적을 두지 않으면 단순 노동자일 뿐이고 또 구도자로서는 목적 없이 가면 사도로 빠질 수도 있겠지요. 전통적인 체제 안에서 인도의 요기라면 모두 다 버리고 집착을 다 끊고 산이나 숲으로 들어가는데 이것이 힌두교 종래의 관행이었지만 스리 오로빈도는 요가에 새로운 정의를 내렸습니다. 세상 속에서, 각자의 삶 속에서, 개인의 몸과 마음속에서 요가를 완성시킬 수도 있다고 했습니다. 이는 한 개인만의 자기완성을 뜻하는 것이 아니고 온 세상과 어우러져 같이 가는 조화와 일치입니다. 박티요가, 갸나요가, 카르마요가, 이 셋 모두가 우리의 몸과 마음, 생활, 노동 등에서 그대로 신성을 드러나게 하는 것입니다. 이 셋을 같이 하는 것이 통합요가이지요. 셋이 하나로 같이 가는 것이라 통합이라는 이름이 붙은 겁니다. 제가 헌신하는 박티요가를 하면 거기에 갸나와 카르마요가가 같이 가고, 또 카르마요가를 하면 박티와 갸나를 같이 합니다. 삼위일체 통합에 모두 신성이 함께 있어 거기에 조화와 일치, 큰 에너지가 형성되고 이것이 자기완성과 해탈을 향해 가게 합니다."

　도인이 집을 떠나오기 전 고향에서 우연히 접한 스리 오로빈도의 책자에는 이런 요가의 새로운 해석이 있었고 이것이 바로 도인의 마음을 사로잡았다. 그리고 도인은 그 한길만 갔다. 셋이 하나된 통합요가를 하면서.

　『바가바드기타』에서 해탈의 길을 제시한 것이 요가이고 거기에는 세 가지의 길이 나와 있다. 스리 오로빈도가 신성과의 합일에 선택한 요가 역시 이 세 가지 요가인데 스리 오로빈도는 이 셋을 통합시켰다는 점이 새롭다. 전반적으로 인도의 모든 고전에 나오는 용어가 요가이다. 원래 요가의 뜻은 '제어한다'는 의미가 있다. 일반적으로 집착이나 욕망에 이끌리지 않고 산만하지 않게 마음을 제어하는 것이다. 이런 요가에서 모든 자기완성, 해탈, 범아일여가 나온다. 흔히 인도인에게 "당신은 어떻게 해탈을 이루시렵니까." 하면 나오는 대답이 모두 요가를 통해 간다고 하는 사람이 많다. 요가의 방법도 가지가지인데 차분한 명상에서부터 몸 안의 차크라를 일깨우는 것까지 그 가짓수가 다양하다.

　요가에 대해 잠시 설명을 하자면 보통 우리가 아는 요가와 완전히 딴판이기 때문에 혼란을 느낄지도 모르겠다. 우리가 아는 동작 요가는 스트레칭 요가, 즉 하타요가이다. 한동안 다이어트 열풍으로 요가가 운동으로 환영받았지만 이것은 하타요가로 전체 요가에서 극히 적은 부분에 속하는 것일 뿐, 인도요가는 그 범위가 광범위하다.

　고대로부터 인도에 내려오는 대표적인 전통 요가에는 박티요가, 갸나요가, 카르마요가, 라자요가, 쿤달리니요가 등이 있다. 박티요가는 신, 혹은 신성에 대한 헌신을 중심으로 종교성이 강한데 헌신적인 마음으로 신에게 집중해 마음의 평안을 얻으며, 마침내 신의 은총으로 합일을 체험한다. 갸나요가는 고통의 원인인 무지, 무명을 거두는 통찰과 사색으로 만물의 근원인 신과 인간에 대한 올바른 지혜를 길러 자기완성을 구현하는데 이 요가를 수행하기 위해서는 세상을 버리고 엄격한 금욕과 명상을 해야 한다. 카르마요가에서 카르마는 행위란 뜻이 있다. 자신에게 주어진 일이나 의무는 욕망이나 집착 없이 하되 세속에서도 충분히 해탈의 길을 갈 수 있게 하는 요가이다. 또한 행위로 인한 업의 결과를 초래하지 않는 점을 중시한다. 이 셋은 인도인의 가슴과 뇌, 사회제도 속에 그대로 반영되어 있다. 스리 오로빈도는 이러한 기존 요가에 약간의 수정을 가했는데 체계는 같으나 풀이가 다르다. 박티요가는 자신을 신성에게 기꺼이 헌신하는 것, 갸나요가는 자신이 신성임을 알아 가는 것, 카르마요가는 자신의 일에서 노동을 통해 신성을 드러내는 것이다.

도인은 세 가지 요가를 동시에 하고 있지만 굳이 나누어 보자면 지난 30여 년간 봉사자로 한 헌신은 박티요가를 하는 것이고, 구도자로서 자기완성으로 가고 있으니 갸나요가를 하는 중이고, 도인이 일하는 일터 현장을 보니 카르마요가를 하고 있었다.

한 인연이 다른 인연을 이어 주는 것처럼 한 질문이 뻗어 나가 우리를 다른 차원의 세계까지 깊이 이끌어 준다. 매번 도인과 마주 앉으면 질문에 대답이 확대되는 '번짐'이 있다. 이것이 우리만의 '우파니샤드' 식 스승과 제자가 나누는 대화의 묘미였다.

도인도 인도인인 이상 그를 알려면 힌두교를 알아야 한다. 몇 천 년 동안 내려온 힌두교의 사상이 도인 한 사람에게서 다 드러나니 말이다. 나는 인도를 다니는 사람에게 힌두교를 모르면 인도나 인도인, 또 인도문화를 이해할 수 없다는 점을 자주 상기시킨다. 힌두교를 모른 채 인도사람을 만나면 우리나라 사람들은 한결같이 "저들은 왜 저렇게 사나." 한다. 인도에서 만나는 한국 사람들이 늘 물어 오는 말이 "사람이 어떻게 저렇게 살지요?"이다. 내가 이들에게 속성으로 하는 힌두교 강의가 있다. 중앙일보에 썼던 종교 칼럼을 그대로 들려주는 것이다.

힌두교는 기원전 2000~1500년 아리아인의 북인도 이주와 함께 들어온 바라문교와 인도 고유의 민간 신앙이 결합돼 자연 발생한 종교다. 신에 대한 찬가집인 『베다』를 토대로 종교 형태를 갖추고 『우파니샤드』까지의 기간 동안 구축된 힌두신은 인도인을 세계적으로 종교적인 사람들로 만들어 놓았다. 힌두교인에게 『베다』는 신과 동격인데 그 내용은 대동소이하나 몇 천 년 동안 사람들 속에 내려오던 신에 대한 찬가를 모은 것이다. 우주의 최고신에게 경배하고 찬미하는 문구로 되어 있다. 네 가지 『베다』 중 가장 오래된 것은 『리그베다』로 구전으로 내려왔던 총 1,028개의 찬가로 이루어져 있다. 대부분이 문맹인 하층 인도인은 이 경전의 내용을 모르지만 알 필요도 없다. 사원이 있는 신들에게 제사 지내고 복을 빌면 된다. 반드시 힌두교인이 아니더라도 인도인과 가까워지려면 인도 고전이나 수많은 힌두 신화 가운데 한두 개 정도의 내용은 알아야 한다는 것이 속성 강의의 내용이다.

세계적으로 종교적인 성향이 강한 국가답게 인도에선 힌두교, 불교, 자이나교, 시크교, 조로아스터교, 이외에도 유사종교들이 난무하나 역사적으로도 유난히 많은 종교가 탄생했다. 인도는 다양한 종교를 접할 수 있는 종교의 세트장 같다. 토종 종교가 유난히 많은 인도에 유일한 외래 종교라면 북부의 이슬람뿐이다. 무슬림이 밀집해 있던 서북부는 1947년 파키스탄으로 분리 독립되었지만 인도에는 전체 인구의 11퍼센트가 넘는 무슬림이 있다. 인도에서 태어난 불교는 원산지에서 거의 이미 소멸되고 성지순례지로만 남아 있다. 지금의 인도는 이슬람, 자이나교, 시크교, 조로아스터교 이외의 각종 신흥종교까지 산재하지만 대부분의 인도인은 힌두교를 신봉한다. 서북부 펀자브 지방에는 시크교, 서중부 구자라트와 봄베이 지역엔 자이나교와 조로아스터교를 믿는 사람들이 많지만 이런 지역을 제외한 인도 전 지역은 힌두교 일색이라 해도 과언이 아니다. 다양성을 하나로 융합시키는 힌두교를 떠나서는 인도인의 정신과 사고방식을 상상할 수 없을 만큼 힌두적인 마인드는 생활과 미술, 조각, 문학, 음악 등의 문화 예술에 그대로 드러나 있다. 인도인은 커서 무엇을 믿든 태어날 때부터 이미 힌두교인으로 태어나고 죽을 때 역시 힌두교인으로 죽는다는 말이 있다. 여전히 인구 대부분이 힌두교인이지만 힌두교는 인도인에게 종교라기보단 생활 자체라고 해야 맞는 말 같다. 힌두교인에게 종교의 뜻을 물으면 한결같이 나오는 대답이 바로 '숨 쉬는 것과 똑같은 것'이다. 힌두 사원 입구에는 온갖 힌두신의 얼굴 조각상이 하늘 높이 쌓여 있다. 일설에 의하면 힌두신은 3억 3천이나 되는데 지금도 매일 새로운 신이 태어나 숫자를 불리고 있다고 한다. 그리스가 서구에서 신들의 땅이라면 인도는 신들의 천국이다.

내가 아는 힌두교는 어느 종교보다 장단점이 많다. 현생의 모든 것을 전생에 물어 위로받는 무척 낙천적인 사고를 낳는 장점이 있기도 하지만 오로지 내생만 위해 사는 사람도 많아 현실적이지 못하다. 도시든 히말라야 산속이든 요기를 만나면 대부분 더 이상 인생을 살기 싫어 죽지 못해 억지로 사는 듯한 인상을 풍기기도 했다. 사는 초점이 오로지 내생에만 맞춰져 있으니 이것이 인도의 낙후를 야기한 원인이자 단점이다. 반면, 카스트 제도가 건재하다 해도 힌두 사원에 가 보면 신 앞에선 모두가 평등하다는 장점도 볼 수 있다. 인도에서 계급이 존재하지 않는 곳이 있다면 힌두 사원이다. 풍악소리에 압도되어 가 보면 힌두교 의식인 '푸자' 라는 제식祭式이 열린다. 집에서 하는 간단한 제식부터 대형 사원의 푸자까지 매일 행하는 푸자에는 꽃과 제물이 바쳐진다. 크기에 상관없이 신성하게 거행되는 푸자에서 사람의 출신 성분은 상관없어 보인다.

종교를 떠나 개인적인 차원에서 보는 인도는 장점이 무수히 많다. 우선 물가가 싸다. 영혼의 밥을 먹는다고 하는 인도에서 현실적인 문제를 보면 물론 씀씀이에 따라 다르겠지만 아직은 월 20만 원 정도로 풍족한 생활이 가능하다. 십여 년 전 인도에서 만난 제인은 영국 맨체스터 성에서 일하는 하녀인데 매년 휴가를 받아 인도에 와서 거부처럼, 왕비처럼 돈을 쓴다. 날씨도 큰 장점이다. 남쪽이 더워지면 북쪽

히말라야로 가면 되고 북쪽이 추워지면 남쪽으로 가면 되기 때문이다.

좋아하는 것들을 좋아하는 데는 약간의 대가를 지불해야 한다. 인도는 우리의 기존 사고방식과 태도를 버리지 않는다면 도저히 용납할 수 없는 나라이기도 하다. 우리의 상식을 깨고 잠을 깨게 만드는 인도는 충격요법으로 정신이 번쩍 들게 한다. 잠시 정신적인 공황 상태를 거치고 나면 그때야 인도가 보이기 시작한다. 인도는 이제껏 가졌던 모든 것을 버리고 새로 보라는 듯 우리의 길들여진 서구식 사고방식을 통하지 않게 만든다. 같은 하늘을 뒤집어쓰고 있는 지구촌의 같은 인간인데도 어쩌면 이렇게 다를 수가 있을까.

인도에는 불편한 것이 많다. 잠자리에서 매일 밤 모기나 벌레에 뜯기는 것 말고도 수시로 끊어지는 전기와 항상 챙겨 들고 다녀야 하는 식수 문제, 제시간에 출발 도착하는 법이 없는 교통편 등등, 모두 세어 보니 불편한 것이 삼십여 가지나 되었다. 그러나 이가 없으면 잇몸으로 산다고, 적응을 하면 불편함이 하나씩 줄어드는 가운데 내가 누리던 편함에 눈을 떠 감사가 절로 나온다. 개인적으로 사람이 세상에서 할 수 있는 삶 공부를 인도에서 다 하고 있다 해도 과언이 아닐 것 같다.

우리가 지구에 와 사는 것이 천상병 시인의 말처럼 소풍이든, 아니면 석가모니의 말처럼 고해의 바다를 건너는 것이든 우리는 주어진 삶을 살아야 한다. 어쨌든 와서 점 하나 찍고 가는 것만은 분명하다. 그런데 도인의 경우 그 찍은 점에 빛이 난다고 할까. 도인은 마치 모래알 속에 감추어져 있던 보석 같은 사람이다. 무아 도인에게는 어디까지나 봉사자로서, 구도자로서 사닥이 된 것이 세상에 태어나 가장 잘한 일이며 잘 선택한 길이었다는 흔들림 없는 믿음이 있다. 지난 몇 십 년 동안의 구도를 말해 주는 듯 도인은 육체적으로도, 영성적으로도, 정신적으로도 무척 건강하다. 환갑이 넘은 나이에도 태어나 지금까지 아파 본 적이 없고 병원에 가 본 적도 없다. 도인의 말을 빌리자면 신성, 우리말로는 정精, 기氣, 신神으로 봐도 좋을 듯한 모두가 고요 속에 건강하게 피어 있다. 여전히 자기완성을 향해 가고 있는 도인은 우리에게 구도자의 표상이 되어 준다.

항상, 처음 구도의 마음 그대로 한결같았을 듯한 그의 고요함과 평화로움을 조금만 훔치고 싶을 정도이다. 그대로 한국으로 모셔 와 사람들에게 소개하고 싶다는 욕심까지 난다. 도인을 만나고 돌아오면 나에게 며칠 간 평화로움이 지속되기에 그의 평화로움을 사람들과 나누고 싶다. 무소의 뿔처럼 혼자서 가는 삶, 구도자 도인을 두고 한 말 같다.

"빠뚜 사바 망갈람!"

지구의 모든 존재가 행복하기를…….

5

사람 곁에 살면서
혼자 있지 말아야
마음 공부가 됩니다

천부天符 도인 홍기문 수행자

"이 세상 속에서, 시장 통에서, 혹은 공장에서 일하면서 사람과 부딪쳐야 단련이 잘됩니다. 마음이 모든 맛, 신맛, 단맛, 쓴맛, 짠맛을 다 거치는 과정에서 식욕, 수면욕, 성욕도 어느 정도 단련시켜 나가야지요. 수련이 사람을 떠나서는 안 되나 연심으로 힘이 축적되면 그때 혼자 있어야만 하는 시기도 있습니다. 연심의 단계는 마음 비움의 상태를 점검하며 나아가는데 마음을 비우는 것은 곧 단념(斷念), 글자 그대로 생각을 끊는 것입니다. 그러나 무엇보다도 연심의 전 과정에서 반드시 선업(善業) 공덕을 쌓은 다음 수련에 임해야만 합니다."

1950년 국군이 38선을 넘은 날 전남 화순에서 삼 남매 중 막내로 태어났다. 부잣집 외아들에 막내아들로 자라며 주위에서 무척 총명한 아이라는 찬사를 받았다 한다. 어려서 한문을 배우지 않고서도 술술 읽었으며, 스스로도 납득하기 어려운 차원의 일을 많이 겪었다.

도인이 십대 후반이었을 즈음, 일찍이 마스터한 점괘로 보니 자신이 45살 넘기 어려운 단명 사주였다. 이 점괘로 인해 도인은 인생의 판을 바꾸고 하늘에 단 하나의 맹세를 했다. 그리고 지금껏 하늘의 뜻대로 살며 그 맹세를 지키려 해 왔다. 그러나 사람의 운명이란 것이 이미 결정된 것이라기보다는 입력된 프로그램만 바꾸면 바뀌게 된다는 사실을 몇 십 년의 세월이 흐른 다음에야 깨닫게 되었다 한다.

"내 아들이 기 수련인가 뭔가 하다 직장까지 그만두고 아예 산으로 들어갔어요. 도 닦으러 간다던데 정말 그런 게 있나요?"

몇 년 전 한 지인이 공부 모임에서 넌지시 물어 왔다. 나는 솔직히 모른다. 기 수련에도 파가 많지만 들어도 어떤 기 수련인지도 모르겠다. 하지만 지인의 아들은 참 도를 닦으러 갔다고 믿고 싶다. 이럴 때 항상 되뇌는 혼잣말이 "기氣가 산속에만 있을까. 꼭 산으로 가야만 도를 닦을 수 있는 것일까?"이다. 깊은 산골 내지 산속이 사람들을 피해 있기 좋고, 수련인이든 수행자든 사람에게는 한동안 혼자 있는 시간이 필요하다. 그러나 수련이나 수도, 수행이 반드시 세상 다 등지고 산속으로 가야만 가능한 것일까. 나는 이것에 대해 여전히 의문을 갖고 있다.

2003년 초가을, 괴산 청천에서 만난 도인은 깊은 속리산 자락에 살고 있었다. 몇 년간 도인 찾아 산속을 드나들던 나는 이미 도시로 눈을 돌린 상태였다. 따라서 산에 사는 이 도인을 만났을 때, 나는 혹시나 그가 염세주의자이거나 아니면 세상을 멀리하는 도인 아닌 '도피인'이 아닐까 하는 의구심을 가지고 있었다. 그러나 그는 정말 산속에서 만나기 드문 도인이었다. 도만 닦고 사는 그에게 내가 천부天符 도인이라 이름을 붙인 것에는 이유가 있다. 만에 하나 행여 그가 이 땅의 도인이 아니더라도 천부, 즉 하늘의 뜻에 들어맞는, 하늘이 내린 도인이기를 바라는 마음에서다.

처음 도인을 마주했을 때 나는 예전에 산에서 만났던 몇몇 자칭 도인이란 사람들에 대해 말을 꺼냈고 도인은 명쾌하게 핵심을 찔러 주는 답으로 나를 맞았다.

"나도 산에 살지만 뭐 하러 산에 가 고생합니까. 공덕 닦으면 산에 가지 않아도 됩니다."

이 말에 나는 또 한 사람의 도인과 마주 앉게 되었다. 누구든 항상 반갑게 맞아 주는 도인은 어떤 손님이라도 예를 갖추어 대하는데 극도로 반가이 마중하고, 또 극진하게 배웅을 한다. 그 누구라도 찾아오는 사람 맞는 얼굴이 반가움에 환하고 말소리조차 환히 빛나는 도인은 천하의 만사에 태평한데 전체적으로 마음이 밝게 드러나는 명심明心이 있다. 수더분한 농부 얼굴을 하고 있는 도인을 만나고 몇 년의 시간이 흐르는 가운데 갈 때마다 그 수더분함 속에 감춰진 비범함을 발견하게 되었고 나는 속리산 자락을 내 집 드나들 듯했다.

　　괴산 청천면에서 들어가는 도인의 버섯 하우스 가는 길은 속리산을 굽이굽이 돌고 돌아가야만 한다. 선유동 계곡을 지나 경북과 충북의 도계를 끼고 관평리로 들어서는 첫 길, 석탄 박물관을 지나고 개울 건너 문경과 경계를 마주한 곳에 아랫마을 50여 가구 사는 관평을 지난 끝자락의 하관평에 있다. 관평리 지역이 길어 상관평, 중관평, 하관평으로 나뉜 곳의 마지막 지점인 하관평, 뒤에는 군자산, 앞에는 대야산이 있다. 충청도로 들어가 경상도에서 닿은 주소지는 문경시 가은읍으로 되어 있다. 주변에 인가가 전혀 없는 푹 꺼진 길 아래로 비닐하우스 세 동이 숨어 있다. 밖에서 보이지 않는 이곳 하우스 한 동에는 책이 가득 차 있고, 다른 한 동에는 고치고 있는 기계가 수북하고, 또 다른 한 동은 침실 겸용 살림집이다. 오래전 버섯을 재배하던 이 재배사에 도인이 들어와 산 지 3년, 건너편 화북 마을 컨테이너 안에 살다가 이곳으로 건너왔다.

　　버섯 하우스에서 이야기를 주고받는 사이 어느새 밤이 되면 이곳에서만 즐기는 구경거리가 하나 있다. 하우스를 덮은 망 사이로 방 안에서도 밤하늘의 별이 총총하게 보이는 것이다. 이렇듯 자주 하늘을 올려다보는 것은 좋았으나 나에겐 이곳에서의 추위가 기억에 더 강하게 남아 있다. 한여름 며칠만 제외하곤 하우스 안은 항상 겨울처럼 춥다. 건너편 화북 살 때 거처로 삼았던 컨테이너 안은 영하 30도까지 내려간 적이 잦아 이미 단련이 되었다는 도인은 반팔에 여름옷 차림이다. 나는 이가 떨리도록 추운데 말이다. 바닥은 흙이 드러난 맨바닥이라 안에서도 신발을 신은 상태였는데 언제부터인가 바닥에 판자 조각이

주변에 인가가 전혀 없는 푹 꺼진 길
아래로 비닐하우스 세 동이 숨어 있다.

깔려 맨발로 다닐 수 있게 되었다. 추위에 아랑곳하지 않고 비닐하우스에 살면서 이만하면 호강하고 있다 하니 할 말이 없다. 부잣집 막내아들로 자란 도인은 어머니가 준 최고급 침대를 마다하고 직접 쇠막대기를 용접한 위에 판자 깔고 전기선을 연결시켜 만든 전기장판 위에서 잔다. 이것을 흔한 말로 사서 고생이라고 해야 하나. 얼마든지 호의호식할 수 있는 도인은 왜 이렇게 살고 있는 것일까.

결국엔 스스로
깨쳐야 하는 길   도인은 속리산으로 오기까지 서울, 전라도, 강원도, 충청도, 경기도로 여러 번 옮겨 다니며 전국을 무대로 살았다. 화순에서 태어나 광주를 시작으로 나주, 서울, 용인, 천안, 금산, 영동, 부안, 거창, 장흥, 영월에서도 살았다. 나주에서 농사짓다 서울서 공무원 생활도 했고, 용인서 인력 송출 회사를 하기도 했다. 돈이 필요하면 일하고 먹을 것이 필요하면 농사짓고 살았다. 옮겨 다니며 각 지역의 약초와 다방면의 온갖 서적을 섭렵하고 광범위한 자료 수집도 했다. 도인은 각종 사주학, 점성술, 도학, 민간의학, 과학, 농업, 천문학, 역사책을 두루 읽고 깊이 사색하며 각각의 이론 정리도 체계화해 나갔다. 도인이 십대 후반이었을 즈음, 일찍이 마스터한 점괘로 보니 자신이 45살 넘기 어려운 단명 사주였다. 이 점괘로 인해 도인은 인생의 판을 바꾸고 하늘에 단 하나의 맹세를 했다. 그리고 하늘의 뜻대로 살며 지금껏 그 맹세를 지키려 해 왔다.

그러나 사람의 운명이란 이미 결정된 것이라기보다는 입력된 프로그램을 바꾸면 변화한다는 사실을 수십 년의 세월이 흐른 다음에야 깨닫게 되었다 한다. 사주학을 버리고 난 다음, 이번에는 도교의 도술道術 비법을 배워 나갔다. 구할 수 있는 옛 서적들을 근거로 신통, 신선술까지 섭렵하였으나 신선이 되는 것이 허망하기도 했지만 담력이 약해 그만두었다. 대신 약초와 천문학 공부, 농업을 병행하며 『주역』, 『천부경』, 성경, 유가, 불가의 온갖 경전을 섭렵해 나갔다. 도인이 처음 읽은 불경은 『법화경』과 『능엄경』. 경전 가운데 최고로 삼는 『도덕경』을 놓고 도인은 이것을 하늘에서 내린 천서天書라 한다. 도인이 읽은 『도덕경』은 노자가 새소리, 물소리, 바람소리 등등 온갖 자연의 현상을 이름할 수 없어 붙인 이름이 '도' 이기에 삼라만상 그 자체를 '도' 라고 정의

한다. 또한 『주역』은 모든 사물과 우주의 이치를 다 밝히고 있어 도인은 여기서 하늘의 순리를 보았다 한다. 도인은 자주 천계, 영계靈界, 사람, 심지어 사물까지 음양으로 나누어 설명을 주는데 이것은 주역에서 받은 영향 때문으로 보인다. 탐구의 단계를 오래전에 다 마친 수행자이자 수련인인 도인은 더 이상 책을 보지 않는다. 버섯 하우스 한 동에는 도인이 읽었던 트럭 다섯 대 분의 책이 가득 들어 있다. 모든 종교의 경전과 침, 뜸, 민간의학에서부터 천문학, 민속학, 과학, 역사까지 분야가 다양하다. 그런데 도인이 책에서 얻어 낸 것은 무엇이었을까. 도인의 앎에는 단순한 지식 이상의 그 무엇이 있어 보인다.

"닥치는 대로 읽으니 혼란스럽고 뒤죽박죽된 상태에서 점차 하나씩 걸러지더군요. 더 알고 싶은 것들은 많았는데 책에도 없고 스승도 없

으니 답답했지요. 그런데 나중에 책 멀리하고 몸 움직여 고생하니 그 때야 '아! 그게 요것이었구나. 요것이 바로 그 말이었구나.' 하고 알게 되더군요. 이미 머리에 알고 있던 것들을 하나씩 체험으로 확인해 나 갔습니다."

알음알이로 쌓여 저장된 것들을 다시 걸러 내는 작업을 30여 년간 해 온 도인은 아직도, 지금까지도 여전히 읽은 것들을 체험으로 확인 해 가고 있다 한다.

지식에 체험을 곁들인 작업이 끝난 도인의 약초 비방은 마을에 서도 유명해 유용하게 활용되는 데 아랫마을 노인들은 성이 홍 씨 인 도인을 '홍 의원'이라 부른다. 특히 관평리 이장님은 홍 의원의 덕을 톡톡히 보고 있다. 도인은 사 람의 몸만 고치는 게 아니라 기계 도 고친다. 마을 사람들은 농업용 기계든 가전제품이든 뭐든지 고 장만 나면 홍 의원을 찾는다. 하우 스 한 동에 쌓인 기계를 둘러보니 경운기 엔진, 컴프레서, 농약 살 포기 등등 종류가 다양한데 도인 은 그것이 무엇이든 다 수리가 가

간만에 간 도인의 집에 고장 난 컴프레서 한 대가 들어와 있다.

능하다. 보면 훤하게 어디가 고장 났는지 눈에 들어온다는 것이다. 도인은 고물상에서 얻어 오고, 길 가다 집어 온 가전제품을 쓸 만한 물건으로 만들어 트럭에 싣고 고아원과 양로원에 갖다 주고 있다. 간만에 간 도인의 집에 고장 난 컴프레서 한 대가 들어와 있다. 걷잡을 수 없게 주변으로 사람들이 몰려들면 도인은 인연이 다 했다고 짐 싣고 다른 곳을 찾아 정착하곤 했는데 이젠 마지막으로 움직여야 할 때가 왔다 한다. 먼저 살던 화북 사람들까지 찾아오니 시간을 많이 빼앗겨 도저히 수련에 시간을 낼 수 없기 때문이다. 도인은 지금 새로이 정착할 만한 장소를 물색 중인데 앞으로 수련에만 매진하려 한다. 곧 환갑을 바라보니 시기를 놓치면 행여 수련에 기운이 달릴까 하는 염려 때문이다.

도인이 하는 수련이 무슨 수련인지 알지 못한 상태에서 몇 가지 확인된 것이 있었다. 도인은 천안통 天眼通을 쓰는 것이 아닌가 할 정도로 멀리서 벌어진 일에 훤하다. 예를 하나 들어야겠다. 몇 번이나 갔던 길인데도 한번은 하우스 집을 가다 길을 잃은 적이 있다. 좌우로 꺾임이 많은 길이라 한 곳에서 잘못 들어서면 헤매게 만들어 이 길, 저 길로 들어갔다 나오기를 반복하고 있는데 어느 한 꺾이는 지점에 도인이 나와 있었다. 몇 번의 계절이 지나고 보니 만날 때마다 그가 나의 몸 상태까지 정확히 짚어 내는 것도 알았다. 기계가 아닌 사람 몸도 훤하게 보이는가 보다. 나는 도인이 혹시 술術을 쓰는 것이 아닌가 잠시 멈칫했다. 술術을 쓰는 도사도 도인일 수는 있으나 술術에 관한 나의 식견이 없어 도인 기준의 범위에서 제외했기 때문이었다. 그러나 도인이 술을 부려 사람을 불러 모으지도 않았고, 또 이적을 행하지도 않았다는 것을 확인하면서 인연은 계속 이어졌다. 대신 취재 첫 단계에서부터 계속 "이것이 무슨 뜬구름 잡는 소리인가." 하게 만드는 딴 세상 이야기가 많은 것이 문제라면 문제였다. 처음부터 말을 다 알아듣진 못했지만 3, 4년이란 세월을 두고 듣다 보니 도인은 분명 사람의 눈을 통해서가 아닌, 우주의 틀 안에서 사물을 보고 있다는 점이 분명하게 드러났다.

오고 가는 대화에서는 보통 하나의 주제가 각종 수행과 수련, 사람과 인간관계에서 시작하여 광범위하게 뻗어 우주와 자연의 이치로까지 번진 다음 다시 원점으로 돌아온다. 듣다 보면 도교의 신선 이야기 같다가도 불시에 불가 용어가 쏟아져 나오다가 공자, 주자, 유가의 글도 거침없이 인용된다. 순서 없이 아무 때나 자연스럽게, 또 끊임없이 튀어나오는 용어들이 상고시대부터 시작하여 몇 천 년을 넘나든다. 도인은 말을 많이 하는 편인데 한 번 입이 열리면 말이 쉼 없이 흘러나온다. 120분짜리 녹음테이프와 보이스 레코더에 담은 것만 총 70시간, 요점만 메모로 받아 적던 나도 지쳐 도인에게 다녀오면 몸이 천근만근이다. 도인의 이야기는 간략히 추린 요점 정리로 대신하지 않으면 도저히 다 옮길 수도 없다. 보통 사람인 우리가 이해할 수도 없는 이야기가 많아 도인이 단황제라 부르는 단군과 상고시대 신선술 이야기는 건너뛰었다. 나는 개인 교습, 개별 특강을 받는다 생각하고 학교에서 수강할 때처럼 과제물 숙제도 해야 했다. 들은 것을 확인한 다음에야 또 다음 질문이 나올 수 있었기 때문이다.

도인은 1950년생이다. 국군이 38선을 넘은 날 전남 화순에서 삼 남매 중 막내로 태어났다. 부잣집 외아들에 막내로 자라며 주위에서 무척 총명한 아이라는 찬사를 받았다 한다. 누나 둘은 모두 열성 개신교인이고 광주에 홀로 살던 노모는 최근 미국 사는 누나 집으로 가셨다.

도인은 35살에 장가를 가 슬하에 아들 둘을 둔 다음 이혼하고 부인은 친정으로 돌아갔다. 이미 주어진 피붙이 인연은 어찌해 볼 수 없다지만 십대 때 이미 도 닦겠다고 결심한 사람이 왜 처자식이란 인연을 만들어야 했을까. 왜 장가를 갔느냐, 이기적인 생각 아니냐, 따져 묻는 나에게 자손은 남겨야 했고 할머니에게 손자를 안겨 드리고 싶었다는 이유를 준다.

큰 뜻을 둔 도인이면서 처자식이 있는 경우, 도인들에게서 항상 나오는 대답은 '대를 잇는 후손 때문'이라는 공통점이 있다. 조상과 부모에게 자식 못 안겨 주는 것은 하늘을 욕하는 것이고, 후손 끊는 것에는 하늘도 노한다고들 한다. 천부 도인 역시 그런 의미에서 불가의 스님과 천주교 신부의 독신 금욕은 후손의 종자를 없애는 것이라는 논리를 펴더니 여자로서 아이 낳지 않은 내가 책임을 다 못했다며 나까지 꾸짖는다. 아이를 키운다는 것, 자식에 대한 고충은 누구나 있어 자식 문제로 하소연하는 소리 들을 때마다 나는 무자식 상팔자가 따로 없다 위안 삼고 살았는데 도인은 그것을 '여자로서 반드시 봐야 할 시험을 치르지 않은 새치기 인생'이라며 자식이 부모 오장 다 뒤집으며 크는데 그런 고생을 회피하면 안 된다고 또 나무란다. 다니며 도인에게 꾸중 듣기는 처음이었다.

도인은 후손은 이어 주었지만 이미 장성한 두 아들에게 아버지로서의 역할을 하지 못한 무책임을 인정한다. 그리고 한 가족의 가장인 누군가가 뜻이 있어 수도修道하러 가려거든 적어도 가족들 불편 없이 살 만큼은 만들어 주는 책임 완수는 하고 가라는 말도 준다.

"전 조상, 부모에게 두루 불효하고, 처자식에게도 할 말이 없어요. 외아들이면서 제사도 못 지내고 있지요. 한 집안의 가장이 큰 뜻을 품으면 가족에게 안 좋습니다. 허나 하늘을 따라 특별한 뜻을 품은 한 사람을 성공시키기 위해 가족도 약간의 희생은 각오해야 합니다. 제게는 조상복, 부모복, 자식복, 인복, 재복 아무런 복이 없었지만 그런대로 잘 살았다 말할 수 있습니다. 제가 쌓아 온 작은 공덕이 조상과 부모, 처자식에게도 가길 바랄 뿐입니다."

조상에게 불효, 가족에게 무책임했다는 것에 기인한 습관일까. 도인은 앉을 때 항상 무릎을 꿇고 앉는다. 상대를 불편케 하는 이것은 "난 죄인입니다." 하는 마음 때문에 일부러 들인 습관이라 한다. 죄인으로서 그 갚음을 하기 위해 해 온 것이 있다면 바로 정도正道를 가는 수련과 기도였다 한다. 나 홀로 수행자로 살아 온 도인에게 스승은 없다. 전통 수련의 맥을 이어 와 자신에게 전수해 줄 사람이 없었기 때문이다. 도인은 어차피 최종적으로는 스스로 깨쳐야 하니 혼자서라도 끝까지 가 보겠다는 일념 하나로 여기까지 왔노라 한다.

"단황조, 주몽 동명성왕 삼국시대까지 전해진 각종 수련 비법이 적힌 서적류가 그 후엔 모두 자취를 감추고 말았어요. 전수된 것이 없으니 저 혼자서 가장 근접한 것을 찾아 이것저것 참고하고 스스로 배워 나가는 수밖에 없었어요."

　도 닦는 수도, 수련을 스승이나 도반 없이 홀로 단독으로 할 때 자첫 혼자만의 세계에 갇힐 수 있다. 경험으로 보건대 여기 갇히면 천상천하유아독존 하는 독불장군이 따로 없다. 나의 지인 가운데 구도나 수도에 반드시 스승의 지도를 받아야 한다는 사람이 있다. 그는 이것을 도인의 조건이라고 한다. 하지만 지난 20여 년간 보아 온 결과를 놓고 말하자면, 스승은 훌륭한데 제자가 엉망인 경우보다 스승의 가르침이 남의 말 짜깁기인데 제자들이 출중해 스승이 빛나는 경우가 더 많았다.

　산속 사는 어느 스승 가운데 세상 돌아보지 마라, 시내에도 들어가지 말라고 가르치는 스승이 있었다. 그런데 그 자신은 병원에서 세상의 온갖 의료 기술을 동원하다 결국 도시에서 3년 만에 돌아가셨다. 나는 그 스승이 제자에게 하는 소리를 우연히 엿들은 적이 있었다. "여기 오는 신참에게 손해나는 짓 하지 마라. 정보 공짜로 주지 마라." 그 얘기를 들은 후로는 다신 그곳에 가지 않았다. 제자가 스승의 바통을 이어받아 훌륭한 스승이 된 경우도 더러는 보았지만 평생 스승의 가르침 좇아, 스승 밑에서 스승의 말씀대로 사는 제자들은 어딘가 로봇 같다는 발견도 있었다.

사람 곁에 살면서 혼자 있지 말아야 마음 공부가 잘됩니다

스승도 없는 도인이 그 간 혼자 해 온 수도 방식은 무엇이었을까. 만약 제자가 있었다면 어떻게 가르쳤을까. 지금 산속에서 도 닦는 사람이 있어 수련에 진전이 없다면 무슨 말을 줄 수 있을까.

"도 닦는 것은 연심煉心입니다. 마음을 단련하는 것이지요. 마음을 떠나 도道가 있을 수 없으니 도는 우리 안에 다 있어요. 천지의 도, 각자의 마음을 외면하면 도에 가까이 갈 수 없습니다. 마음이 생각을 만들어 내는데 그 생각이란 것이 다 허상이란 것을 알면 스승도 소용없고 따로 도 닦으러 안 가도 됩니다. 각종 수련을 보자면 몸에 대한 것이 대부분인데 마음은 내버려두고 몸부터 들어가면 아무리 수련해도 진전이 없습니다. 도 닦으러 가려면 마음부터 단련시키는 초기 수도의 준비 운동인 연심煉心을 먼저 해야지요. 연심의 단계에서는 우선 사람 곁에 살면서 혼자 있지 말아야 마음에 공부가 됩니다. 단련은 이 세상 속에서, 시장 통에서, 혹은 공장에서 일하면서 사람과 부딪쳐야 잘되는 것이기 때문입니다. 마음이 모든 맛, 신맛, 단맛, 쓴맛, 짠맛을 다 거치는 과정에서 식욕, 수면욕, 성욕도 어느 정도 단련시켜 나가야지요. 이렇게 연심으로 힘이 축적되면 그때 혼자 있어야만 하는 시기도 있습니다. 연심의 단계는 마음 비움의 상태를 점검하며 나아가는데 마음을 비우는 것은 곧 단념斷念, 글자 그대로 생각을 끊는 것입니다. 그러나 무엇보다도 연심의 전 과정에서 반드시 선업善業 공덕을 쌓은 다음 수련에 임해야만 합니다."

질문 하나에 여섯 시간 가까이 계속된 도인의 연심煉心 특강은 요점만 모은 다음 거기서 다시 핵심만 추려야 했다. '산에 들어갈 단계가 아닐 때 가지 마라. 마음 비움이 안 되고 통제가 되지 않은 상태에서 기초 없이 들어가면 마魔가 붙어 사이비 교주 되기 쉽다. 적어도 생활 속에서 사람들과 부딪치면서 마음을 단련시킨 다음 가라. 일상생활과 인간관계를 떠난 도는 없다.' 이것은 나의 견해를 확인시켜 주는 것이기도 하다. 가족 친지 동료 간, 대인관계 속에서 사회생활 하며 매일 부대끼며 사는 그것이 바로 도 닦는 것이며 정작 산에 가야 할 사람은 초기 수련 단계를 마친 이거나 몸을 회복해야 하는 병자, 환자들이라는

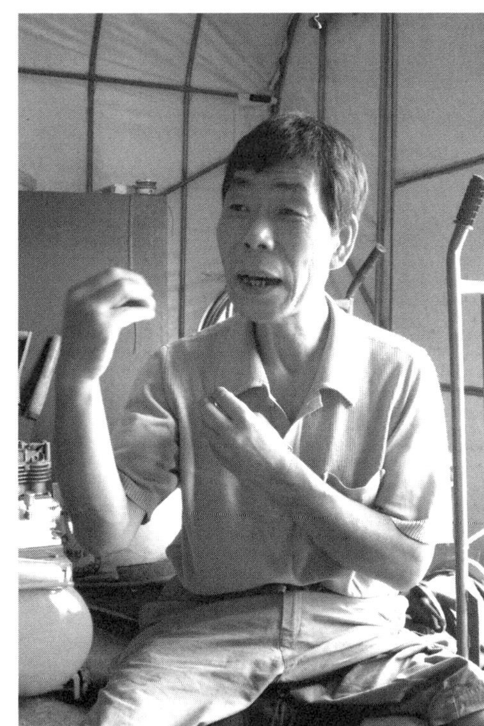

도 닦음의 세계, 연심에 대해 설명하는 도인.

내 생각엔 변함이 없다. 누구는 시장에서 구경도 하며 멍석 깔고 참선을 했다고도 하는데 인간과 부딪치는 관계 속에서 가장 도를 잘 닦을 수 있다는 것이 나의 변함없는 고집이다. 듣고 보니 도인 역시 연심 기초 준비가 안 된 상태로 산에 도 닦으러 들어갔다 되돌아온 적이 있다 한다. 40여 년 전, 도인이 연심이 되지 않은 상태로 무등산에 들어가 수련하던 중, 몇 번인가 요염한 여자의 환상이 나타났을 때 도인은 "난 틀렸다." 하고 바로 하산했었다 한다.

흔히 각종 기 수련, 기예, 무술, 참선 수행, 명상, 기도 등등 무엇이 되었든 간에 도 닦는다고 했을 때 그것이 정精과 신神에 있어 마음과 얼마나 연결이 되어 있느냐, 즉 도인의 말을 빌리자면 연심이 얼마나 되어 있느냐가 모든 도 닦음에 우선하는 조건이다. 그러나 도인이 말하는 연심과 관계없이 소위 도 닦는 사람은 지리산, 계룡산에 많다. 도판에는 기행과 술을 쓰거나 도 닦는 겉멋에 들린 사람들의 산속 이야기가 많다. 물론 봉우 권태훈 선생의 연정원과 기천문 포함, 올바로 몸과 마음을 닦는 수련도 많지만, 나의 눈에 들어온 몇몇 수련은 사람 몸부터 망가지게 한 다음 마음도 혼란케 하고 있었다. 수련으로 몸을 정복해 자유자재로 몸을 굴리는 사람이 있는 반면 수련 잘못해 실성한 사람도 보았다. 그리고 쌀 한 가마니, 된장 들고 산에 들어와 종일 바위에 손바닥 치며 손바닥이 갈라지는 날 도통한다고 믿는 사람, 종일 폭포 밑에 앉아 물을 맞으며 백해혈이 열리는 날 득도한다고 믿는 사람도 있었다. 그런데 이런 수련인들의 공통점 한 가지는 자기가 하는 수련이야말로 가장 정통이란 말을 빼놓지 않고 한다는 것이다. 산속

환경은 대체로 열악한데 마음이 닦여 있지 않은 상태에서 몸 닦는다고 고행만 하는 외도인_{外道人}도 많았다.

　산속에는 사람과 세상에 등 돌리고 자기만족, 자기과시 내지는 일종의 도술 연마를 위해 도 닦는 사람들이 더 많다. 세상 버리고 왔는데 '나는 누구인가'를 찾는 게 아니라 '너는 누구인가'를 찾는 사람도 있다. 사람에게 상처 받아 가슴에 미운 사람 하나를 품고 들어오는 것도 같다. 자칭 산속 도사, 도인이라 하면 도피인이 많고 하나같이 외모가 비슷해 겉모습이 산신령 같은 사람이 많다. 도인의 유니폼 같은 개량 한복에 장발, 긴 수염이 대부분이다. 산속이라는 무대와 외모를 그럴싸하게 갖춘 몇몇 산속 수련인은 "난 세상 다 버리고 산속에서 수련하는 사람이다."라는 일종의 상_相까지도 갖고 있었다. 유산으로 지리산 아래 황토 집 짓고 매일 붓글씨 쓰며 찾아오는 사람들을 신도로 만들어 놓은 교주 같은 사람도 있었다. 몸은 산에 있는데 마음이 세상에 있는지 돌아가는 세상사가 궁금해 이것저것 묻는 도인은 특별한 수련 목적도 없이 몸 두는 장소만 이동시킨 것이나 마찬가지였다. 이런 도사도 있었다. 태백산 산골에서 만났던, 마을에서 꽤 유명한 도사는 내 혈색이 안 좋다며 산에서 뜯은 약초를 먹으라 건네는데 그 약초로 효과를 본 사람들에 대해 두 시간을 장황하게 늘어놓으며 자신이 신의_{神醫}라는 자랑에 끝이 없었다. 나는 "이런 약초 말고 마음 아픈 데 먹는 약을 구하러 왔는데요." 하며 듣다 지쳐 자리에서 일어나고 말았다. 소위 도 닦는다는 미명하에 산에 갇힌 사람들에게 그 도를 닦아 어디에 쓰시렵니까 하고 묻고 싶었다. 소위 자칭 도사인 유사 도인들을 한자리에 초청해 법 도량을 벌여 보면 어떨까. 도인 뽑기 대회라도 열어 보면 어떨까 싶다.

오래전 한창 산속을 다니면서 나는 나름대로 정도正道와 사도邪道를 판단하는 몇 가지 기준을 잡았다. 첫째부터 보자면 자기 것만이 진리라고 우기는가. 남들이 하는 수련을 얕보고 깎아내리는가. 남을 향해 얼마나 열려 있는가. 또 불교용어로 쓰자면 생사해탈과 이타행利他行 보살도에 얼마만큼 관계되어 있는가. 그가 산에 온 것으로 인해 가족과 주변 사람들이 피해를 보았는가. 제자 신도 거느리며 교주되어 혹세무민하는가. 간판 없는 장사로 돈 갖다 바치게 만드는가. 수련에 값을 매기는가, 영화 '아라한장풍대작전'에서 장풍의 강도에 따라 배우는 값이 다르다고 한 것처럼 말이다. 어디까지나 내가 잡은 기준에 불과하다. 여기에는 물론 '본능적이고도 동물적인 직감'도 포함된다. 그런데 천부 도인이 연심에 가장 우선하는 것으로 누차 강조하는 '선업공덕 쌓기'는, 나의 기준 중에서 남에게 열려 있는가, 이타행에 관련되어 있는가를 다른 말로 표현한 것이라 할 수 있다. 공덕은 대체로 남과의 관계에서 쌓아지는 것이니 산속보다 도시에서 선업 쌓기가 좋은데 산속에 있는 것부터 도 닦음이 아닌 것이다.

도 닦는 사람은 반드시
세상에 이득을 주어야 합니다

도인은 수련을 내공內功과 외공外功으로 나눈다. 도는 내 마음에, 또 사람과의 관계에 있으므로 내공은 마음 단련하는 연심이고, 외공은 사람과 관계한 선업공덕 쌓기이다. 도인은 연심의 내공 닦는 일을 마치고 오래전부터 이미 외공을 쌓아 오고 있다. 도인이 모든 수련인에게 하고 싶은 말이 있다.

"도 닦으려면 보통 사람들과는 뜻을 달리해야 하지요. 수도자든, 수행자이든, 수련인이든 도 닦는 사람은 반드시 세상에 이득을 주는 되돌림의 회향이 있어야 합니다. 사람에게 각자 태어난 몫이 있는데 그 몫에 '선업공덕' 쌓는 일이 반드시 있어야 합니다. 수행, 수련, 수도만 하지 말고 덕 쌓는 수덕修德을 병행해야 합니다. 스스로는 남을 위한 좋은 마음을 내고 인간관계에서는 사람 살리는 마음과 행동으로 공덕을 쌓아 나가야 합니다. 공덕을 쌓는 것은 자신의 업을 청산하는 일이기도 합니다."

이것에 더해 지금은 도를 닦을 시기가 아니라 덕을 닦고 남에게 반드시 베풀고 회향해야 할 시기이기에 견성이니, 성불이니, 깨달음이니 하는 거창한 단어 다 필요 없다 한다. 도인의 말을 추리자면 지난 몇십 년간 도판에 있으면서 앉아 참선만 하거나 화두 들어 득도한 사람을 보지 못했다 한다. 깨달음을 구하고 닦는 시기는 지났으니 지금은 행行으로 나아가야 한다는 것이다. 기본으로 항시 연심하며 선업의 공덕을 닦으면 운명도 바뀌고 분명 하늘의 천신이 감동을 받아 자연히 도통할 것이라 한다. 지금은 하늘이 천문天門을 닫은 상태이므로 지난 몇 십 년간 대각을 이룬 사람이 나오지 못했지만 이 닫힌 천문을 여는 것이 우리가 쌓는 선업공덕이며 아무리 수련해도 아무것도 안 풀리는 사람이라면 자신이 쌓는 공덕이 있는지 살펴보라 한다.

구체적인 인간관계에서 쌓는 공덕은 내 것도 네 것, 네 것도 네 것이 되게 하는 것이다. 또 불전이나 제단에 바칠 것이 있다면 그것 갖고 나가서 먹을 사람에게 나눠 주어라. 내가 안 먹는 한 끼의 밥이 배 굶주린 사람의 밥상으로 가길 바라라. 내가 누더기를 입더라도 남을 떨지 않게 하겠다, 내가 굶더라도 남을 굶기지는 않겠다는 마음으로 도 닦으라. 사람으로 와서 누구에게도 몸, 말, 생각으로 절대로 피해 주지 마라. 모든 인연을 좋은 인연으로 풀어라.

명상을 하든 참선을 하든 하루 수련했으면 그 다음 날은 밖에 나가 선행을 한 가지라도 하라. 선행은 나와 남에 있어 드러나지 않아 자기도 모르게 나오는 것인데, 선행이라고 해서 반드시 좋은 일 하고, 공덕이라고 해서 반드시 나가서 있는 것 베풀고 나누고 이타행 하는 것에 국한되는 것은 아니다. 공덕의 첫째가 마음 비움이다. 비움은 단념이다. 비운 만큼 공덕이 된다. 사람에게 열 가지 공덕이 있지만 마음을 비우는 것이 첫째이니 이것부터 명심하라. 못 비우면 온전히 바치기라도 하라, 이것이 요점이다. 그 다음 마음 바르게 쓰는 것을 공덕의 둘째로 꼽는다. 남이 싫어하는 것을 불평 없이 해 내는 사람도 공덕을 쌓는 것이다. 마음 비워 마음 쓰는 것의 상태를 확인하며 여기에 선업을 쌓으며 단계적으로 나가는 것이 홍익사상에까지 광범위하게 가야 한다. 홍익인간을 외면한 도 닦음에는 하늘로부터 절대로 응답이 없을 것임을 강조한다.

도인은 인간계만이 아닌 영계에도 호적이 있는데 그 호적이 음계와 양계로 나뉘어 있다 한다. 음적은 염라계이고 양적은 신선계이다. 조상이 음적에 기록되어 있으면 뭘 해도 안 되고 윤회도 멈추지 않는다. 성경, 팔만대장경 등등이 모두 음적에서 양적으로 가는 것을 말해 준 것이니 음적에서 조상의 이름을 삭제하려면 선업공덕부터 쌓는 것이 지름길이라 한다.

공덕에도 역시 양공덕, 음공덕이 있다. 양공덕은 "내가 했다."고 뽐내거나 남한테 주면서 준다는 상相을 내는 것이다. 음공덕은 남모르게 하는 것과 한 손이 하는 일을 다른 손이 모르게끔 하는 것이다. 음공덕 쌓으며 하늘, 땅, 물, 심지어 음식, 집, 자동차, 모든 사물의 공덕까지도 잊지 말고 감사하라. 공덕은 언제 어디서든 나 자신, 또 그 누구와도 안팎으로 쌓을 수 있는 것이다. 단계별로 내외공 쌓다 보면 저절로 성도成道의 길로 들어서게 된다.

그렇다면 이런 말을 주는 도인은 무엇으로 공덕을 쌓고 있는 것일까. 내공으로 보자면 연심으로 마음을 비우고 있는 도인인 것만은 틀림없다. 아니 이미 단단하게 연심으로 마음이 비워진 도인이다. 마음 쓰는 것은 자신의 수련으로 스스로 잘되고자 하기보단 사람과 세상에 이득되게 하기 위함이다. 외공은 아마도 주변 사람들과의 관계에서 보아야겠다. 아랫마을 노인들이 항상 어느 때나 찾아도 반갑게 맞아 아픈 사람은 약초 구해 주고 온갖 기계 고치는 데 자신이 할 수 있는 것은 무엇이든 한다. 고물상 뒤지고 주워 와 못 쓰던 물건을 살려 내 한 트럭씩 양로원, 고아원에도 갖다 준다. 도인은 공덕 쌓기를 자신의 재능 활용으로 하는 듯 보인다. 작은 범위에서나마 모든 것에 정성을 기울이는 것으로 공덕을 쌓고 있는 것이다.

내외공을 다 닦은 도인이 곧 본격적으로 수련에 들어간다는 몇 번의 암시가 있었기에 과거 도인이 했다던 민족 고유의 수련은 어떤 것이었을까, 또 장차 하려는 수련은 무엇일까 궁금해졌다. 천부 도인은 과거에 했던 무궁무진하고 또 별천지 같은 온갖 도교의 신선 수련으로 시작, 기 수련, 호흡법, 단학, 기공, 참선, 위파사나 등등의 세계로 나를 인도한다. 도인은 전문 수련인으로 모든 수련을 한 번은 해 보았다는데 도판을 20년 다닌 나도 들어 보지 못한 수련이 많다. 온갖 수련이란 수련을 한바탕씩 거치는 가운데 각 수련의 장단점과 자신의 근기도 드러났다. 간화선 화두 참선은 정신 집중에는 좋으나 성性만을 닦는 것이며 위파사나와 단전호흡은 몸을 최적의 상태로 만들어 줄 뿐, 그 이상의 소득은 없었다 한다. 도인이 아는 한, 지금 세간에서 수련하는 단전호흡은 정도正道가 아니라는 점만은 무척 조심스럽게 언급한다. 기초에서 마음부터 단련하지 않고 단박에 수련에 뛰어들면 몸만 망가진다, 사람마다 근기가 다르고 업이 다르니 자기가 하는 수련이 가장 옳다고 하지 마라, 남의 수련법을 비방하지 말라는 조언도 준다. 어떤 수련에 있어서도 호흡은 필수로 하되 주문呪文이나 기도를 병행해도 무방하다 한다.

도인이 하는 수련은 삼일법三一法이다. 세 번의 호흡으로 생각을 차단하고, 다음 단계에서 육체를 서서히 소멸시켜 나가는 방법이다. 이 것을 도인은 신경계를 통일한 다음 몸의 기능마저 정지시켜 무념, 무 상으로 들어가는 것이라 표현한다. 이것은 음신陰身에서 양신陽身으로 되어 가는 단계라 하는데 인간이 음계에 속한 음신이므로 육신의 제약 에서 벗어나기 위해서는 양신으로 바꿔야 한다는 것이다. 이를 행할 때는 목숨까지 버릴 각오를 해야 하며 최종으로 하늘의 승낙을 받아야 만 가능한데 하늘이 내리는 승낙 여부 역시 그간 쌓은 공덕에 달려 있 다 한다.

"삼일법은 내가 이름 붙인 수련법입니다. 단황조 시대부터 우리 고 유 수련의 요체가 있었는데 조상들의 옛 수련법 가운데 지금 구할 수 있는 모든 서적들을 탐구한 다음 종합한 저 개인의 호흡 수련이라 보 면 됩니다. 옛 우리 성현들이 간략하게 서술한 것을 내가 모아 터득한 결론에 근거한 것이라 따로 경전에 있는 수련법은 아닙니다. 이것은 반드시 모든 수련인에게 해당되지도 않지만, 반면 적용되지 않는 수련 법도 아닙니다. 우주는 3이라는 숫자로 이루어져 있는데 천, 지, 인이 라고도 하고 정精, 기氣, 신神이라고도 합니다. 3은 완성 수이므로 몸도 3이라는 숫자로 완성시키려 제가 붙인 이름이 삼일법입니다. 호흡에 들숨을 세 번으로 나눠, 첫 두 번의 숨은 기운을 당겨 응축시키도록 느 리게 마시고 세 번째는 빠르게 들어갑니다. 세 번의 들숨으로 기를 회 음혈까지 내리면 음과 양이 부딪치면서 열기가 나는데 자동차 엔진 시 동 거는 것과 같다고 보면 됩니다. 기를 회음혈까지 내릴 때 올라오는 상기와 불붙어 에너지가 발생하는 이치이죠. 독맥, 임맥으로 기운을

회전한다 해서 주천周天이라 해도 무방합니다."

호흡으로 기를 한 바퀴 돌리는 이 수련법은 스승에게 전수받은 것도 아니며, 또 손수 지어 낸 것도 아니라는 점을 여러 번 반복해 각인시켜 준다. 내가 보기에는 일종의 내관법을 병행한 대주천 호흡 방법인 듯하다. 도인은 삼일법 수련을 하다가 멈추기를 반복해 큰 진척을 보지 못하고 있다 한다. 주변에 많은 시간을 빼앗기는 관계로 중단을 여러 번 했는데 곧 집중적인 삼일법 수련에 들어갈 준비 중이라 한다. 수련은 주문呪文과 같이 하기도 하는데 주로 불가, 도가에서 전해져 오는 것들이다. 도인이 하는 주문은 '육자대명완진언'이라 하는 '옴마니반메훔'이다. 예로부터 이것을 온 신주라고 했는데 그 의미는 마음을 싸고도는 기운이란 뜻이다. 이 주문 역시 몸 기운을 돌리며 배꼽에서 시작, 기가 회전이 되어야 한다. '옴'의 원 뜻은 '아 우 오'를 합친 것으로 이 또한 3이라는 숫자로 된 삼위일체이기에 삼일법 수련과도 잘 맞

248

는다 한다. 도인에 의하면 옴은 우주 돌아가는 소리, 자식이 어머니 찾는 진동소리라 한다. 아기가 태어날 때, 또 배고플 때 젖 달라고 우는 소리를 들어 보면 이 진동과 같은데 우주는 '옴'이란 진동소리로 이루어져 있다 한다.

도인은 '옴'을 천지신명天地神明이라 해석하는데 이 이야기에 관한 한 도인 자신이 신명이 나서 사방에서 팔방으로 말이 튀어 나간다. 도인의 이야기를 듣다 보면 그 세계로 가고 싶은 충동도 일어나고 수련에 호기심도 동한다. 한편으론 이것은 무슨 소리일까, 저것은 무슨 뜻일까 하고 자주 고개를 까우뚱하게도 된다. 아무리 들어도 싫증나지 않으나 도인 이야기에는 멈춤이 없다. 나에게 알려 주고 싶은 것이 많아 그렇겠지 했지만 그간의 방문에 음식 먹는 것을 보지 못했기에 저 말하는 힘이 어디서 나올까 하고 의아하게 만든다. 옴으로 시작한 이 대목에서부터 도인의 유일한 신앙인 천지신명, 천신으로 넘어간다. "인간은 천지에 맞게 살고 천지신명을 받들고 살아야 한다."로 귀결되니 그 핵심만 요약해야겠다.

"하늘의 법, 천율天律, 이것이 천륜天倫이고 천명天命입니다. 이것에는 공과 사가 없어 공평무사公平無私한 데 반해 인간의 법, 인율人律에는 공과 사가 있지요. 달이 차면 기우는 것도 천지신명의 명령입니다.

해가 바뀌면 우주 기운이 바뀌고 이것에 의해 인류와 인간의 역사가 움직이는 것이죠. 자연의 이치만이 아니라 사람에게도 천지신명의 뜻이 있어 우리가 일제강점기도 겪고 한국전쟁도 난 것입니다. 그렇다고 사람이 천지신명의 명령만 기다리라는 말은 아니니 핵심은 진인사대천명盡人事待天命입니다. 사람으로 할 것을 다하는 진인사를 했을 때 천명, 천신의 뜻을 기다리면 하늘은 분명 감응합니다. 그 다음부터는 천신이 벌이는 일에 사람이 끼어들지 말아야 합니다.”

우리가 흔히 쓰는 ‘하늘 무서운 줄 모른다.’는 말은 천지신명의 뜻을 거역하는 것도 되는 것일까. 천지신명에 덧붙여 한 말이 사람의 천성天性이다. 사람의 성품은 천지신명이 준 것이기에 하늘 ‘천’이 들어가는 천성이라는 것이다. 사람의 천성에는 분명 양심이 있는데 양심 꺼리는 일은 하늘의 뜻을 거스르는 것이고 이것이 하늘의 신, 천신을 노하게 한다. 사람이 양심 꺼리면서도 하는 짓의 대부분이 돈 때문인데 돈이야말로 천신을 못 보게 만드는 주적主敵이라 한다. 우리가 천신을 못 보고 천신이 우리에게 접근을 못하는 이유는 우리의 파동 주파수가 천신과 다르기 때문이라 한다.

도인이 말하는 천신은 천지신명의 약자略字로 천신은 보살과 권속들이란다. 천신을 우주의 에너지 내지는 기 덩어리로 본다는 나를 이해시키려 좀 더 구체적인 설명도 뒤따른다. 천신은 눈에 보이지 않는 기억 장치이고 거기엔 음양, 진동, 파동 주파수가 있다. 그러므로 사람의 파동 주파수가 천신에게 맞춰지면 사람이 못 보던 다른 세계를 훤히 보는데 눈에 안 보이니 없다 하지만 천신은 분명 존재하고 응기應氣

하고 감응한다고 한다. 천신은 하늘에만 있는 것이 아니라 그 누구에게나, 어디에나, 무엇에나 있다는 점을 누차 역설한다. 꽃신, 나무신, 산신, 부엌신 등등, 우주 안 모든 사물에 천신이 어우러져 있다는 것이다. 눈에 보이지 않는, 즉 형상이 없는 것에는 분명 드러나는 것이 있는데 이것이 현상이고 이것으로 천신의 존재를 알아 가라 한다.

눈에 보이는 것에서 안 보이는 것으로 관심이 바뀐 지 오래지만 나는 천신을 받아들이는 데 약간의 거부감을 나타냈다. 우리가 신을 만들어 냈는지, 아니면 창조주가 있어 우주 전체를 만들어 냈는지는 모른다. 누가 했건, 또 그 이름이 무엇이건 내 힘으론 모르겠고 또 영역 밖이다. 내가 아는 '천신'은 수호천사일 뿐이다. 인도를 다니며 몇 번인가 죽을 고비를 넘길 때마다 내 뒤에 수호천사가 분명 있어 나를 지켜 준다는 강한 메시지를 받았다. 천신은 사람 내면에 양심으로 있고 대상으로도 나타난다는 도인의 말에 한동안 천주교계에 돌았던 말이 생각난다. 한 수녀님이 십 일간 금식기도를 했는데 기도를 다 마치고 나와서 하는 말이 있었다.

"기도 중에 성모마리아를 보았어요."

신부님이 물었다.

"식사는 하셨습니까."

"아니요. 물만 마셨어요."

"그럼 헛것을 보았군요."

흔히 환영幻影을 보는 것이라 하지만 수녀님의 기도에 천신이 감응해 나타났을지도 모른다. 꿈에서 기도에서 부처님을 친견했다, 예수

님을 만났다고 하는 것들이 모두 천신이 감응해 나타난 것일까. 사람
으로서 눈에 보이는 것만 믿을 것인가는 차치하고라도 지성이면 감천
이란 말이 새삼 뜻 깊은 말로 다가온다.

도인의 천신 예찬에 나올 법한 질문이 나오고야 말았다. 도인이 믿
는 천신을 나무라듯 나온 말이다.

"천신이 있다면 왜 세상이 이다지도 공평하지 않을까요. 올바르게
살아도 천신은 나 몰라라 외면하는지도 몰라요. 사람이 천신을 믿든
말든 흔히 고통에서 못 헤어날 때 하늘도 무심하다는 말도 하잖아요."

기다렸다는 듯, 아니면 내 말에 자극이 된 듯 즉각적인 반응이 왔다.

"이 세상에 고통이라는 대가 없이 이루어지는 것은 없어요. 문제는
고통이 모두 자기 자신이 자초한 것이라는 점이에요. 고통 뒤에 반드
시 낙이 오기에 고진감래라는 말도 있으니 천신을 욕되게 하지 말고
고통을 달게 받으세요. 나 먹을 것이 남의 입으로 가는 것에 기뻐할 수
있는 것은 내가 고통을 받아도 남이 즐거우면 그것으로 공덕이 되기
때문입니다. 삶에 고통이 있으면 어차피 이번 생에 업 청산한다고 생
각하세요."

사람이 몰라주고, 하늘이 알아주지 않아도 그것에 연연하지 말라며
우주의 모든 것, 사람을 포함한 삼라만상 공경하는 마음이 하늘의 천
신을 감응케 한다는데 나는 지성이면 감천이라는 구절의 감천에서조
차 하늘을 믿을 수 없다. 그런데 도인은 천신이 하늘에만 있는 것이 아
니라 땅에도 물에도 있다며 지신地神, 수신水神까지 소개하는데 천신
이 날개를 달고 온갖 것에 라벨을 붙이는 것 같다. 하늘과 땅, 물이 이

우주의 주체인 삼공三公으로서 외무장관, 내무장관, 국방장관의 역할을 하고 있다는데, 우선 지신을 보자면 터와 사람이 서로 맞아야 하기에 풍수지리가 나왔으니 사는 집터부터 잘 살피라 하고, 또 옛 사람들은 물에 신이 깃들어 있음을 알았기에 정화수 떠 놓고 빌었다는 것이다. 물은 위에 놔둬도 밑으로만 흐르는데 여기에 자기를 낮추는 겸손을 배우라는 의미도 있다 한다. 물 귀한 줄 알고 물 쓰듯 하지 말며 비가 오거나 가뭄이 오는 것도 다 이유가 있어 하늘이 하는 일이니 불평하지 말며 하늘, 땅, 물 모두를 공경하라는 말로 일단락된다. 도인은 천신, 지신, 수신만이 아니라 모든 미생물, 무생물에도 신이 깃들어 있다며 모든 사물에게로 신의 영역을 넓혀 나간다.

"사람으로서 생명체만이 아니라 심지어 무생물까지도 공경하고 찬탄할 줄 알아야 해요. 이것이 사람의 도리니까요. 나에게 전 재산과 마찬가지인 1톤짜리 픽업트럭 한 대가 있어요. 나는 이 트럭을 '돌쇠'라고 이름 지어 친구처럼 대합니다. 1993년에 샀으니 14년째 70만 킬로미터 넘게 달렸어도 아직도 끄떡없습니다. 돌쇠는 기계지만 이것도 하나의 생명체이고 거기에도 신이 깃들어 있어 돌쇠와 대화도 나누고 잘 돌봐 주는데 무생물인 트럭도 감응을 하는지 이제껏 나를 위해 달리고 달려도 아무 탈 없이 잘 지내 왔습니다. 무생물도 신 모시듯 공경하고 대우해 주면 절대로 찐빠를 안 놓습니다."

자신만만해하는 도인의 말을 새겨들은 나는 고생하는 노트북에 공경을 표하려 고맙다는 뜻으로 몇 번 두드려 주었다. 그러나 효과를 볼 수 없었던 이유는 작심삼일이었기 때문일까. 종교학자 엘리아데가 한 말이 생각난다. 종교 체험을 한 사람은 모든 존재를 신으로 본다고. 하여튼 요상한 눈을 갖고 있는 도인은 천신만 보는 게 아니라 귀신도 본다. 신이 있는 반면 마(魔)도 있다는 것이다. 수도하러 가는 사람에겐 천신이 따라붙는데 그때 천신에 대항하는 마가 들어오며 마의 장애가 있어야 수련에 도움이 되니 마도 공경하라 한다. 천신을 믿든, 옥황상제를 믿든, 수호천사를 믿든, 귀신이 있다고 믿든 그 믿음은 다 좋다고 치자. 기도든, 독경이든, 염불이든, 수련이든, 선업 쌓기든, 무엇이든 다 좋다고 치자. 사람이 무엇에든 진심으로 정성을 바쳐 한 경지에 들

면 하늘은 감동하게 마련이라는 것, 또 진심과 진실은 반드시 밝혀진
다는 것, 복 짓는 좋은 일 하면 반드시 은총, 축복, 가피와 같은 복이 굴
러들어 온다는 것, 나는 이것을 내 체계 안에서 내가 믿는 인과응보라
믿는다. 인과응보에 같이하는 철저한 우주의 법칙, 자연의 섭리, 이치,
순리 등등 모두를 '천신'이라는 한 글자로 묶어도 좋을 듯싶다.

어느 도인을 만나거나 항
상, 반드시 하는 질문이 또
나왔다.

"도인되기에 쉽게 되는 사람이 있고 어렵게 가는 사람도 있더군요.
도인은 태어날 때부터 어느 정도는 도인될 소질을 갖고 나와야 하는
것인가요. 아니면 노력을 해도 안 되는 것이 있던데 반드시 수고해 도
를 닦아야만 하는 것인가요. 사람의 근기가 다르다는 답 말고 다른 것
은 없나요."

"근기의 첫째는 마음입니다. 사람의 근기가 각자 다르듯 마음도 각
기 다르니까요."

무척 추상적인 대답이나 정답 같기도 하다. 사람이 마음 단련하는
연심하고 마음 비워 그 마음을 어떻게 쓰느냐에 따라 도인의 수준도
다르다는 것이다. 마음에 대해 새겨들어야 할 말이 많지만 사람의 근
기와 마음을 주제로 하니 길고도 긴 이야기에 탐진치와 돈 이야기가

빠지지 않는다.

"사람 마음은 탐진치貪嗔痴로 가득한데 이 삼독심의 정도에 따라 근기가 다릅니다. 탐진치는 웬만해선 사람의 힘으로 제거가 안 되는 것이죠. 사람의 욕심은 예나 지금이나 세월에 관계없이 다 같은데 요즘 사람들은 욕심 덩어리입니다. 사람은 지구를 다 줘도 만족하지 않을 동물임을 안 옛 진인들이 강인한 정신력으로 수도한 것은 우선 사람의 눈을 멀게 하는 이 삼독심을 제거하려는 것이었지요. 인류 역사를 보면 태평성대를 누린 기간에는 욕심이 없었어요. 요즘 사람들은 특히 삼독심으로 부질없는 짓, 쓸데없는 짓거리만 하고 삽니다. 탐하고 성내고 어리석은 삼독에서 적어도 일독의 제거만은 가능한데 우선 욕심부터 제거해 봅시다. 탐욕, 욕망이라고도 부르는 욕심을 떠나는 건 인간의 힘으로 해결되는 것이 아니기에 인간의 한계를 느끼기도 하겠지만 진인사盡人事로 어느 정도는 가능합니다. 사람 욕심은 천지 관계에서 공덕을 쌓지 않는 한 절대로 제거가 안 될 겁니다. 공덕을 쌓는 데 장애가 되는 대표적인 것이 바로 '이건 내 것', '이 사람은 내 사람'인데 다 자기 착각이지요. 사람은 참으로 착각을 잘하는데 세상에 자기 것이란 것이 있을 수 있나요. 잠시 맡아 쓰고 있는 것일 뿐, 그것이 무엇이든, 누구이든 한 개인의 것이 될 수는 없어요. 마치 공기가 내 것이 아니고 땅이 자연의 것이듯 아무것도 내 것이라 할 것 없는데 사람이 땅 놓고 '내 땅', '네 땅' 하고 금 긋기 합니다. 선업공덕 쌓아 가면 그와 비례해 욕심이 줄어 갑니다. 이것은 진실된, 참된 진리입니다."

도인에게는 무엇이든 그 해답이 선업공덕 쌓기에 있다. 어느 정도 마음 닦음에 진척이 있다는 마음 공부인들 하는 말 가운데 이런 것이 있다. 탐진치 가운데 어리석음인 치는 어쩔 수 없고, 성내는 진은 어찌해 볼 수 있겠는데 탐만은 어쩔 수 없다는 말을 한다. 욕심이란 글자가 새롭게 보인다. 욕심은 어쩌면 인간의 한계를 압축한 단어인지도 모른다. 욕심에 전형적인 것이 돈 아닐까. 우리는 돈 때문에 일희일비하는 일이 잦지 않은가. 도인은 돈에 관한 한 현실적이나 모든 사물에 적용을 하듯 이 역시 천신으로 풀어낸다.

"요즘 세상엔 돈이 목숨과 같은 것이라 생사권을 갖고 있지요. 자손 3대까지 영향을 주는 것이 돈의 위력 아닙니까. 돈은 목숨처럼 중요하지만 과도한 욕심을 내는 것이 문제지요. 사람을 살리기도 하고 죽이기도 하는 돈도 생명의 존재인 것은 거기에 신이 응고되어 있어 그렇습니다. 돈에 '얼마'라고 따라붙는 숫자가 신입니다. 돈은 신이 점지해 사람에게 잠시 맡긴 것이니 돈 벌었다 해도 사람이 한 것이 아니에요. 누구나 돈 벌고 싶어 하지만 인연 따라 돈이 흐른다는 사실을 잊지 마세요. 인간 최고의 관심사인 돈, 돈의 노예가 되지 않고 돈을 노예로 부리려면 '돈은 잠시 나에게 맡겨진 것일 뿐, 내 것이 아니다.' 하면 돼요. 사람 눈멀게 하는 돈에 욕심내지 말고 삽시다."

나에겐 배부른 것이 고통입니다

도인은 탐진치 삼독에서 돈 욕심 다음에 먹는 것에 관한 사람의 욕심을 경계한

다. 먹어야 살지만 거기에 욕심이 들어간 식탐은 동물이나 하는 것이
라 한다. 지난 몇 년 텔레비전 방송마다 앞 다퉈 내보내는 음식, 건강
관리 프로그램을 보면 맛나고 몸에 좋은 음식이 돈 다음으로 우리 최
고 관심사가 된 것만은 틀림없다. 도인은 먹는 것에 과하게 노예가 된
인간의 마음, 잘 먹는 것에 온통 신경이 가 있는 사람들에게 따끔한 한
마디를 준다.

"내공 수련인 연심도 알고 보면 마음 병 고치고 마음의 응어리를 푸
는 과정입니다. 마음이 비어 있고 외공 수련으로 공덕까지 쌓은 사람
을 보면 죽을 때 고통 없이 편안히 가더군요. 사람이 죽을 때 보면 그
사람의 일생을 알 수 있다고 하지 않습니까. 밥만 축내다 내공 안 하고
외공도 안 쌓고 가는 사람들이 고통 속에 떠나는 것을 여러 번 목격했
습니다. 자기 몸만 위해 살았으니 그런 것이 아닐까 합니다. 몸에 좋고
입에 맞는 것 잘도 찾아 먹는데 왜 병들어 죽습니까. 문제는 너무 과한
식탐이에요. 이것이 병을 만들고 사람을 더 욕심쟁이로 만들어요. 사
람은 음식을 먹어야 살지만 음식 때문에 죽기도 합니다."

고요히 편안하게 죽는 사람도 보았고 난리 치고 죽는 사람도 보았지
만 사람 죽는 유형이 먹는 것과 상관이 있는 줄은 몰랐다. 사실 우리는
먹는 것에 쓰는 에너지가 많긴 하다. 오늘은 또 뭘 먹을까, 무슨 반찬
해야 할까 고민하고 맛있는 것 먹는다고 원정까지 가니 말이다.

천부 도인에게서 발견한 한 가지 경이로운 점은 "먹는 것에 관한 한
인연 닿으면 주워 먹고, 없으면 대신 천기天氣를 먹는다."는 무식無食
으로 일관한다는 것이다. 어린 시절부터 육식을 하면 속이 뒤집어져

고기는 먹지도 않았다. 끼닛거리가 있으면 하루 한두 끼를 먹기도 하지만 없으면 며칠간 몇 주간이라도 아무것도 안 먹어도 괜찮다는 것이다. 있으면 먹고 없으면 안 먹고 하는 자동 조절이 되는 것일까. 아니다. 안 먹을 때는 천지의 기운을 먹는 것이다. 밥 찾아 먹는 도인을 보지 못했던 나는 아랫마을 갔다 차려 놓은 점심을 같이 먹은 딱 한 번의 기억만 갖고 있다. 하우스 안에 마실 것은 있어도 먹을 것은 없다. 단식도 아니고 거식증도 아닌 이것을 도인은 뇌세포 훈련에서 나온 것이라 한다.

"사람의 뇌세포가 하루 세 끼 들어올 것을 기대하고 있기 때문에 배가 고픈 거예요. 뇌세포를 훈련시키는 것은 굶어도 배고프다는 생각이 없는 상태로 가는 겁니다. 안 먹고 지내면 뇌가 또 알아서 다른 기능을 발휘합니다. 자가 능력이 갖추어지는 것이지요. 나에겐 배부른 것이 고통입니다. 옛사람의 몸은 천기만 먹어도 얼마든지 살 수 있게 되어 있었지요. 밥 먹으려면 생명이 끊어지지 않을 정도로 조금만 잡수세요."

인간의 욕망을 실험하는 데 가장 좋은 것이 진수성찬, 어여쁜 처자, 수면이라는 말이 있다. 도인은 이 모든 것의 욕망을 다 제거한 것일까. 옛 신선처럼 이슬만 먹고 사는 것일까. 경이롭다 못해 경악까지 하였던 것은 먹지 않는데 어떻게 항상 활력이 넘치고 말을 쉬지 않고 할 수 있는지, 그 힘이 다 어디서 나오는지였다. 그런데 천기를 먹는다니 할 말을 잃었다. 뇌 훈련을 마치고 몸에 자동조절시스템을 장착한 자가 발전기 같다. 대화하다 식사 때가 되어도 밥 먹자는 말도 꺼내지 못했던 나에게 주는 도인의 말이 가슴 찡하게 한다. 뇌세포 훈련을 한 것은 자신이 안 먹는 한 끼의 밥이 굶주린 사람의 밥상으로 가길 바라는 마음에서였다고 한다. 이슬 아닌 천기를 먹고 사는 도인은 앞으로 먹지 않아도 되고 살생도 없는 세상이 올 것이라 굳게 믿고 있다.

누구나 한 가지씩 신체의 병, 마음 병을 갖고 있다 치자. 이럴 때 우리는 보통 돈 들이고 식탐 부려 신체의 병을 고치려 든다. 마음 병은 있는지조차 모르고 만다. 하지만 우리가 실제로 고쳐야 할 병은 마음 병이다. 한 맺힌 울화병 말고도 신경과민, 우울증 등등도 많다. 도인은 마음에 응어리진 것이 암 덩어리가 된다는 확고한 믿음을 갖고 있다. 그러나 사람 몸에 병이 들어야 정상인 것은 아파 봐야 다른 사람의 아픔도 알 수 있기 때문이라 한다. 도인은 병원을 다니고 있던 나에게 모든 처방이 민간요법, 약초에 다 있으니 제발 병원 가지 말라는 사정까지 한다. 병원은 병의 원인을 주는 병원病源이지 병원病院이 아니니 살면서 절대로 가지 말아야 할 곳으로 규정이 되어 있다.

한반도에 기운이
모입니다

먹는 것이 넘쳐 나고 있어도 여전히 굶는 사람은 있다. 부자는 더 부자가 되고 가난한 사람은 더 큰 빈곤에 스러지고 있다. 행여 도인이 우리 혼탁한 사회문제에 줄 수 있는 명쾌한 답이라도 갖고 있을까. 신문도 텔레비전도 안 보는 도인에게 나는 최근에 일어난 몇몇 세상사, 돈 때문에 사람이 돌아 버린 '돈 뉴스'를 전했다.

"사람이 먹는 것에 눈멀고 돈 때문에도 제정신이 아니지요. 욕심내는 사람들이 끝으로 치달아 남의 것까지 빼앗으려는 생각이 극에 달하고 있잖아요. 우리나라는 세계 어디와 비교해 봐도 선례 없는 데모 국가이고, 우리나라 사람만큼 시기 질투심 많은 국민도 없고, 이 땅에 세계의 모든 종교가 다 들어와 있습니다. 이 땅에서 종교가 끝이 나듯 여기서 다 나타났다가 여기서 끝이 날 것입니다. 유독 한국 땅에 기가 강한 이유는 세계의 기운이 방위상 간방艮方 위치인 한반도로 모이고 있기 때문이에요. 우주 축의 중심이 한반도 땅이라 지구의 현관이나 마찬가지인데 기운 응집에 걸림돌이 있어요. 남북이 통일되어야만 한반도의 기운이 돕니다. 땅이 둘로 갈라져 있어 음양의 기운이 안 통하고 있으니 합쳐져 왕래가 있으면 천지신명이 문을 열어 줄 겁니다. 하늘의 기운을 받은 복, 덕을 갖춘 전륜성왕 같은 인물도 그때 이 땅에 나올 겁니다. 인류의 스승이 될 거예요. 땅 반쪽인 나라에서 무슨 수련을 해도 안 되니 지금은 수도修道할 때가 아니라 행行을 할 때입니다. 그러니 공덕을 쌓으세요."

천지 우주의 기운 때문에 한국 땅에 기운이 강하다, 머지않아 통일이 될 것 같은 막바지 기운이 감돌고 있다는데 이 말이 정말 현실로 나타나면 좋겠다. 과연 한반도에 인물이 나와 온 세계를 다스릴 수 있을까. 도인이 애국자여서 하는 말은 아니겠지만 우리 민족 조상이 대단했음을 여러 인물을 들어 설명해 준다. 을파소, 을지문덕, 강감찬 장군 모두 신선술을 닦았던 사람들이고 도교의 일파인 전진교 용문 파의 김

가기는 승천했다 한다.

도인은 일찍이 도술을 닦다가 담력이 약해 그만두었다는데 그 지식은 방대했다. 도술의 역사로 넘어가니 시대는 고조선 이전 상고시대까지 간다. 사바시대가 열리기 이전은 용화시대였다. 용화세계에 환인이 있었고 이때부터 우리 민족이 사방팔방 곳곳으로 퍼져 나갔다. 인도 북부, 지금의 남미까지 유민들이 흩어져 방대한 땅을 구축했었는데 옛날에는 중국도 단황조에게 가르침을 받는 나라라는 뜻에서 지나支那라 불렸다 한다. 말이 물 새듯 새서 또 삼천포로 가더니 도인이 답답함을 토로한다. 같은 동포인 우리가 이것을 모르고 또 말해야 알아들을 만한 사람도 없다는 것이다. 수행자, 수도자라면 사람 만나는 것은 의무로 해야 하고 감출 것도 없어 누구든 만나 토론이라도 하고 싶은데 누구도 알아듣지 못하니 공염불만 하고 마는 경우가 되어 답답하다며 가슴까지 친다. 하늘의 눈을 가져 천신을 알아보는 영통靈通한 진인眞人을 지금껏 단 한 사람도 만나 보지 못했다는 것이다.

나 역시 도인의 말을 전부 알아듣지 못했다. 신선술을 예로 들자면 이것은 나와 거리가 먼 경지였다. 그런데 그나마 알아듣고 조금은 소화시킬 수 있었던 것은 종교학 공부를 시작하고부터, 단군을 교조로 모시는 대종교에 나가고부터였다. 도인의 말을 들으면 그것을 확인하는 작업을 병행해야 했기에 자료를 찾고 숙제도 많이 했다. 상고시대부터 고조선의 역사까지 들춰야 했지만 여전히 확인하기 어려운 것들도 있다.

도인이 유일하게 믿는 신은 천신이지만 하늘만이 아닌 온 만물의 신을 보는 도인에게 우리 기준의 종교관이나 신앙은 없다. 기본적으로 무교인無敎人이나 모든 성인과 경전의 말씀을 다 믿기도 하고 어디에나 다 속한 사람이라는 인상도 풍긴다. 이런 점에서 나는 이 도인이 뜻을 같이하는 '동지' 같은 기분도 든다. 모든 경전을 다 섭렵해 성인의 마음을 다 읽어 냈으니 이것저것 넘나들고 어느 경전에 무슨 말이 있는지 각각의 구절까지 도인의 입에 불려 온다.

"기독교의 천국, 불교의 용화세계, 유교의 대동세계, 우주의 삼라만상 그 자체가 불국토입니다. 종교는 이미 다 있던 것들을 다시 찾아 낸 것이지요. 우리가 아는 성인, 성현들이 모두 신계神界에 계셨던 분들인데 사람의 몸으로 인간계에 와 고난을 받고 가셨지요. 화신이기도 한 태상 노군(노자), 광성자, 과거칠불, 석가모니, 예수, 그 이름이 무엇이든 많은 성인들이 인간을 가만 보고 있을 수 없어 답답해서 다녀갔습니다. 그런데 와서 아무리 외쳐도 사람들이 진리를 모르니 더욱 답답한 마음으로 모두 승천하셨습니다. 5천 년, 2천 년 전에도 사람에게 고통은 있었고 옛 성인, 성현들은 이것 때문에 목적을 갖고 우리에게 다녀가신 겁니다. 옛 성인, 성현들의 말씀은 바로 이것이었습니다. '너희가 진짜라고 믿고, 참이라고 여기는 것들은 모두 가짜이다. 네가 보는 것, 만지는 것, 심지어 몸마저도 실질적으로 다 비어 있으니 엉뚱하게 살지 말고 다시 보라. 그것들은 다 본질적으로 존재하는 것이 아니고 너

의 욕망 때문에 나타나는 것이다.' 이러한 점을 끝없이 상기시켜 주었
던 겁니다. 다시 보려면 우리가 연심하고 공덕을 쌓아야 합니다. 이것
이 흔히 쓰는 말로 거듭나는 것입니다. 모든 경전은 다 힌트만 주고 답
은 스스로 찾게 만듭니다. 그 가운데 성경이 대표적입니다. 그래서 끝
없이 은유법을 쓰고 있습니다. 은유법을 방편으로 한 것은 열쇠만 주
고 결국에 가서 문은 자기 스스로 열어야 하기 때문입니다. 예수님도
천국은 이미 네 안에 있다고 했지 않습니까. 기독교에도 불교에도 해
결책은 없습니다. 우리가 거듭나는 것은 내공, 외공을 닦으며 공덕 쌓
아 음신을 양신으로 바꾸는 것인데 이것이 도통道通이고 성도成道입
니다."

　　도인은 우리가 흔히 아는 성인과 성현에 원효대사도 포함시킨다.
그러나 지난 몇 천 년의 역사 속에 성인, 성현들이 있었고 지금도 있다
해도 구세주는 따로 없으니 스스로 하기 나름이라는 말로 들린다. 종
교의 특색이 사람을 자유롭게 하기보단 얽매이게 하고 종교가 나타나
세상에 준 이익보다는 피해가 더 많았는데 종교는 이미 소멸될 증상
을 보이고 있어 어차피 사라지고 말 것이라는 점을 자신 있게 말한다.
나 역시 뒤늦게 본격적인 종교학 공부에 매진하고 있지만, 인간에게
과연 종교가 할 수 있는 역할이 어디까지일까 하는 회의를 떨쳐 버릴
수 없다.

도인의 말끝에 간혹 여운을 남기는 한마디가 있다. "나에겐 뭔가 특별 임무가 있다."는 암시이다. 가끔 이런 소리를 하는 사람을 보기도 하는데 모두 사이비 교주들이었다. 그러나 "천부 도인은 그렇지 않다."고 말할 수 있는 것은 지난 3, 4년간 본 것, 들은 것을 종합한 '동물적인 직감' 이 있기 때문이다. 어디까지나 나 개인의 의견일 수도 있겠으나 도인의 말은 듣고 보면 깊이 남아 오랫동안 되씹게 해 주기도 하고 듣고 소화시켜 보면 틀린 말이 하나도 없다. 가끔은 내가 하고 싶은 말을 대신해 주는 것 같아 속이 시원한 적도 많다. 그런데 도인의 특별한 임무는 무엇일까. 도인이 선지자라도 되는 것일까.

"하늘이 나에게 주신 임무가 있어요. 행行의 나툼이지요. 임무 완수, 그것 때문에 수많은 고생을 했었는데 이젠 물밑 작업이 다 끝났습니다. 하늘에 맹세한 것이 내 임무가 되어 개인 한 사람의 삶은 저버린 지 오래입니다. 하늘이 계속 저를 밀어 주고 있어 힘이 생기니 저의 임무 완수인 성도成道를 이룰 겁니다."

자신을 제물로 바칠 준비라도 하는 것일까. 성도에 자신을 희생하기라도 하는 것일까. 궁금증이 더해 가는 나에게 더 이상의 구체적인 말은 천기누설이라며 함구한다. 나는 사탕 달라고 조르는 아이처럼 설득을 계속했다.

"구체적인 성도와 행의 나툼은 무엇인가요. 천기누설이라도 조금만, 아주 약간만 가르쳐 주세요."

시간 여유를 두고 설득하던 나에게 도인은 더욱 궁금증만 낳을 묘한 답을 준다.

"어떤 분야에서 무엇을 하든 목숨을 아껴 되는 것 없지요. 오래전 이미 하늘에서 결정해 준 것에 제 목적이 섰으면 목숨은 버려야 합니다. 제 목숨도 보장 못 받으나 어차피 갈 것 일찍 가도 되니까요. 실질적인 수련으로 들어가면 어떤 상태라도 버텨 내야 하는데 우선 육근, 오감의 감각을 떠나야 합니다. 남 보기엔 고되어도 달게 받는 것이지요. 전 순수한 마음으로 하는데 남이 보면 도저히 이해 못할 고행입니다. 이왕 하는 거 목숨을 걸고 하자. 맹세했던 하늘로부터 성공은 못했어도 노력은 했다는 소리는 들어야 하니까요. 이런 각오가 없으면 차라리 시작도 하지 않을 겁니다. 특별히 선택 받은 사람은 아니지만 하늘이 주신 임무 완수는 저 스스로 선택한 길입니다. 제 목숨이 붙어 있는 한 반드시 해야 합니다. 여기까지 하고 더 이상은 말 못 드립니다."

그렇다면 그가 예수님처럼 십자가라도 대신 지고 "나를 십자가에 못 박아 주시오." 하겠다는 것인가. 왜 자신을 고문하듯 고행을 해야 하는 것일까.

"제가 열 몇 살 때 하늘에 했던 맹세가 있어요. 먹고 똥오줌 싸고 새끼 놓는 것은 짐승도 하는데 사람이 짐승과 다른 점이 있다면 뭔가를 남기고 가는 것 아닐까요. 40여 년 전 하늘의 천지신명들에게 했던 그 맹세를 저버릴 수 없습니다. 성도부터 해야 합니다."

성도成道라는 단어는 도통, 득도, 대각, 성불, 최종 깨침이라는 단어로 바꾸어도 무방할 듯싶다. 성도의 성공 여부는 차치하고라도 요즘

버섯하우스에서 바라본 속리산 자락의 대야산.

세상에 이런 사람이 있을까. 그렇다면 천부 도인은 하늘로부터 선택받은 자, 부름을 받은 자가 아닌, 하늘에 쓰임을 당하고 싶으니 부름을 달라고 하는 사람일까. 모르겠다. 그러나 그 어느 쪽이든 같은 하늘 뒤집어쓰고 같은 땅을 밟는 인간에 대한 동료 인간애가 깊지 않고는 못할 과업인 것만은 틀림없는 것 같다. 이에 대해서는 하늘만이 답을 알고 있을 것이다.

그렇다면 임무 완수 뒤에는 무슨 일이 일어날까. 그 후에는 무엇이 기다리고 있을까. 성도를 하게 되면 우선으로 할 것이 있다 한다.

"태어나 지금까지 저로 인해 알게 모르게 희생당하거나 피해 입은 생명체가 많습니다. 희생된 것들을 다 보듬어 보답을 할 겁니다. 예를 들자면 저도 모르게 죽인 것들이 있습니다. 제가 새벽에 운전을 하고 다니다가 고라니를 치어 죽인 적이 몇 번 있는데 모두 천도시킬 겁니다. 그 다음 세속에 진 빚을 꼭 갚겠습니다."

도인에겐 이것이 업 청산일까. 사람으로 인해 희생된 것을 열거하자면 끝이 없다. 우선 사람의 입에 들어가는 것 모두 희생된 것이 아닌가. 도인은 뭐든 먹기 전에 반드시 잊지 말고 축원하고 감사하라 한다. 상고, 중고시대까지만 해도 사람들이 먹기 전 축원하고 먹은 것은, 생명이 죽을 때 받은 고통을 상기시켰던 것이라 한다. 안 먹는 도인 앞에서 혼자 찐 고구마를 먹고 있던 나는 잠시 멈칫했다. "이 고구마도 생명체일까." 반드시 생명체가 아니라도 신이 깃들어 있다는 도인의 말까지 떠올라 갑자기 입 안에 있는 고구마를 씹을 수가 없었다. 물론 축원도 하지 않았지만 감사도 잊고 있었기 때문이다. 고구마를 삼키지 못한 채 목멘 소리로 질문을 했다.

"이것은 우주법칙상으로 인과응보 때문인가요."

"이것은 일종의 빚 청산인데 우선 나와 관계되었던 모든 생명체와 응어리졌던 것을 다 풀어야 합니다. 나는 내 업을 청산한 후에 하늘에서 성도의 인증을 받습니다. 인증은 그간 닦았던 내공, 외공 공덕으로 더하기 빼기가 될 겁니다."

나는 이를 공과격功過格을 말하는 것으로 알아들었다. 공과격이란 중국 도교의 오두미도에서 흔히 공덕을 쌓은 사람에게 주는 점수 채점 방식이다. 도인은 사람으로서 업 청산을 하지 않고 사는 것은 또 빚만 지고 가는 것이니 업 청산을 다 하면 시원할 것이라며 나에게도 권한다. 대답을 못하고 우물쭈물하는 나에게 도인이 도인 같은 미소를 보낸다.

2006년 MBC 추석 특집에서 도인을 찾았고 나는 천부 도인을 주인공의 한 사람으로 권했다. 촬영을 마치고 추석 당일 '길에서 길을 묻는다'는 제목으로 방송이 나간 도인에게 전화가 빗발쳤다. 도인은 곧 성도를 위한 수련으로 들어갈 계획이라 하우스 집을 정리하고 사람을 피할 장소를 물색 중인데 강원도 홍천이 유망하나 망설이고 있다. 반드시 시골일 필요는 없기 때문이다. 도시 근방이 유리한 것은 시골의 경우 이웃 사람들에게 빼앗기는 시간도 많고 또 마을의 간섭도 많으나 도시는 옆집 사람이 누군지도 모르고 신경 안 쓰니 홀로 있기에 훨씬 낫기 때문이라 한다. 새로운 장소에서 시작하는 성도 수련에 내 마음도 보태고 싶다.

솔직히 도인의 말을 전부 소화시키지 못했음을 부인할 수 없다. 그러나 한 가지 분명한 것은 도인은 좁은 문으로 들어가는 사람이라는 점이다. 모든 것을 우주의 눈으로 보는 도인은 기인奇人이 아닌 귀인貴人이며 대인大人이다.

도인에게 천부 도인이라 이름한 것은 도인이 장차 성도를 이룰, 하늘이 우리에게 내린 도인이길 간절히 바라기 때문이다. 도인이 목숨 걸고 하려는 임무 완수 최종 수련에 천지신명의 이름을 빌려 가호를 빈다.

"부디 성도하세요."

흔히 사는 것이 힘에 부치고, 세상만사 다 귀찮아지면 하는 말이 있다. "다 때려치우고 시골 가 농사나 짓자." "다 그만두고 도 닦으러 산에나 가자." 20여 년 전부터 내 단짝 동창 하나는 툭하면 "다 접고 전원으로 가 텃밭이나 가꿔야지." 하다가 어떤 때는 심각한 얼굴로 "산에 들어가 도나 닦아야지." 하곤 했다. 삶의 무게가 버거워 실제로 귀농을 한 친구를 따라 나역시 농사지어 보겠다고 괴산에 들어가 농사꾼 흉내를 내 보기도 했었다. 그러나 농사는 아무나 하는 일이 아니었다. 농사도 도 닦기 그 자체였다. 흙냄새는 좋았으나 흙은 마음이 딴데 가 있는 사람을 받아 주지 않았다.

아리송한 '도'라는 한 글자를 껴안고 도인의 도향을 닮고 싶어 선방과 수도원에도 가고 온갖 명상센터, 공동체, 종교 모임에도 자주 얼굴을 내밀었다. 인연 닿는 대로 움직이다 눈 익은 길, 낯선 길 마다하지 않고 길에 나가 모래 속의 진주 캐내듯 보물 같은 도인을 만나는 행운도 있었다. 이렇게 한바탕, 한 바퀴씩 돌고 또 돌아 제자리로 돌아오는 것이 지난 20년의 세월이었다.

한창 기웃거리기만 하던 초기 구도 시절, 소위 '도 닦는다'는 사람들을 만나기라도 하면 그들이 닦고 있다는 도란 과연 무엇인지, 흔히 쓰는 말 가운데 도통했다, 성불했다, 성도했다, 득도했다, 합일습一을 체험했다 하는 그 도의 경지가 궁금했었다. 도는 누구나 구도求道, 수도修道, 성도成道, 득도得道라는 이름하에 그것을 구해야 하고, 닦아야 하고, 이루어야 하고, 얻어야 하는 것으로 알고 있었다. 사람들은 흔히 도 닦는 일을 세상과 거꾸로 가는 것으로 알고 있다. 입산수도, 출가를 대표적으로 도 닦는 세계의 입문으로 여긴다. 게다가 도 닦는 게 뭔가, 무엇 하는 게 도 닦는 건가 하고 물으면 누구는 참선이라 하고, 누구는 명상이라 하고, 누구는 마음 공부라 하고, 누구는 기도하는 것이라 하고, 누구는 심신을 단련시키는 것이라 하고, 누구는 기 수련이라 하고, 누구는 내공 쌓는 것이라 하니 도 닦음에 관한 한 천차만별의 답이 나온다.

사전에서 말하는 도道라는 단어의 정의는 이렇다.

"동양의 도덕이나 예술에서 그 중심을 흐르는 것으로 생각되어 온 가장 근원적인 원리 · 원칙, 또는 사람이 마땅히 지켜야 할 도리, 종교상으로 근본이 되는 뜻, 또는 깊이 깨달은 지경. 기예 · 무술 · 방술의 방법.”

 또 도라는 단어가 있는 『노자 도덕경』, 『주역』 그 외 서적에서 여기저기 찾다 보면 빠지지 않고 나오는 것이 『도덕경』의 첫 구절 “도를 도라고 불러도 좋지만 꼭 도라고 해야만 하는 것은 아니다. 어떤 이름으로 불러도 좋지만 반드시 그 이름이어야 할 필요는 없다.”를 만난다. 이것부터가 도를 무척 애매모호하면서도 거창하고 우리와 멀리 떨어져 있는 추상적인 것으로 변모케 한다. 여기에 “도는 인간의 능력으로 결코 알 수 없다. 도를 인간의 언어로 어찌 설명할 수 있을까.”까지 첨가되어 우주에 드러난 현상, 궁극적인 실재, 지고의 원리, 모든 존재의 근원 등등 아주 어려운 단어로 귀결된다.

 처음부터 도라는 말도, 도 닦기도 다 어려웠다. 그래서 쉬운 길로 가기로 했다. 온 천지 삼라만상, 만물과 사람에 스미어 있는 것이 도라 하니 구체적으로 가 보자 해서 실제로 평범한 일상 도인을 통해 도를 알아 가는 방식으로 나아갔다. 나는 모든 종교의 성인을 끌어내려 눈높이에 맞추다가 이제 도까지 끌어내려 실제로 내 안에서, 주변에서 손에 잡히는 것, 또 사람과 사물에 드러나는 것에서 보고 우리 옆에 가까이 두어 보았다. 시각이 바뀌자 도와 도 닦음은 순간순간에 여기저기 널려 있었다. 차 마시는 순간, 찻잔 속, 차 마시는 사람에게도 도가 있었다. 나에게도 있고 너에게도 있고, 우리 생활, 인간관계 속에도 있었다. 진정한 도와 도 닦음이 나와 나, 사람과 사람 사이의 관계 속에서 가능하니 우리 생활에 이미 다 갖추어져 있었다. 내가 있는 이 자리, 지금 이 순간에 어디든 누구에게든 있었다. 중간 결산을 하자면 지금껏 내가 알아낸 도는 거창한 것이 아니었다. 소소하고 사소하고 시시한 것들에 값지고 의미 있는 것이 있었고 별 볼일 없는 내 생활에도 도는 있었다.

우리는 가깝고 쉬운 길 놔두고 자꾸 멀리 어려운 길을 가려고만 한다. 보따리에 싸여 멀리 떨어져 있는 것은 구하지도 쳐다보지도 말자. 각자의 생활 속에서 도와 부딪치자. 도는 거창하지도 심각하지도 않으니 다 때려치우고 산으로 가지 말고 사회에서 자기 몫을 하자. 설사 별 볼일이 없다 해도 각자의 일상생활, 사람과의 관계, 이 사회, 이 세상, 이 모든 것들이 거대한 '배움터 학교'에 있으니 여기서 지금 배우자. 지금 자신이 속한 '여기'서 도를 닦자. 일상을 보자면 결혼 생활이야말로 최대의 도 닦는 일이니 가정이야말로 도 닦는 수련장이라는 점만은 진리에 가까운 사실이다. 그런 점에서 가족을 책임지는, 세상 사는 모든 범부가 다 생활 도인이다. 누군가 숨 쉬는 것도 도 닦는 일이라 했지만 그것도 틀린 말은 아니다. 하루를 마감하며 오늘 내가 누구에게 상처를 주지 않았나 살피고 자신의 잘못이 있다면 선뜻 다가가 "미안하오. 용서하오." 한마디 할 수 있는 마음도 다 도 닦는 마음이다. 큰 도에 문이 따로 없다는 대도무문大道無門이라는 단어를 나는 이렇게 풀 수밖에 없다.

김기태 선생님이 말한 '주어진 현실을 열심히 충실하게 사는 건강한 사회인'을 도인이라 보면, 도라는 글자가 붙은 법도, 다도, 검도 등에 매진하는 사람들도 도인이다. 『장자』에서 말하는 소 잡는 백정처럼 자신의 직업에서 최고가 된 사람도 도인이라면 도인일 게다. '생활의 달인'이라는 프로그램에서 보듯 직업 가진 사람이 자신의 분야 한 가지를 꿰뚫어 통달하여 장인의 경지에 오른다면 그 또한 도인이다. 생활 중에 도 닦는 것도 도인의 길로 들어서는 것이니 각자의 사는 생활 반경을 가만히 둘러보면 그 안에 분명 도가 넘실대고 있을 것이다. 나 자신 도인에 관한 한 장인이 되고 싶다. 누군가 나에게 '도인 감별사'라는 애칭을 붙여 주었지만 도인 감별은 못해도 도인 감정가는 되자고 했다. "요즘 세상에 도인이 어디 있어."라 말하는 사람을 보면 진짜 참 도인을 꼭 찾아내 널리 보여 주고 싶었다.

도인의 요건 가운데 첫째로는 도인이 있는 자리에서 지금 이 순간 자기 자신과 남과의 관계를 얼마만큼 맺고 있느냐, 얼마나 나누고 있느나를 기준으로 삼았다. '도인되기'는 믿음에서 시작하여 발심發心, 행行으로 나아가 최종으로 사랑의 단계에서 마무리된다. 최종 단계에서 남을 위해서만 숨 쉬고 사는 이타행으로 보여 주는 도인도 있고, 조용한 기도로 보여 주는 분도 있지만 대부분 남의 아픔을 대신하고 자신이 안 먹는 한 끼의 밥이 배고픈 사람에게 가길 바라는 마음이 깊다. 이것을 조금 거창하게 말하면 하나의 물방울이 아닌 태평양이 되는 것, 사람이 우주의 한 조각으로서 있는 것이 아니라 우주에 참여하다 우주 자체가 되어 버리는 것이 아닐까. 어디선가 읽기를 소인小人이 자기중심으로 자기 입장만 생각하는 사람이라면 중인中人은 타인을 중심에 두고 타인의 입장에서 보는 사람이고 대인大人은 우주의 입장에서 보는 바다 같은 사람이라 했다. 이 책에 소개한 다섯 분은 모두 대인이 되기에 충분하지 않을까.

여전히 수도 중인 다섯 분의 도인은 이미 나와 너, 내 것 네 것이 없는 분들이기에 우리 시대의 스승으로 충분하다는 확신이 있다. 하늘을 우러러 한 점 부끄러움 없이 생활의 도를 닦고 있는 참 도인들이며, 세상의 빛이 된, 하늘이 내린 도인들임에 틀림없다.

임락경 목사님을 뵈면 사람이 다 천사 같아 보였고, 데이빗을 보면 사람이 다 부처 같았고, 김기태 선생님을 보면 주변 사람들이 다 스승

같았고, 락시미 나라얀을 보면 사람이 다 구도자로 보였고, 홍기문 선생님을 만나면 사람과 사물이 신으로 보였다. 나는 임 목사님을 2천 년 전 예수에게 2천 년 후에 나타난 또 다른 제자로 본다. 데이빗은 자비심 넘치는 관세음보살 같기도 하고 부처 같기도 하다. 김기태 선생님은 중생제도에 매진하는 인생 문제 해결 전문 심리치료사 같다. 락시미 나라얀은 인도가 낳은 또 다른 성자 같고, 홍기문 선생님은 세상을 이롭게 하는 천지신명의 화신 같다.

도인을 만나기 전 한 가지 분명한 선이 있었다면 종교 색을 띠지 않으려 했다는 점이다. 한동안 종교로부터 자유롭고 싶었는데 만났던 도인 가운데 성직자와 종교인이 꽤 많았다. 굳이 사상이랄 것까지는 아니어도 그 지혜가 너무 깊어 도저히 따라잡지 못할 것 같은 분들도 있었다. 나 자신 실력이 부족하고 높은 경지를 완전히 이해하지 못해 갈팡질팡하다 스스로 포기할 수밖에 없었던 분도 계시다. 경지를 풀어내는 데 앞으로의 몇 생이 걸릴지도 모를 것 같은 대표적인 도인이 김흥호 목사님이시다. 산같이 높고 계곡처럼 깊은 목사님의 가르침이 커서 죽는 날까지 공부해도 소화 못 시킬 것 같다.

김흥호 목사님은 '양복 입은 도인'으로 통하는 분이다. 『주역』을 보고 깨달음을 얻었기에 '견성한 목사님'이라고도 불린다. 평생을 하루

한 끼만 드시는 일식과 하루 한 번은 좌선하는 일좌로 일관하셨다. 다석 유영모 선생의 직제자로 88세의 연세에 아직도 매주 주일학교 교사를 하고 계시다. 매주 주일학교에 가 앉아 듣고 있노라니 노목사님을 향해 부끄러운 마음이 자주 일었다. 목사님의 가르침은 성경뿐만 아니라 『법화경』을 포함한 불경, 노자, 장자, 주역, 주자학, 양명학 등등 범위가 넓다. 노목사님의 열강 그 자체가 내겐 큰 복음이었다. 말씀을 다 이해하진 못해도 지난 일 년간의 감로 같은 말씀이 매 주일을 풍성하게 해 주었다. 우리 시대의 스승님이신 목사님에게 큰 절을 올리고 싶다.

흔히 도인의 깊이가 어렵게 느껴질 때 도인에게 제자가 있다면 그 제자를 통해서 먼저 보고 배우는 절차가 있다. 공자에게 안회가 있었다면 김홍호 목사님에겐 심중식 선생이 있다. 경의 말씀이 단지 지식이 아닌 지혜로 완전히 전환된 보기 드문 한국판 안회이다. 나와는 도담道談을 자주 나누는 도반이 되어 있다.

목사님을 만난 다음 성직자를 비껴 갈 수 없는 나의 반경에 묶여 버렸다. 스님 가운데 도인을 만나고 싶었지만 정화 스님을 제외하고 한 분도 만날 수 없었다. 없어서 못 만난 것은 아니었겠지만 동국대의 인맥을 통해 동창 스님까지 동원해도 단 한 사람의 도인 스님 만나는 인연이 닿지 않았다. 15년 전 송광사 시절부터 긴 세월 동안 보아 온 정화 스님은 중용의 도가 몸에 배어 모자라지도 넘치지도 않는 수행자 스님이시다. 개인적으론 스님의 지극히 평화로운 고요함을 닮고 싶은 욕심도 있어, 글자를 통해 스님을 간절히 세상에 알리고 싶었지만 세상에 자신이 드러나는 것을 독처럼 아는 스님은 끝까지 사절했고 이것이 한동안 나를 아프게 했다.

이름을 밝힐 수 없는 젊은 화가 한 사람도 있다. 전 재산을 털어 마련한 노란 버스를 타고 전국을 돌며 자신만의 그림 세계를 찾고 있다. 그는 화가라기보다 수행자로 보였다. 젊은 도인이 동년배에게 줄 만한 말이 있을 법도 한데 한사코 자신은 도인이 아니라는 말로 내 발길에 못을 박았다.

'도인 찾기'에 만남도 있었고 마주침도 있었고 스침도 있었다. 만남은 좋았으나 마주침에는 당황했고 스침에는 여운이 남았다. 인연으로 말하자면 처음부터 인연이 닿지 않은 사람도 있었고, 만났으나 인연을 만들지 않은 경우도 있었고, 인연이 무르익는 도중에 끊어진 경우도 있었고, 이미 맺은 인연을 완전히 정리해야 하는 현실도 있었다. 인연이 안 닿은 경우는 어쩔 수 없다지만 인연을 정리해야 할 땐 내 쪽에서 끊어야 했다. "나 사는 방법만이 정통이고, 진리는 나에게만 있소." "내가 참 도인이오." 하는 인상이 깊어지면 내가 먼저 멀리했다. 잘난 사람 이미 많은데 도인 세상에서도 잘난 사람 만나는 것은 피곤하기 때문이었다. 사람은 추하고 세상은 더러워 사람과 세상과 담쌓고 산속에 꼭꼭 숨어든 분들은 처음부터 인연을 만들지 않았다. 홀로 도 닦고 있다며 독야청청하는 은자 같은 유사 도인들에게도 가까이 가지 않았다. 그간 보고 배운 것을 종합하자면 도 닦는다고 반드시 산속으로 가지 않아도 되고, 그럴 필요도 없으며, 오히려 도인은 도시에 더 많았기 때문이다.

다섯 도인에게 받은 감화가 있어 생활도인이라도 되어 보려 안간힘을 쓰며 엉거주춤하고 어정쩡한 상태로 여전히 찾고 있는 중이다. 남은 인생에서도 더 찾아내고 싶은 숨은 도인이 많기도 하지만 찾기에 손을 놓지 못하는 것은 풀리지 않는 수수께끼 같은 숙제가 있어서이다. 2005년 겨울 인도에 있으면서 지리산 사시는 스승에게 보낸 편지를 잠깐 소개한다.

"선생님, 청안하신지요. 도인 찾다 도인되기를 간절히 바랐지만 여전히 '보물찾기' 중입니다. 한반도가 좁다고 미국으로 인도로 둥둥 떠다녔습니다. 이 도인, 저 도인, 이런 도, 저런 도 기웃거리다 보낸 세월이지만 헛되진 않았다고 말할 수 있어 부끄러움이 약간 가십니다. 선생님을 마지막 뵙고 난 다음 여전히 지리적으로는 더 먼 곳에서 찾아 헤맸지만 그때와 지금의 다른 점은 분명 있습니다. 아직 크게 잡히지는 않지만 이제 실마리는 얻은 듯합니다. 선생님을 뵐 때만 해도 막연함은 있었는데 이젠 힌트라도 붙들고 있어 다행입니다. 소를 찾아 떠났다가 소 발자국을 보고서 소가 저기 있구나 하고 알 정도는 되었나 봅니다. 긴 방황의 세월을 거쳐 이젠 안착지점을 향해 있는 것 같아 많이 편안해졌습니다. 그러나 여전히 한 가지는 의문으로 남아 있습니다. 제가 선생님께 여쭈었으나 선생님께서 답을 주시지 못했던 그것 때문에 아직도 세상 길 한복판에 나와 있습니다. 도道의 길 다니다 길에서 한 소식 하면 다시 찾아뵙겠습니다. 대구는 무척 추울 텐데 이곳 인도의 따스한 30도 기운을 그쪽으로 모아 보냅니다. 마음은 편안하고 몸은 건강하게 긴 겨울 잘 나시길 축원 드렸습니다."

여전히 도인을 찾아 헤매는 이유가 있다면 편지 마지막 부분에 언급한 남은 과제가 있어서이다. 이는 20년 전부터 나를 이 세계로 이끌었던 풀리지 않는 의문이다. 전국을 횡단하고 태평양, 인도양을 다녀 보아도 그간의 여정에서 겨우 밝혀 낸 것이라곤 이 세상에 순도 100의 도인은 없으며 도인이라 해서 모두 완벽한 사람들도 아니라는 점이다. 그러나 도인은 적어도 한 번은 거듭난 사람들이라는 점은 확실하다.

그런데 그 거듭남에 분명 하늘땅만큼의 차이가 있었다.

　설사 힘든 세상 사는 그 자체로 도를 닦는 생활도인이라 할지라도 "도인은 태어나면서 도인일 수 있는가. 아니면 반드시 닦고 닦는 수도로써 도인이 될 수 있는가." 공자의 『논어』에 나오는 구절을 빌리자면 '생이지지, 학이지지_{生而知之, 學而知之}'이다. 힘들게 닦지 않아도 천성이 도인인 사람이 있는 반면 아무리 열심히 닦고 닦아도 도인될 가능성이 전혀 안 보이는 사람이 있으니 이것을 설명할 길이 도저히 없었다. 선천적인 요인을 갖춘 도인은 복 받은 자이겠지만 수도에 일생을 바쳐 반드시 닦아야 하는 길고도 긴 수도의 과정을 예외 없이 거친다 해도 도인 안 되는 사람은 무엇으로 위안을 삼아야 하는 것일까.

　태생학적으로, 유전학적으로 도인 천성이 있는 것일까. 이에 대한 목마름이 여전하다. 스승 선생님은 나에게 사람 각자의 업대로, 각자의 근기가 다르기 때문이라는 매우 추상적인 답을 주시며 그걸 왜 알려고 하느냐 되물었다. 업이란 단어를 끌어 대면 안 풀리는 게 없겠지만 분명 업이나 근기 이외의 요인이 있으리라는 게 나의 잠정 결론이다. 이 숙제만은 풀지 못했기에 또 한바탕 길을 나서야 할 것 같다.

　이 글은 원래 나 한 사람 개인에게 들려준 말이었다. 세상 바깥으로 말을 옮긴 것은 혼자 듣기 아깝기도 했지만 내가 나에게 하고 싶었던 말도 많았기 때문이다. 나의 인생에 있어 남을 기쁘게 해 준 일이 몇 가지나 있을까를 고민하며 써 내려갔다. 보고 들은 대로, 받아 적은 대로, 녹음기가 들려주는 대로 나의 느낌을 포함하여 과장 없이 쓰며 한 줄이 한 장 되고 그 한 장이 이백 장이 넘도록 이 글자들이 보는 이의 마음에 살아나길 바라며 자판을 눌렀다. 참 도인을 만나고 돌아오면 간혹 감동이 벅차올라 멍하니 앉아 있기도 했고 식욕이 완전히 사라진 적도 있었다. 도인을 묘사하면서 한 줄 쓰는 데 꼬박 하루를 서성댄 적도 있고, 이 감동을 어찌 다 그려내나 하는 고민에 동이 틀 때까지 노트북 앞에 앉아 있던 적도 있었다. 그러나 당시의 보고 들은 감동을 제대로 옮기기엔 역부족이었다.

부족하나마 도인 만나 교감한 그대로의 따스한 깨침의 소리를 독자들의 영혼에 불어넣고 싶다. 도인들의 삶이 몇몇 독자에게라도 전달되어 우리의 삶을 조금 풍요롭게 했으면 하는 바람이다. 이것이 아니더라도 도인의 말씀 한 줄이 하나의 작은 전환기 내지는 돌파구가 되거나 누군가에게 잠시 기쁨을 누리게 한다면 또한 나의 기쁨이겠다.

누군가 이 글을 읽고 삶을 되돌아본다면 나는 무척 행복할 것이다. 다섯 도인을 통해 내가 나를 보았듯 독자들도 그러리라 믿는다. 인생의 길에서 뭔가 의미 있는 삶을 살고 싶거나 삶 자체를 구도求道나 수도修道로 여기는 사람이라면 여기서 약간의 답을 얻을 수 있을 것이며 이미 방황이 끝난 길로 접어든 사람이라면 한 수 배울 수 있으리란 확신이 있다. 이 힘든 세상을 사는 그 자체가 '도 닦기', '도인되기'이지만 도 닦는 이야기로나마 모두 도 닦음을 이루어 평화롭고, 편안하고, 평안한 마음 누렸으면 하는 마음 간절하다.

"'살아 있음'의 아픔보단 기쁨 누리며 살다 갑시다."

이것이 도인들이 우리에게 주고 싶은 메시지일 게다.

마음 깊은 곳으로부터 감사를 올리고 싶은 분들이 많다. 내 마음은 여전히 우리를 향해 웃어 주고 있는 다섯 분의 도인을 향해 있다. 이 책에 계신 도인들, 지구라는 큰 마을에 같이 있는 그 존재가 참으로 고맙다. 도인 한 분, 한 분이 계신 동서남북 사방으로 두 손 모으며 이런 분들을 우리 곁에 보내 주신 하늘과 땅에도 감사한다.

도인이 따로 있을까. 우리 모두 도 닦아 도인됩시다.

2007년 7월

김나미